LES TROMPETTES
DE JÉRICHO

AUX ÉDITIONS DU ROCHER

AUX ÉDITIONS DE VILLIERS

Photo de la couverture : Michael MOORE

Arme fournie par : armurerie JEANNOT, à Levallois.

© Éditions Gérard de Villiers, 1994.

ISBN : 2 - 7386 - 5644 - 7

ISSN : 0295 - 7604

GÉRARD DE VILLIERS

LES TROMPETTES DE JÉRICHO

E D I T I O N S
■ GERARD *de* VILLIERS ■

CHAPITRE PREMIER

Un énorme rat surgit dans la lumière des phares, traversant en biais la rue Salah-el-Din. La queue toute droite, ses pattes griffues touchant à peine le sol, il était poursuivi par un chat efflanqué qui bondissait silencieusement sur le sol bosselé. Au moment où il sortait du faisceau lumineux, le chat s'abattit sur lui avant qu'il ne puisse se dissimuler dans un tas d'immondices.

Le cri aigu d'agonie du rat fit vibrer désagréablement les tympans d'Herbert Boss. Les glaces de la vieille Fiat verdâtre ne fonctionnaient plus depuis longtemps, les bruits et les odeurs de la rue pénétraient à l'intérieur du véhicule, avec la chaleur étouffante et poisseuse du mois d'août.

Herbert Boss se demandait comment les neuf cent mille Gazéens, pour la plupart chassés d'Israël, survivaient dans leurs cubes de béton surchauffés, avec la puanteur des tas d'ordures brûlant jour et nuit autour d'eux. A l'extrême sud d'Israël, la bande de Gaza, rectangle de trois cent soixante kilomètres carrés coincé entre la frontière égyptienne, la mer et les barbelés la séparant de l'Etat d'Israël, évoquait une version désertique de l'ancien ghetto de Varsovie. Hermétiquement coupés du monde par l'armée israélienne, neuf cent mille Palestiniens s'y entassaient dans des conditions épouvantables, et s'y reproduisaient comme des lapins, survivant tant bien que mal grâce aux organisations internationales. Le plus grand camp de réfugiés du monde...

Wafiek, le chauffeur de la Fiat 127, salua la mort du rat d'un ricanement cynique.

– *You see, my friend*, tout le monde trouve à se nourrir à Gaza! Même les chats.

Ils continuèrent à cahoter dans les rues sablonneuses du quartier de Rimal, s'éloignant vers le centre de la ville de Gaza, principale agglomération de la bande du même nom.

Face à la mer, Rimal était relativement cossu. On apercevait les toits de quelques grosses villas cachées derrière de hauts murs. Cela tranchait avec les terrains vagues et les modestes masures carrées et sans grâce alignées le long de rues sans trottoir se coupant à angle droit, comme dans toute la ville construite sur le modèle d'une cité américaine. Dans cette zone, le terrain valait 6 000 dollars l'hectare, acheté par des spéculateurs patients.

Wafiek tourna à droite, dans une voie défoncée, mélange de sable et de cailloux, semée d'énormes tas d'ordures. Même à Rimal, les infrastructures étaient nulles. Une haute clôture de barbelés apparut sur la gauche, terminée par un mirador. Un des nombreux points d'appui dont Tsahal (1) quadrillait la bande de Gaza, théâtre d'innombrables actions contre les troupes israéliennes.

Un puissant projecteur s'alluma brusquement sur le mirador, éblouissant Wafiek. Il fit un écart et jura entre ses dents.

_____
(1) Armée israélienne.

– *Fucking Schlomos!* (1)

Le projecteur suivit la voiture tandis qu'elle longeait l'enceinte du camp. Les Israéliens étaient particulièrement méfiants et dès la nuit tombée, de huit heures à quatre heures du matin, le couvre-feu vidait les rues, permettant une surveillance plus aisée.

Wafiek avait retrouvé son calme. Herbert Boss le surveillait du coin de l'œil. Officiellement, le Palestinien était journaliste, servant de « fixer » (2) aux envoyés spéciaux venant travailler dans la bande de Gaza, leur arrangeant des rendez-vous, les guidant et les promenant dans sa vieille Fiat. A Gaza, les plaques jaunes des voitures israéliennes étaient bannies. Pour une voiture les arborant, c'était le « stoning » (3) assuré, au mieux... Il fallait se déplacer dans un véhicule portant la plaque blanche de Gaza.

Wafiek avait une autre casquette, connue et utilisée par la CIA. Il était un militant actif du Fatah, le bras armé de l'OLP. A ce titre, il collaborait occasionnellement avec la *Company*, soit comme informateur, soit comme « go-between », intermédiaire pour les contacts secrets. Les lignes téléphoniques étant toutes écoutées par le Shin-Beth (4), il valait mieux pour les choses sérieuses ne pas téléphoner, mais se déplacer...

D'autre part, les différentes sorties de Gaza étaient étroitement surveillées par les Israéliens et il était absolument impossible à tous les activistes politiques de se rendre en Israël autrement que clandestinement, et au prix de risques énormes. D'où l'importance d'un Wafiek.

C'est lui qui avait pris le rendez-vous avec l'homme

(1) Putains d'Israéliens !
(2) Guide.
(3) Attaque à coups de pierres.
(4) Service de renseignement intérieur israélien.

qu'Herbert Boss allait retrouver. Un membre des « Hawks » (1), groupe armé clandestin de l'OLP très actif dans l'Intifada, impliqué dans des attentats contre l'armée israélienne et spécialiste de l'élimination des « traîtres », informateurs de l'IDF (2) ou du Shin-Beth. Ceux-ci, au mieux, s'en tiraient avec le contenu d'un chargeur dans la tête. Quand on avait le temps, on leur coupait la langue et on les égorgeait en prime.

Les mouchards prenaient ces risques pour une poignée de shekels et quelques avantages en nature comme un laissez-passer ou un téléphone portable... Certains échappaient à la vengeance des « Hawks » en filant s'installer, dès qu'ils se sentaient soupçonnés, dans un petit village au sud de la bande de Gaza, Dehinieh, protégé comme les implantations de colons juifs par l'armée israélienne. Ces « collaborateurs » y attendaient l'avenir, pétrifiés d'angoisse, sans illusion sur le sort que leur réserveraient leurs correligionnaires, si les Israéliens partaient. Une semaine plus tôt, les « Hawks » en avaient identifié un, l'avaient attiré hors de Dehinieh, puis renvoyé en direction du village, attaché sur un âne, émasculé... Il s'était vidé de son sang avant d'arriver aux premières maisons.

La Fiat 127 s'engagea dans une rue sombre et Herbert Boss posa machinalement la main droite sur la crosse du Beretta 92 glissé dans sa ceinture, sous sa chemise. L'homme avec qui il avait rendez-vous était non seulement traqué par le Shin-Beth, mais aussi par les deux autres organisations de résistance palestinienne, Hamas, le mouvement fondamentaliste islamique, et le Djihad, encore plus radical.

La tension de l'Américain retomba. La Fiat 127

(1) Vautours.
(2) Israeli Defence Forces.

venait de tourner dans la rue Omar-al-Muftar, une grande artère coupant la ville de Gaza d'Est en Ouest. Il y avait peu de circulation, et aucun feu de signalisation; les boutiques étaient fermées, elles n'ouvraient que le matin. Wafiek se tourna vers Herbert Boss, avec un sourire encourageant.

– On approche!

L'Américain se fit la réflexion qu'avec ses petites lunettes rondes à monture d'acier, il ressemblait vaguement à Trotsky...

Wafiek l'avait pris en charge, juste après le checkpoint Eresh, à l'entrée du territoire de Gaza, sur la route d'Ashkelon. L'armée israélienne y filtrait sévèrement les allées et venues. Pour passer, il fallait être journaliste accrédité, ou membre d'une organisation internationale, ou encore diplomate. Aucun touriste, aucun étranger ne passait. Quant aux Israéliens, ils n'avaient pas la moindre envie d'aller se faire lapider...

Herbert Boss, officiellement chargé par le *State department* américain de vérifier de visu, sur le terrain, le contrôle par satellite des colonies israéliennes dans les Territoires occupés, avait le droit d'aller où bon lui semblait, partout où il y avait des colons juifs. A Gaza, ils étaient près de quatre mille, répartis en dix-neuf implantations.

Herbert Boss avait repéré Wafiek, de l'autre côté du check-point, grâce au numéro de sa Fiat 127. Une queue de véhicules s'allongeait devant le contrôle de sortie. Pour pénétrer en Israël, les Gazéens devaient posséder une carte magnétique délivrée par les autorités d'occupation et renouvelable tous les ans, et un laissez-passer indiquant les endroits où ils pouvaient se rendre en Israël... Très difficiles à obtenir, ces pièces étiquetaient de surcroît leur propriétaire comme

traître potentiel... Depuis 1967, les réfugiés croupis-
saient sur leur étroite bande de terre, coincés entre le
désert et la mer, sans passeport, sans nationalité.

Au volant de sa Nissan à plaques jaunes, Herbert
Boss avait suivi la Fiat de Wafiek, passant sous
l'énorme banderole tendue au-dessus de la route qui
annonçait ironiquement « Welcome in Gaza ». A cent
mètres de là, trois soldats israéliens s'étaient fait
abattre par des inconnus quelques jours plus tôt...
Pour venir à Gaza, il fallait vraiment avoir une bonne
raison...

Herbert Boss avait laissé sa Nissan dans la cour
d'un des deux hôtels de Gaza City, le *Cliff Hotel*, qui
n'aurait pas eu le quart d'une étoile dans un pays
normal. L'établissement était d'ailleurs totalement
vide... Ensuite, cornaqué par Wafiek dans la Fiat 127
poussive, il avait rendu visite à l'UNWRA et à
plusieurs colonies de peuplement, pour son « alibi ».
Le Shin-Beth le surveillait sûrement. Déjà, sa mission
officielle les horripilait. Alors, s'ils s'étaient doutés de
sa véritable occupation...

Heureusement, à Gaza, hormis grâce aux « collaborateurs », les Israéliens n'avaient pas le moyen de tout
savoir. Ils n'avaient aucun contact avec la population,
se retranchaient dès la nuit tombée dans les camps
hérissés de barbelés, et leurs patrouilles se conten-
taient de faire de la présence. Bien sûr, il y avait des
Israéliens postés sur les toits, équipés de lunettes à
visée infra-rouge, mais ils ne voyaient pas tout. D'ailleurs, ils n'étaient jamais parvenus à identifier, et
encore moins à arrêter, les quelques centaines de durs,
des « Hawks », de Hamas ou du Djihad, qui possédaient des armes et s'en servaient...

Herbert Boss se retourna. A part une vieille Peugeot 404 blanche remplie comme un œuf de femmes

portant le *hijab* (1), et conduite par un moustachu à l'air farouche, la rue Omar-al-Muftar était vide.

Ces antiques 404 semblaient constituer la quasi-totalité du parc automobile de Gaza...

— Où allons-nous exactement? demanda l'Américain.

Wafiek mit un doigt devant ses lèvres pour lui intimer le silence, et désigna une clôture grillagée de plus de six mètres de haut sur le trottoir de droite. Derrière, s'élevait un mur surmonté de barbelés, avec un mirador équipé de mitrailleuses tous les cinquante mètres.

Le QG de Shin-Beth, en pleine ville, occupait tout un bloc, au cœur de Omar-al-Muftar Street et al-Quasiya Street. Derrière les barbelés, les bâtiments jaunâtres de deux étages d'une ancienne caserne égyptienne étaient hérissés d'antennes gigantesques. Ils étaient reliés par une passerelle entièrement grillagée enjambant la rue Omar-al-Muftar à un ensemble de bâtiments protégés de la même façon, de l'autre côté de la rue : la mairie de Gaza, fief de l'administration israélienne.

Un projecteur s'alluma, les éblouissant, éclairant une inscription en arabe et en anglais tracée sur un des murs protégeant le siège de Shin-Beth. « Interdit de jeter des ordures ou d'écrire sur ce mur. Les contrevenants seront forcés de nettoyer. »

Morts de peur, les habitants de Gaza ne traînaient pas dans le coin. Le Shin-Beth n'avait pas bonne réputation.

Le projecteur s'éteignit. Wafiek expliqua son soudain silence.

— Ils ont des appareils pour écouter, quand on

(1) Voile islamique.

passe; ils peuvent savoir ce qu'on se dit, même dans une voiture...

Fantasme ou réalité? Herbert Boss ne discuta pas. La haine était palpable à Gaza. Un mur invisible qui allumait les regards des Palestiniens en face de n'importe quel non-arabe soupçonné d'être Israélien. Herbert Boss avait l'estomac noué. Il ignorait tout de l'homme qu'il devait rencontrer, sauf son nom de code : *Charlie*, et son apparence physique. 1 m 85, quarante-cinq ans, une grosse moustache, parlant parfaitement anglais. La « station » de Jérusalem n'avait pas jugé utile de lui révéler sa véritable identité. Il s'agissait d'une « source » particulièrement précieuse pour la CIA, traitée avec des précautions infinies et contactée seulement à sa demande. Il était supposé transmettre à Herbert Boss une information *vitale* pour les Etats-Unis. Qu'il ne pouvait communiquer que de vive voix...

Comme il lui était impossible de quitter Gaza, il fallait bien venir à lui.

Wafiek ralentit, cent mètres avant d'arriver à Palestine Square où se tenait le marché dans la journée. Les étals étaient vides, des volets de bois protégeaient les échoppes fermées. Herbert Boss regarda autour de lui.

– Où est le rendez-vous?

Wafiek tendit la main vers le trottoir de gauche de la rue Omar-al-Muftar.

– Là, dans la rue qui longe la mosquée Al Smek Shaban.

L'Américain distingua une petite mosquée à peine éclairée, où quelques fidèles priaient, visibles par les portes ouvertes. Une rue étroite et sombre partait perpendiculairement, au milieu du magma de vieilles maisons, pour rejoindre la rue parallèle à Omar-al-Muftar, al-Weerda.

– Mais où exactement? insista Herbert Boss.

– Dans la rue, répéta avec un sourire le Palestinien. Elle n'est pas longue et vous êtes sûrement le seul étranger à vous y rendre à cette heure-ci.

Le rendez-vous était fixé à sept heures. Il était moins dix. La crosse du Beretta appuyait contre l'estomac de l'Américain; rassurante...

– Bon, allons-y! fit-il.

La chaleur était encore assez forte pour coller sa chemise à son torse puissant. Il s'était laissé pousser les cheveux depuis qu'ils grisonnaient, mais continuait un entraînement physique intensif, en souvenir du temps où il appartenait aux « Seals » (1). Son nez cassé lui donnait un peu l'air d'un boxeur, mais le bleu de ses yeux séduisait toutes les femmes qu'il croisait. Depuis qu'il se trouvait à Jérusalem, il entretenait une liaison brûlante avec une journaliste du *Jerusalem Post*, Tamara, moitié juive et moitié arabe chrétienne du Liban. Une somptueuse brune dont les courbes pulpeuses semblaient toujours sur le point de faire éclater ses vêtements. Ses hurlements de plaisir lorsqu'ils faisaient l'amour faisaient la joie des clients de l'*American Colony*, l'hôtel où il s'était installé.

Jamais il n'avait rencontré une femme aussi libérée. Parfois, elle débarquait chez lui, ne disposant que de vingt minutes; véritable tornade érotique, elle se faisait prendre sans même se déshabiller, avant de rejoindre le photographe qui attendait dans la voiture...

– Je vais vous attendre ici, annonça Wafiek.

La voix timide de son « fixer » arracha Herbert Boss à son fantasme érotique. Le petit Palestinien s'était arrêté à l'entrée de la rue sombre et sans nom.

– Vous ne venez pas? s'inquiéta Herbert Boss.

_____
(1) Commando de marine US.

Wafiek eut un sourire doux.

– Je vais prier à la mosquée pendant votre rendez-vous. Vous me retrouverez ici.

Croisant le regard plein de méfiance de l'Américain, il ajouta vivement :

– Ce n'est pas dangereux, mais je préfère ne pas voir cet homme. J'ai eu un contact indirect avec lui, il est très prudent, il pourrait croire que je veux en savoir plus sur lui...

Herbert Boss hocha la tête, résigné.

– Bien. J'y vais.

Wafiek pénétra dans la mosquée Al Smek Shaban après avoir ôté ses chaussures, et Herbert Boss s'enfonça dans la ruelle obscure où flottait une odeur nauséabonde.

*
*

Brutalement, Herbert Boss se trouva face à un mur grossièrement érigé qui barrait toute la ruelle jusqu'à une hauteur de trois mètres. Il discerna l'étroit passage, sur le côté. En construisant ces innombrables obstacles, les Israéliens gênaient les déplacements des jeunes Palestiniens jeteurs de pierres de l'Intifada. L'Américain se retourna : trente mètres derrière lui, la rue Omar-al-Muftar semblait dans un autre monde. Ici, il se serait cru dans une mine de charbon. Une tristesse pesante émanait des immeubles bordant la rue. Tout semblait à l'abandon, sans vie.

Il attendit quelques instants, tendant l'oreille. Rien. Son rendez-vous devait se trouver de l'autre côté du mur. Il réfréna une furieuse envie d'aller arracher Wafiek de sa mosquée par la peau du cou, saisit son Beretta sous sa chemise, fit monter une balle dans le canon et pencha sa haute taille pour franchir l'ouverture dans le mur, le pistolet à bout de bras.

L'autre côté était tellement semblable à celui d'où il venait. A l'extrémité de la ruelle, il aperçut la tache plus claire de la rue al-Weerda. Mais personne ne l'attendait. Il s'arrêta, appuyé au mur, et regarda autour de lui. Plusieurs trous sombres s'ouvraient dans les façades abîmées, portes et fenêtres sans le moindre point lumineux. L'appel du muezzin de la mosquée lui parvint faiblement. Un chat lui fila entre les jambes et disparut. La puanteur était épouvantable.

Dix minutes s'écoulèrent. Il s'en donna encore cinq avant de repartir.

– *Fuck Charlie! Fuck* la CIA! jura-t-il.

Il aurait été tellement mieux entre les cuisses de Tamara! Quand elle commençait à onduler sous lui, les ongles fichés dans son dos, le bassin agité d'une houle de plus en plus rapide, balbutiant des mots d'une rare obscénité en anglais, en arabe, en yiddish ou en hébreu, il se sentait le maître du monde, fiché en elle comme un pieu dans un vampire.

Elle se frottait si fort contre lui qu'il avait l'impression que la fourrure de son ventre était une étoupe qu'elle essayait d'enflammer. Lui, les mains crispées sur ses seins durcis échappés d'un soutien-gorge en dentelle armé comme un blockhaus pour maintenir leur masse imposante, finissait toujours par pousser un râle d'agonie quand il sentait la sève monter de ses reins.

Tamara alors devenait comme folle. Ses cuisses longues et musclées se refermaient sur ses hanches, tandis que ses muscles les plus secrets pressaient son sexe, animés d'une vie propre, lui extrayant jusqu'à la dernière goutte de plaisir...

Soudain, un flot d'adrénaline se rua dans les artères d'Herbert Boss, expédiant son pouls vers les 150.

Deux silhouettes venaient de surgir à quelques mètres de lui.

Des fantômes verts. Deux hommes en combinaison vert sombre, la tête coiffée d'une étrange coiffe rectangulaire tout en hauteur qui les grandissait, et percée de deux trous pour les yeux.

Plantés au milieu de la ruelle, ils l'observaient comme des chats regardent le spectacle de la rue, sans hostilité, distants... Le face à face dura quelques secondes, puis l'Américain se dit qu'il fallait briser la glace. En dépit de leur aspect impressionnant, les deux inconnus ressemblaient à tous les membres de l'Intifada qui adoptaient cette tenue pour « caillasser » les véhicules israéliens. Sous les cagoules, il n'y avait souvent que des adolescents de quinze ans. Il se sentit ridicule, avec son automatique à bout de bras. Les Arabes aimaient bien la mise en scène.

Il marcha dans leur direction, s'arrêta à un mètre d'eux et demanda :

– *Where is « Charlie »*?

Pas de réponse. Il allait répéter sa question lorsqu'un glissement derrière lui l'incita à se retourner. Il n'eut pas le temps de terminer son mouvement. Du coin de l'œil, il aperçut une troisième silhouette verte surgie dans son dos par l'ouverture dans le mur. Elle brandissait dans sa main droite une hache au manche court. La lame s'abattit à toute volée sur la nuque de l'Américain.

Herbert Boss fit un brusque écart et la hache, au lieu de le décapiter, lui trancha net les muscles dorsaux de l'épaule droite. La douleur faillit lui faire perdre connaissance. Malgré lui, ses doigts s'ouvrirent, lâchant le lourd pistolet. Son bras droit était totalement paralysé, la clavicule brisée comme un morceau de paille. Ses jambes se dérobaient sous lui. Il poussa un grognement désespéré qu'il prit pour un cri et, instinctivement, s'appuya au mur pour ne pas tomber.

Il sentit le sang ruisseler; la douleur irradiait son épaule comme du plomb fondu. Il vit l'homme à la hache se préparer à frapper de nouveau. Sans arme, il n'avait aucune chance de s'en sortir, mais sa main droite lui refusait tout service. Le Beretta était tombé à terre, une balle dans le canon, la sûreté ôtée... Il suffisait de presser la détente. De presser la détente et de se payer ces salauds, se répéta-t-il. Cette idée lui faisait presque oublier sa douleur.

D'un effort surhumain, il se baissa et parvint à saisir le pistolet dans sa main gauche. Le contact de la crosse lui sembla aussi voluptueux que celui des seins de sa maîtresse. Il releva l'arme et, au jugé, visa les deux silhouettes vertes qui se rapprochaient, brandissant chacune un poignard. Il était tombé dans un superbe guet-apens... La première détonation claqua, rassurante, assourdie par les murs sombres de la ruelle, mais les deux hommes ne tombèrent pas.

Herbert Boss s'affaiblissait à chaque seconde. Quand il voulut viser l'homme à la hache, c'était trop tard. Celui-ci abattit de nouveau son arme, sur le poignet gauche de l'Américain.

Herbert Boss fixa son poignet à demi sectionné. Il n'avait plus la force de lutter. Les deux autres étaient sur lui. D'un mouvement réflexe, il continuait à serrer la crosse du Beretta 92. Son index crispé écrasa la détente. Les neuf cartouches partirent en rafale, égratignant les murs sombres. Il sentit des lames s'enfoncer dans son ventre, dans son estomac, dans son flanc. Elles le fouillaient, lui arrachaient son dernier souffle de vie. Déjà, sa vision était brouillée. Ses agresseurs continuaient sans un mot, comme dans un cauchemar. L'homme à la hache saisit son avant-bras, l'appuya au mur et, d'un coup précis, acheva de trancher la main qui tenait encore le pistolet. Elle tomba sur le sol, les doigts serrés sur la crosse. D'un seul mouvement, comme dans un ballet, les trois hommes reculèrent pour regarder leur victime s'effondrer.

Herbert Boss bougeait encore, mais son cœur ne battait qu'à peine. Les trois hommes attendirent quelques secondes, puis un des deux encagoulés se pencha. Il trancha d'abord la gorge d'Herbert Boss, de gauche à droite, puis de droite à gauche. Il ne jaillit qu'un peu de sang, des deux estafilades croisées. Le sol poussiéreux avait absorbé presque tout le sang de Herbert Boss.

Tranquillement, le tueur essuya sa lame sur la chemise de l'Américain et son compagnon en fit autant. Glissant sa hache dans sa ceinture, le troisième fouilla rapidement l'Américain, prenant tous ses papiers et son argent. Il desserra ensuite les doigts du mort crispés sur le pistolet, et mit l'arme dans une des poches de sa combinaison. Puis il se tourna vers ses deux compagnons.

– *Yallah!* (1)

Ils s'engouffrèrent tous les trois dans une faille entre deux immeubles et se fondirent dans l'obscurité. Au loin, on entendait la sirène d'une Jeep de l'armée israélienne.

Lorsqu'une douzaine de soldats armés jusqu'aux dents pénétrèrent dans la ruelle, éclairés par un projecteur et protégés par la mitrailleuse lourde de la Jeep, ils ne trouvèrent qu'un cadavre.

Le premier qui l'aperçut, un jeune Juif yéménite, se mit à vomir, serrant son M.16 à le briser.

(1) On y va.

CHAPITRE II

Un silence admiratif et respectueux se fit lorsque Elko Krisantem, sanglé dans sa veste blanche, et un peu voûté comme à son habitude, pénétra dans la salle à manger du château de Liezen. Quatre grands chandeliers, posés sur la longue table recouverte d'une nappe damassée blanche, et des torchères fixées aux murs, entre les tableaux de famille de Son Altesse Sérénissime le Prince Malko Linge, propriétaire du château de Liezen, éclairaient la pièce.

Les regards des invités se portèrent sur l'objet tenu par le maître d'hôtel : un plat en forme d'esturgeon, en argent massif, rempli à ras bord de caviar! Les grains noirs débordaient en un gracieux monticule de leur écrin argenté. Vu les dimensions du plat, il devait y en avoir plus de trois kilos!

La voisine de Malko, la comtesse Sissi Weikersdorf, dont c'était la première visite au château de Liezen, se tourna vers le maître de maison, une lueur admirative dans ses yeux pers, étirés comme ceux d'une chatte.

– *Wunderbar*! s'exclama-t-elle de sa voix un peu rauque qui fascinait tous les hommes. Où avez-vous trouvé cet objet merveilleux?

– Il s'agit d'un bol à cavier utilisé à la cour de

Nicolas II, expliqua Malko. Je l'ai acheté dans une vente aux enchères, à Vienne.

Elle se détourna pour se servir dans l'esturgeon présenté par Elko Krisantem, et Malko put l'observer à son aise. Son fin visage aristocratique et ses cheveux tirés contrastaient avec son corps épanoui, mis en valeur par un tailleur violine merveilleusement impudique dont les baleines la moulaient comme une guêpière, accentuant la finesse de sa taille. Le décolleté carré dévoilait la plus grande partie de ses seins fermes dont les pointes effleuraient le haut du tissu. Une fois servie, elle se retourna vers Malko.

— Le caviar est aussi d'époque? demanda-t-elle avec une pointe d'ironie.

Il sourit.

— Non, il arrive de Russie.

Il omit de préciser qu'il pouvait désormais s'en procurer à des prix fort raisonnables grâce à des contacts à Budapest, ce qui permettait cette munificence. Il s'aperçut tout à coup qu'en se servant, la jeune femme avait fait tomber quelques grains sur son sein gauche... Délicatement, entre le pouce et l'index, il s'empressa de les ôter. Sissi Weikersdorf s'empourpra et son regard se troubla. Elle ouvrit la bouche, mais n'eut pas le temps de protester. Malko lui glissa à l'oreille :

— Ils auraient pu glisser et tacher ce superbe tailleur.

La jeune comtesse se contenta de sourire. Malko sentit que par ce simple geste, il venait de nouer une fragile complicité érotique entre eux. Ce n'était pas sa première rencontre avec Sissi Weikersdorf. Ils s'étaient souvent croisés dans des dîners ou des chasses, à Vienne ou en Haute-Autriche. Ils évoluaient dans le même univers, mais hélas, elle était toujours escortée de son mari Gunther, manager à Austrian Airlines.

Les Weikersdorf n'avaient plus leur château à Baden, et vivaient dans un bel appartement de la Herrenstrasse, à Vienne. Lorsque Malko les avait appelés pour les inviter à ce dîner, Sissi avait d'abord décliné, expliquant que son mari se trouvait à Téhéran pour remplacer au pied levé leur chef d'escale, victime d'un accident cardiaque. Il avait fallu toute la persuasion de Malko pour la décider à venir seule. Ils avaient déjà flirter avec des mots, et Sissi ne se faisait sûrement aucune illusion sur l'envie que Malko avait d'elle. Il avait été heureusement surpris de la voir arriver dans une tenue qui poussait plus au viol qu'à la méditation transcendentale...

Les ragots viennois classaient malheureusement Sissi Weikersdorf dans la catégorie des allumeuses. Néanmoins, si le Diable était de son côté, Malko s'apprêtait à commettre une mauvaise action. Encore fallait-il agir prudemment en raison de la présence, à l'autre bout de la table, d'Alexandra, son éternelle et pulpeuse fiancée, sublime dans un ensemble carrément indécent de Gianni Versace. A plusieurs reprises, elle avait déjà foudroyé Malko du regard, devinant évidemment ses intentions à l'égard de la trop jolie Sissi. Malko ne voyait pas comment sortir de ce dilemme... Il risquait une fois de plus de se contenter « d'admirer » la comtesse Weikersdorf, alors qu'il ne retrouverait pas de sitôt une occasion semblable. Comme pour le narguer, le tailleur coquin de Sissi, ajusté comme un gant, interdisait toute étreinte fugitive...

Les conversations avaient repris et les invités, euphoriques, se goinfraient sans retenue de caviar. Le baron Shatten Burz, propriétaire d'un château voisin de Liezen, leva son verre de vodka.

– A notre hôte! A cette merveilleuse soirée!

Les autres invités firent chorus. La vodka servie dans des carafons enrobés de blocs de glace coulait à flots. Trois musiciens se glissèrent dans la pièce et commencèrent à jouer de la musique tsigane. Malko se sentait bien. Ces moments-là étaient le contrepoint de sa vie aventureuse, que peu de gens soupçonnaient à cette table. Encore que...

Ici, il était de nouveau dans son élément, vivant selon la tradition de sa famille, dans le cercle restreint de la vieille aristocratie d'Europe Centrale. Les femmes étaient toutes, sinon belles, du moins suprêmement élégantes et distinguées. Les hommes bien élevés, complices, vaguement jaloux de ses conquêtes. Certains soupçonnaient bien qu'il avait une double vie, mais dans ce milieu, le non-dit était un art de vivre et on ne posait pas de questions.

Personne ne savait que le Prince Malko Linge, chevalier de l'ordre de Malte, chevalier de droit de l'Aigle Noir, comte du Saint-Empire romain, chevalier de l'ordre des Séraphins, Landgrave de Fletgaus, chevalier de Justice de l'ordre de Saint-Jedan de Jérusalem... était aussi baron hors cadre à la *Central Intelligence Agency.* Bien sûr, certains de ces titres remontant à la nuit des temps ne signifiaient plus grand-chose à la fin du vingtième siècle. Mais, pour ceux qui se trouvaient là, ils étaient le ciment invisible de leur univers, même si ce dernier n'était plus qu'un microcosme raillé par certains et jalousé par d'autres. En lui-même, Malko estimait que sa vie secrète n'était qu'une sorte de voyage initiatique, comme en accomplissaient les Samouraïs. Il n'y perdait pas son âme, conservant une éthique pointilleuse. Trois mois plus tôt, il avait failli mourir à Beyrouth (1). Il avait tué : des gens qui le méritaient mille fois, et un homme innocent. Il avait côtoyé l'horreur et finalement, accompli sa mission, ce qui lui donnait les moyens ce

(1) SAS nº 112 : *Vengeance à Beyrouth.*

soir-là de continuer à vivre selon ses goûts et son rang.

— A quoi pensez-vous?

La voix rauque de Sissi Weikersdorf arracha Malko à ses réflexions.

— A vous! dit-il aussitôt.

Sous la table, la jeune comtesse lui donna un léger coup de pied dans la cheville.

— Menteur! Je sais voir dans le regard d'un homme quand il a une femme dans la tête. Dans le vôtre, il y avait autre chose.

— Quoi donc? demanda-t-il ironiquement. Un homme?

— Du danger et de la mort, dit la jeune femme avec gravité. Vous sembliez très loin. Les muscles de vos mâchoires étaient crispées, votre regard vide, lointain...

Ils parlaient comme s'ils avaient été seuls. Malko avait déjà bu pas mal de vodka. Il se tourna vers Sissi.

— Si je vous dis à quoi je pensais vraiment, vous risquez de me gifler.

— Alors, ne me le dites pas! répliqua Sissi, plongeant le nez dans son assiette.

Il se détourna, reprenant la conversation avec sa voisine de gauche, d'un âge beaucoup plus canonique. On apporta deux magnifiques loups grillés entourés de pommes de terre farcies de caviar. Le repas continuait au Moët et Chandon millésimé. Les serveurs ne cessaient de remplir les verres. Malko tenta d'accrocher le regard d'Alexandra, à l'autre extrémité de la table. En vain. Elle était plongée dans une conversation animée avec son voisin, le beau Dieter Krasnow, banquier de son état, célibataire endurci et grand chasseur devant l'Eternel, et pas seulement de cerfs... Penchée sur la table, elle lui offrait une vue imprena-

ble sur ses seins magnifiques. Malko éprouva à la fois
un pincement au cœur et un lâche soulagement.
L'atmosphère était à l'orage. Jalouse comme cent
tigresses, Alexandra n'avait pas l'air d'apprécier son
flirt « innocent » avec Sissi. Ce qui risquait, éventuellement, de faciliter ses mauvaises intentions.

Comme il se sentait loin de la CIA en cet instant! Il
n'avait que le souci légitime d'un homme de bien :
conquérir une femme appétissante! La tête lui tournait légèrement.

Après les sorbets du dessert, Alexandra se leva,
entraînant Dieter Krasnow vers la salle de bal voisine,
entièrement refaite après l'attaque dont Liezen avait
été victime quelques années plus tôt. Les musiciens
suivirent et les invités commencèrent à danser. Par
l'entrebâillement de la porte, Malko vit Alexandra
s'incruster aussitôt contre son banquier, avec une
indécence pleine de provocation.

Dieter Krasnow ne s'y trompa pas, s'accrochant à
la fiancée de Malko comme un naufragé à sa bouée.
Ils restaient pratiquement immobiles sur le parquet
ciré et Malko pouvait distinger le balancement imperceptible des hanches d'Alexandra. Elle était capable
de mener n'importe quel homme à l'érection de sa vie,
le temps d'une danse. Il hésita. Il lui suffisait d'aller
l'arracher à son cavalier avec un sourire, pour que les
choses rentrent dans l'ordre.

Il s'apprêtait à se lever à son tour quand une main
se posa sur sa cuisse. Des ongles aigus la griffèrent
légèrement à travers le tissu. La voix rauque de Sissi
murmura, dans le brouhaha des invités en train de
gagner la pièce voisine.

– Vous m'en voulez? Je n'ai pas été très gentille,
tout à l'heure.

Dissimulée par la nappe, sa main demeurait posée
sur sa cuisse. L'hésitation de Malko fondit comme

glace au soleil. Cette garce lui adressait un message
sans ambiguïté.

– Je vous en veux si peu que nous allons danser!
affirma-t-il en la prenant par la main.

Dès qu'ils furent sur la piste, Sissi posa sa tête sur
son épaule et enfouit sa bouche dans son cou, tout en
demeurant très droite. Seuls ses seins projetés en avant
par le balconnet du tailleur violine, s'écrasaient contre
lui. Il aperçut Alexandra qui redoublait d'indécence.
Son cavalier, rouge comme un coquelicot, avait posé
ses deux mains sur ses hanches et se frottait carrément
contre elle, le regard vitreux, ne croyant pas encore à
sa chance! Les autres couples dansaient ou flirtaient
en continuant à boire. Malko attrapa sur un plateau
qui passait un verre de Dom Perignon et le tendit à
Sissi.

– Pour fêter notre réconciliation!

Elle en but un peu, eut un rire cristallin.

– Vous voulez me soûler!

– Je vous préfère lucide, affirma-t-il.

Ils continuèrent à danser et un peu plus tard, Sissi
leva les yeux vers lui.

– Mon mari a entendu de drôles de choses à
Moscou, à votre sujet...

– A Moscou?

– Oui, il s'y trouvait pour discuter de droits de
trafic. Avec d'anciens membres du KGB... qui semblaient très bien vous connaître. Ils lui ont dit que
vous étiez quelqu'un de très dangereux. Un espion...

Décidément, sa double vie le poursuivait partout!

Sissi guettait sa réponse, le visage levé vers lui.
Comme il demeurait silencieux, elle ajouta :

– On m'avait déjà dit la même chose à Vienne.

– Tout n'est pas faux, dit Malko, décidé à capitali-
ser sur cette réputation sulfureuse.

– Vous avez déjà tué des gens?

La voix de Sissi tremblait d'excitation.

— Oui, fit-il sans réfléchir.

Il la sentait se raidir et crut qu'elle allait se sauver. Mais elle demanda d'une voix étranglée :

— Quand?

— Le dernier, il y a trois mois aujourd'hui! dit Malko.

Sissi Weikersdorf demeura muette puis, brutalement, se laissa aller contre lui, le regard chaviré. S'il n'y avait pas eu le tailleur étroit, elle se serait enroulée autour de lui comme une liane, songea Malko.

— Racontez-moi! supplia-t-elle, la bouche collée à son oreille.

Son corps, contre lui, n'avait plus aucune réticence. Elle l'étreignait, sans même danser; offerte, lui semblait-il. Quelqu'un se gratta la gorge à côté de Malko. Il tourna la tête. Elko Krisantem, raide comme la justice, annonça d'un ton égal :

— Madame la comtesse Alexandra va à Vienne, au *Blue Moon*. Elle souhaite que vous l'y rejoigniez, avec ceux de vos invités qui le souhaiteraient.

Le regard du Turc disait clairement que Malko, d'un simple battement de paupière, pouvait arrêter cet écart. Il suffisait à Elko de passer autour du cou de Dieter Krasnow son lacet, et de serrer un peu... Malko se contenta de répondre d'un ton uni :

— Merci, Elko.

— Vous n'avez pas envie de la rejoindre? demanda Sissi Weikersdorf avec une hypocrisie qui lui aurait valu une médaille d'or dans une compétition internationale.

— J'ai envie de continuer notre conversation, répliqua Malko. Venez!

Il l'entraîna.

— Où m'emmenez-vous?

– Dans la bibliothèque, nous y serons mieux pour bavarder.

– Et vos invités?

– Ils peuvent se passer de moi quelques instants.

Elle le suivit à travers les couloirs peu éclairés jusqu'à la pièce qu'il affectionnait particulièrement. Alternant Cointreau, Johnnie Walker et Dom Pérignon, ils n'étaient pas à plaindre.

Une bouteille de Dom Pérignon attendait dans un seau à glace de cristal, sur la table basse. Malko déboucha la bouteille et remplit deux flûtes. Le champagne glacé était délicieux. Il enclencha une cassette dans le combiné Samsung et les violons d'un orchestre tsigane envahirent la pièce. Sissi sortit de son sac un paquet de Lucky Strike et en alluma une. Comme pour lutter contre un stress invisible.

– J'ai peur! dit-elle soudain.

Malko l'enveloppa d'un long regard.

– De moi?

Elle baissa les yeux.

– Oui. Et de moi aussi.

– Vous avez peur que je vous tue?

– Non...

De nouveau son regard affronta ses yeux dorés. Malko y lut des sentiments et des émotions contrastés. Il lui ôta délicatement sa cigarette des doigts, la posa dans un cendrier et la prit par les épaules. Il l'embrassa. D'abord, les lèvres de la comtesse Weikersdorf restèrent obstinément serrées. Puis, peu à peu, Malko les sentit céder et elle lui rendit son baiser, cette fois sans retenue. Une petite langue agile jouait avec la sienne. Il caressa sa hanche, descendant le long de la cuisse, sentant sous des doigts les serpents d'un porte-jarretelles, ce qui l'enflamma encore plus. Quand leurs bouches se détachèrent, Sissi haletait, ses seins semblaient prêts à jaillir de son décolleté.

Tranquillement, Malko défit les deux premiers boutons de la veste violine, découvrant une guêpière noire. Lorsqu'il effleura les seins épanouis, Sissi ferma les yeux, frémit mais se recula brusquement.

– Arrêtez! dit-elle. Je ne veux pas faire l'amour avec vous! Même si vous m'attirez, ajouta-t-elle un ton plus bas. C'est honteux, ce que nous faisons.

Elle récupéra sa Lucky Strike à demi consumée et fit quelques pas dans la pièce, examinant ce qui s'y trouvait. Elle s'arrêta devant un coffret de bois verni posé sur une étagère.

– Qu'est-ce que c'est? demanda-t-elle.

– Ouvrez-le, suggéra Malko.

Sissi Weikersdorf obéit et poussa une exclamation surprise.

– *Mein Gott*!

Malko la rejoignit et prit dans son écrin le pistolet extra-plat. Il l'emmenait de moins en moins, à cause des contrôles dans les aéroports, mais le gardait toujours à portée de la main. Il le mit dans la main de Sissi.

– Faites attention, il est chargé, dit-il simplement.

Elle en oubliait son tailleur déboutonné... Le soupesant, elle fit courir ses doigts le long du long canon, prolongé par le silencieux incorporé. Comme elle aurait caressé un membre d'homme. Son regard de nouveau trouble chercha celui de Malko.

– C'est avec cela...

– Oui, dit-il, mais toujours pour défendre ma vie.

Elle ne résista pas quand il l'enlaça à nouveau, et elle lui rendit son baiser. Mais elle se déroba, quand il voulut continuer à défaire la veste de son tailleur.

– Je vous ai dit... commença-t-elle.

La sonnerie du téléphone l'interrompit. Après une dizaine de sonneries, Malko se décida à répondre. Elko Krisantem devait être occupé avec les invités. Il décrocha, un bras passé autour de la taille de Sissi, pour l'empêcher de s'enfuir.

– Je voudrais parler au Prince Malko Linge, annonça une voix profonde. De la part de Henry Camaro.

Malko avait déjà reconnu la voix du chef de station de la CIA à Vienne.

– C'est moi, Henry, dit-il. Quel bon vent vous amène?

Espiègle, Sissi, toujours prisonnière, appuya sur la touche « haut-parleur » et entendit parfaitement la réponse de l'Américain.

– Un problème urgent, fit de dernier. A Gaza.

– Vraiment urgent?

– Oui. Un de nos informateurs est en situation critique. Je ne veux pas donner de nom au téléphone. Mais nous avons eu un gros problème. Vous n'avez pas vu le *Herald Tribune*? Un de nos gars a été assassiné là-bas, découpé à la hache. Il faudrait y aller. Vite. Vous pouvez partir quand?

– Demain, s'il le faut.

– OK. Passez demain matin au bureau. A neuf heures.

Henry Camaro raccrocha et Malko en fit autant. Sissi ne cherchait plus à s'échapper. Le regard chaviré, elle demanda :

– C'est vrai, ce que cet homme a dit? Qui est-ce? Ce n'est pas une plaisanterie?

– Pas vraiment, dit Malko. Je n'avais pas prévu ce que vous alliez faire.

– C'est donc vrai, ce qu'on dit sur vous? Vous allez partir à Gaza?

– Oui, dit Malko, mais avant, je vais faire quelque chose de plus agréable.

Lâchant Sissi, il alla donner un tour de clé à la porte. La jeune femme semblait transformée en statue

de sel. Malko revint vers elle, acheva de déboutonner
sa veste de tailleur sans qu'elle résiste et la lui ôta.
Ensuite, il fit coulisser le zip de sa jupe étroite. Celle-ci
tomba sur l'épaisse moquette, découvrant le bas de la
guêpière et les bas attachés très haut sur les cuisses.
Malko attira Sissi à lui, et reprit son baiser là où il
l'avait laissé. Lorsqu'elle se trouva allongée sur le
profond canapé de velours et de soie grenat, ses
jambes s'ouvrirent d'elles-mêmes, en une offrande
muette. Sa bouche restait soudée à celle de Malko,
comme pour s'empêcher de parler. Il savait qu'il
devait profiter de ce moment de faiblesse, que Sissi
risquait de se reprendre. Sa victoire était précaire.

Malko, toujours allongé sur elle, se libéra. Puis, il
faufila une main entre leurs deux corps, pour atteindre
la moiteur du ventre. Il écarta la dentelle, et plongea
d'un seul élan son sexe raidi au fond du ventre de
Sissi. D'abord, la jeune femme sembla ne pas réaliser
qu'elle était embrochée comme une soubrette. Puis,
elle poussa un cri bref qui se termina en un râle
heureux.

– Malko!

Il avait entamé un long et puissant mouvement de
va-et-vient facilité par l'état d'excitation de Sissi.
Personne ne pourrait lui reprendre ces instants-là!
Même s'il recevait une balle dans la tête deux jours
plus tard! Sous lui, Sissi commença à remuer, ses bras
se refermèrent sur son dos et elle se mit à répondre
aux coups de reins de Malko comme si sa vie en
dépendait...

Elle était trempée et ouverte. Une merveille. Malko
en fit ainsi d'interminables minutes, savourant sa
victoire; puis sentant la sève monter de ses reins, il se
déchaîna, arrachant à sa partenaire des gémissements
syncopés. Les jambes de Sissi étaient écartées presque

à angle droit, pour lui permettre de la pénétrer encore plus loin.

Lorsqu'il se déversa, les yeux de Sissi se révulsèrent et il crut qu'elle allait se trouver mal ! Ses seins avaient jailli de sa guêpière, sa coiffure sage avait explosé, elle était barbouillée de rouge.

Quand son regard redevint normal, elle esquissa un sourire ironique et dit :

— Vous avez eu ce que vous vouliez !

Indomptée... Cette assurance donna de mauvaises idées à Malko, encore fiché en elle jusqu'à la garde.

— Pas tout à fait ! dit-il.

Se retirant, il la saisit par les hanches et la retourna comme une crêpe, à plat ventre sur le canapé. Sissi se débattit en protestant :

— Qu'est-ce que vous faites ?

A force de se débattre, elle se retrouva agenouillée sur la moquette, le torse appuyé aux coussins rouges. Malko se glissa derrière elle, encore très vaillant. Quand Sissi réalisa ses intentions, il était trop tard. D'une poussée impitoyable, il forçait déjà l'entrée de ses reins. Sissi Weikersdorf hurla :

— *Nein ! Nein ! Schweinhund !* Ne...

Ses protestations se muèrent en un cri aigu. Malko, d'un violent coup de reins, s'enfonça jusqu'à la garde. Sensation exquise. La maintenant solidement aux hanches, il commença un mouvement de pendule qui le faisait chaque fois sortir presque entièrement de la croupe cambrée de la jeune femme, pour s'y renfoncer ensuite, encore plus loin.

Involontairement, en se démenant pour tenter de lui échapper, Sissi accroissait encore son plaisir. Malko accomplit son fantasme jusqu'au bout, en dépit de ses injures.

Quand elle lui échappa enfin, elle se dressa, écheve-lée, les yeux fous, le visage maculé des traînées noires de rimmel, vibrant de fureur. Sans un mot, elle enfila sa jupe, puis la veste de son tailleur. Sans même la boutonner, elle fonça à la porte, tourna la clé, ouvrit et s'enfuit dans le couloir.

Le temps de se rajuster, Malko arriva dans la cour du château pour voir s'allumer les feux de la Mercedes de Sissi Weikersdorf. Elle démarra si brutalement qu'elle fit presque un tête à queue... et disparut dans la nuit comme si elle avait le diable à ses trousses.

Son fantasme assouvi, Malko regrettait un peu de s'être conduit comme un soudard. Il regagna la salle de bal pour s'occuper de ses invités, se demandant dans quelle aventure l'appel de Henry Camaro allait encore l'entraîner. Il lui devait, en tout cas, la reddition de la comtesse Weikersdorf.

Mais demain serait un autre jour.

CHAPITRE III

John Powell, chef de station de la CIA à Jérusalem, spécifiquement chargé des Territoires occupés, annota une dernière fois le rapport du Mossad qui venait de lui parvenir, à propos du meurtre de Herbert Boss. Les Israéliens savaient parfaitement à quoi s'en tenir sur sa qualité d'agent de la *Central Intelligence Agency*, mais ils avaient pourtant traité le problème comme s'il s'agissait d'un des nombreux meurtres liés à l'Intifada. Il n'y avait rien d'intéressant dans ce rapport, établi à l'origine par le Shin-Beth de la bande de Gaza. Personne n'avait été arrêté; Wafiek, le « fixer » de l'Américain, identifié, avait déclaré n'être au courant de rien. Son client avait un rendez-vous dont il ignorait tout; il l'avait attendu à la mosquée, plusieurs témoins le confirmaient. Des photos horribles accompagnaient le texte, ainsi qu'un rapport de médecin légiste de Gaza. Dix-sept coups de poignard, trois de hache, sans parler de l'égorgement rituel. Le Mossad concluait à la responsabilité d'un des groupes d'opposition violente, Hamas ou Djihad. Le meurtre n'avait pas été revendiqué.

– *Bullshit !* grommela entre ses dents John Powell.

Il leva les yeux, fixant à travers la baie vitrée les imposantes murailles ocres du vieux Jérusalem, qui, depuis cinq cents ans, enserraient les joyaux des trois religions monothéistes de la planète : l'église du Saint-Sépulcre avec le tombeau du Christ, la mosquée Al Aqsa et le Mur des Lamentations. Le soleil couchant teintait les énormes pierres des remparts de reflets sanglants. John Powell se sentait coupable. Il n'aurait pas dû envoyer Herbert Boss à Gaza sans protection. Hélas, c'était un peu tard pour avoir des regrets... Le bourdonnement de son interphone interrompit ses réflexions.

— *Yes*, Jane?

— Mr Linge est arrivé, annonça la voix neutre de sa secrétaire.

— Faites-le entrer.

Il se leva pour accueillir son visiteur, le trouva plus mince et plus grand que sur ses photos. La couleur dorée de ses yeux frappait et une sorte d'agilité mentale et physique se dégageait de lui, comme d'un fauve au repos. Il connaissait son palmarès par cœur et savait que Langley le considérait comme le meilleur chef de mission de la *Company*; lui donnant souvent la préférence à des Américains, pour des missions difficiles.

— Bienvenue à Jérusalem, Mr Linge, dit-il chaleureusement. Vous n'avez pas été tracassé par nos homologues, à Ben Gourion Airport?

— Non, assura Malko. Pas un regard de travers, pas de fouille.

Le chef de station tordit sa bouche en une grimace ironique.

— Et pourtant, vous pouvez être certain que nos copains du Mossad savent déjà combien de chemises vous avez dans votre valise! Vous êtes au *King David*?

— Oui.

— Les micros sont déjà posés dans votre chambre, le

téléphone est sur écoute, et, en ce moment, ils sont en train de fouiller vos affaires. Je les connais. Ils ne laissent rien au hasard.

Le *King David* était un dinosaure rescapé de l'occupation anglaise de la Palestine, un majestueux bloc de pierre ocre dans King David Street, dont les jardins et la face est donnaient sur les vieilles murailles de Jérusalem. Les riches juifs américains venant en pèlerinage en Israël s'y disputaient les chambres donnant de ce côté à coup de dollars.

— Ils ne trouveront rien, remarqua Malko.

Le chef de station eut un sourire ravi.

— Ça va les exciter encore plus! Enfin, heureusement vous ne venez pas assassiner Rabin. D'ailleurs, j'ai traité les télégrammes concernant votre venue en clair, afin de leur faire comprendre que ce n'était pas un acte hostile envers eux. C'est pour cela qu'ils vous foutent la paix. Vous n'avez pas de contentieux récent avec eux?

Malko, installé sur un hideux canapé vert pomme, inconfortable et raide, eut un demi-sourire.

— A Beyrouth, il y a trois mois, nous avons eu un petit accrochage, au propre et au figuré (1). Mais *nothing personnal*. L'année dernière, aux Canaries, cela a failli être plus sérieux (2). Je n'ai sûrement pas que des amis chez eux.

L'Américain balaya l'objection d'un geste rassurant.

— Moi non plus! Et en ce moment, ils se font tout petits... Un café?

— Volontiers.

— Turc ou américain?

— Turc.

(1) Voir S.A.S n° 112 : *Vengeance à Beyrouth*.
(2) Voir S.A.S n° 106 : *Le disparu des Canaries*.

Le voyage dans l'Airbus A 320 d'Air France Paris-Tel Aviv avait été parfait, mais il se sentait un peu oppressé par la chaleur de bête régnant dans le pays. 35° à Ben Gourion Airport et 30° à Jérusalem, plus haut sur les collines. Il fallait absolument qu'il se réveille. Tandis que l'Américain commandait les cafés, il admira la pièce au plafond haut, décorée comme un salon du siècle dernier avec ses meubles incrustés de nacre, ses tables basses et ses sièges alignés le long du mur. Le consulat US était installé dans un ancien palais ottoman aux dimensions majestueuses, plein de colonnes, d'immenses fenêtres et d'escaliers monumentaux. On suffoquait dans le bureau, mais John Powell ne semblait pas s'en apercevoir. Pas question d'installer une climatisation centrale dans cette merveille de l'architecture orientale, il fallait se résigner. Avec sa barbe noire et sa moustache, son air propret, John Powell ressemblait un peu à un Hezbollah. Peut-être un phénomène de mimétisme...

Trois mois plus tôt, Malko se trouvait à cent cinquante kilomètres de là à vol d'oiseau, à Beyrouth; aux prises justement avec le Hezbollah, pour venger William Buckley. La vengeance avait été sanglante à souhait et les Hezbollahs avaient dû graver son nom en lettres de feu, parmi ceux dont ils se vengeraient à leur tour un jour... Mais *Inch Allah*, c'était la vie. Un commando de tueurs avait bien débarqué un jour dans son château de Liezen, en Autriche... Ils s'en étaient sortis, lui et Alexandra, sa fiancée.

– C'est en Autriche que vous avez pris ce bronzage? demanda l'Américain.

– Non, aux Caraïbes.

Il avait passé une longue lune de miel avec Alexandra aux Bahamas, à faire l'amour et à pêcher d'énormes poissons. Des vacances de rêve, mais coûteuses. Maintenant il fallait reprendre le collier et risquer de

nouveau sa vie. C'était tout ce qu'il avait à vendre.
Comme un joueur impénitent, il la mettait sur le tapis
une fois de plus, sachant qu'un jour, la chance serait
contre lui.

Mais il ne fallait pas penser à ces choses-là...

Avant de quitter Vienne, il avait fait envoyer à Sissi
Weikersdorf une énorme corbeille de roses, avec un
mot la remerciant d'être venue dîner à Liezen. Probablement un investissement à fonds perdu, étant donné
la façon dont ils s'étaient quittés, mais il regrettait
sincèrement sa bestiale pulsion. Ce fameux soir, il
n'avait pas eu le temps d'aller retrouver Alexandra à
Vienne. Elle était revenue alors que Malko raccompa-
gnait ses derniers invités. Sans un mot, laissant planer
le doute sur ce qui s'était passé avec Dieter Krasnow.
Cette nuit-là, ils avaient fait chambre à part. Mais
cela s'était réchauffé avant le départ de Malko pour
Israël. Elle s'était livrée avec une fougue qui pouvait
dissimuler un remords ou un regret...

– Henry Camaro m'a parlé de ce que vous atten-
diez de moi. Il y a eu du nouveau depuis?

John Powell but d'un coup son café sans sucre.

– Non. Mais je dois vous dire qu'il s'agit d'une
mission extrêmement dangereuse.

Malko se permit un sourire teinté d'ironie.

– Je ne m'attendais pas à une balade romantique...

– Je m'en doute, fit l'Américain, mais peut-être pas
à ça.

Il tendit à Malko le rapport du Mossad et les
photos l'accompagnant, puis alluma une *Lucky Strike*
tandis que son visiteur examinait les documents.
Malko releva la tête cinq minutes plus tard, l'estomac
retourné. Décidément, les Palestiniens n'avaient rien à
envier aux Libanais, côté sauvagerie.

– C'était un de vos hommes?

– Oui. Depuis longtemps. Mais il avait des jobs plutôt peinards. J'ai eu tort de l'envoyer là-bas. Je pense que *vous*, vous vous en seriez sorti.

Malko eut un geste évasif. Personne n'était invulnérable.

– Que s'est-il passé?

John Powell se cala dans son canapé, caressa sa barbe et commença.

– Il y a sept ans, nous avons « tamponné » un Palestinien de l'OLP, Daoud Abuchita, qui travaillait avec Abu Iyad, patron du service de sécurité de l'OLP. Nous lui avons donné comme nom de code « Charlie ». Il était hors de Palestine, mais les Palestiniens ont réussi à l'infiltrer à Gaza pour qu'il organise les « Hawks », le noyau dur du Fatah, ceux qui montent des actions violentes anti-israéliennes. Là-bas, il a maintenu le contact avec nous, avec des précautions extraordinaires. Pensez : il était traqué à la fois par le Shin-Beth, les durs de Hamas et ceux du Djihad.

« Il y a un an, il a réussi à faire croire qu'il reniait l'OLP et rejoignait le Djihad. Fathi Chakaki, fondateur du Djihad, s'est vanté de son ralliement auprès des gens que nous connaissons. Bien entendu, il agissait sur ordre de la Centrale de l'OLP de Tunis, afin d'infiltrer le Djihad dont les positions sont diamétralement opposées à celles de Yasser Arafat. Le Djihad prône la lutte à mort contre Israël, sans compromis possible. Par différents canaux, « Charlie » est parvenu à nous donner des informations très importantes sur lui.

– Les Israéliens ne sont pas mieux placés? objecta Malko. Avec tous les mouchards qui travaillent pour le Shin-Beth?

– Cela dépend pourquoi, expliqua John Powell... Ils se préoccupent surtout des actions du Djihad en

Israël. Par « Charlie », nous avons suivi le développement du Djihad, ses contacts avec les Iraniens et les Frères musulmans d'Egypte. C'est nous qui avons alerté le FBI de la possibilité d'attentats sur le sol américain. « Charlie » nous envoyait des messagers et je n'ai jamais su où il se trouvait exactement. Je ne l'ai même jamais vu.

– Personne ne l'a jamais rencontré?

– Si. Son « traitant » originel, à Tunis, chez Abu Iyad. Maintenant, il a passé la main et se trouve à Langley, au *Middle East desk*.

– Qu'est-ce qui fait courir « Charlie »?

– Il a toute sa famille aux Etats-Unis. Nous lui versons régulièrement de l'argent sur un compte aux Bahamas. Je pense que c'est pour ses enfants. Lui n'a jamais rien demandé, personnellement.

La « taupe » idéale, songea Malko en se rappelant le colonel Penkowski, membre du KGB, qui, lui aussi, transmettait des merveilles. Jusqu'au jour où il avait été repéré, arrêté, jugé et fusillé. Une petite fortune à son nom dormait encore dans une banque suisse, pour l'éternité.

– Donc « Charlie » est à Gaza, conclut Malko, infiltré dans le Djihad, et vous balance des informations. Vous les communiquez aux Israéliens?

– Quelquefois, quand ça les concerne.

– Que s'est-il passé alors?

L'Américain, visiblement mal à l'aise dans ses baskets, tira une longue bouffée de sa Lucky, chassant la fumée de ses poumons comme pour se débarrasser d'un mauvais souvenir.

– Il y a cinq jours, j'ai reçu un message de « Charlie », dit-il. Par un type qui n'a pas voulu me donner son nom. Il m'a simplement dit que « Charlie » avait une information vitale pour mon pays mais qu'il ne pouvait me la communiquer que verbalement. Il a répété que c'était urgent et *vital*. J'ai donc décidé d'envoyer Herbert Boss pour la recueillir.

– Comment avez-vous eu un rendez-vous?

– Nous nous étions mis d'accord avec le messager de « Charlie ». Herbert devait prendre comme « fixer » un certain Wafiek, membre de l'OLP et journaliste, en le prévenant par téléphone de Jérusalem. La première partie du programme s'est déroulée sans encombre. Ensuite, je ne sais pas. La première personne à rencontrer est ce Wafiek.

– Vous croyez que c'est prudent, après ce qui s'est passé?

– Je ne peux pas l'affirmer, mais c'est notre seul lien avec « Charlie ». Les Israéliens ont interrogé Wafiek, sans rien trouver, apparemment. Mais il est le dernier à avoir vu Herbert Boss vivant.

Un ange passa, les ailes dégoulinantes de sang. Malko voyait où l'Américain voulait en venir.

– Vous avez eu des nouvelles de « Charlie », depuis le meurtre? demanda-t-il.

– Non, aucune, mais cela ne signifie rien. Il reste parfois des semaines sans en donner.

– C'est lui personnellement qui devait rencontrer Herbert Boss?

– Cela n'avait pas été précisé, mais semblait évident. Il s'agissait d'une information que « Charlie » ne pouvait confier à un tiers.

– Donc il sait qu'il y a eu un problème.

– Il faudrait qu'il se trouve sur une autre planète pour l'ignorer. Tous les journaux, de *Al Qods* au *Jerusalem Post* ont parlé du meurtre d'Herbert Boss...

Malko demeura silencieux. Tout cela ne sentait pas bon... « Charlie » était peut-être déjà mort.

– Il faudrait d'abord savoir de façon certaine ce qui s'est passé, continua l'Américain. J'ai plusieurs hypothèses.

– Etes-vous certain que c'est bien « Charlie » qui est à l'origine du rendez-vous?

– Oui, affirma aussitôt l'Américain, il y avait un mot de code dans tous ses messages. C'est, bien sûr, la première hypothèse que j'ai envisagée. Eliminons-la. La seconde, c'est que « Charlie » a pu être démasqué par les gens du Djihad. S'ils étaient au courant du rendez-vous, ils l'ont liquidé et ont tué Herbert ensuite. Dans ce cas, c'est cuit. Mais il peut aussi être vivant et avoir été dans l'incapacité de prévenir Herbert qui est allé se jeter dans un piège... « Charlie » dans ce cas se terre quelque part et va finir par donner signe de vie. Seulement, il doit se méfier, parce que forcément quelque chose est pourri dans sa chaîne de transmission.

– Et les Israéliens?

– Je ne pense pas qu'ils aient identifié « Charlie ». C'est une opération totalement hermétique. Mais ils seraient fous de joie de mettre la main sur lui...

Malko demeura quelques instants silencieux.

– Vous croyez vraiment à cette information *vitale* pour les Etats-Unis? Les Palestiniens sont souvent obnubilés par leurs propres affaires.

L'Américain hocha la tête.

– Pas « Charlie ». Il sait que même un complot contre Arafat, ou une opération contre Israël, ne seraient pas vraiment notre problème. Il pèse ses mots, sinon je ne poursuivrais pas. J'attendrais qu'il donne signe de vie.

Il semblait sincèrement inquiet. Malko n'ignorait pas que parfois, un individu infiltré dans une structure adverse pouvait être en possession d'informations capitales. Richard Sorge, espion au service de l'URSS, avait connu la date du débarquement allié en Normandie à partir de ses contacts japonais. « Charlie », infiltré dans un groupe fanatique islamiste éperdument anti-américain, pouvait être en possession d'une information capitale concernant les Etats-Unis.

– Donc, je vais à Gaza essayer de percer le mystère de la mort d'Herbert Boss, conclut Malko. Grâce à Wafiek.

– On attend vingt-quatre heures ! corrigea le chef de station. Si « Charlie » est encore vivant, il doit se manifester. A partir de là, on verra de quelle façon on vous enverra en enfer.

Malko n'eut pas le temps de rire de cette fine plaisanterie. Ils entendirent les éclats de voix d'une discussion violente dans le bureau de la secrétaire. On entendit distinctement la secrétaire de John Powell protester. « Je vous dis qu'il est avec quelqu'un ! Je vais le prévenir. » La fin de sa phrase se perdit dans un fracas de chaises renversées, d'objets bousculés, et la porte s'ouvrit à la volée, si violemment qu'elle alla cogner le mur.

La brune qui s'encadra dans la porte mesurait bien quinze centimètres de plus que la frêle secrétaire de John Powell. Un visage de cover-girl aux traits énergiques, le menton volontaire, les traits déformés par la fureur, un chemisier blanc boutonné jusqu'au cou, gonflé par une poitrine de poupée Barbie... Une ceinture de cuir étranglait sa taille sous laquelle s'évasaient des hanches en amphore, moulées par une longue jupe fendue descendant jusqu'aux chevilles.

– Mr Powell, je n'ai pas pu l'empêcher, couina la secrétaire accrochée au bras de cette splendide furie. Elle...

La nouvelle venue se dégagea d'un coup de coude et marcha sur John Powell, l'interpellant d'une voix tremblante de colère.

– C'est vous le salaud qui avez envoyé Herbert se faire massacrer?

CHAPITRE IV

John Powell mit quelques instants à retrouver son sang-froid. Face à cette furie, il avait des excuses. Plantée devant lui, le buste en avant, la respiration courte, ce qui agitait spasmodiquement son énorme poitrine, elle donnait l'impression qu'elle allait le frapper.

– Qui êtes-vous? demanda l'Américain, rassemblant toute sa dignité. Qui vous a permis de pénétrer de force dans mon bureau?

Les yeux verts de la jeune femme étincelèrent. Sur le ton d'une injure, elle lança :

– Je m'appelle Tamara Halpern et je travaille au *Jerusalem Post*. Herbert Boss était mon jules. Ça vous suffit?

Malko admira la silhouette de la somptueuse créature et envia le malheureux agent de la CIA. Tamara Halpern repoussa ses longs cheveux qui lui tombaient dans les yeux et enchaîna de la même voix furibonde :

– Je veux savoir qui a tué Herbert! Si c'est un de ces enfants de pute de Palestiniens, je lui foutrai deux balles dans la tête!

La rage semblait augmenter encore le volume de ses seins. Elle parlait en martelant ses mots et Malko ne douta pas une seconde de sa détermination. En Israël, les femmes ne faisaient que deux ans de service militaire au lieu de trois, mais maniaient aussi bien les armes que les hommes...

— Qu'est-ce qui vous fait croire que je suis mêlé à cette triste affaire? protesta John Powell. Je suis diplomate et je...

Tamara Halpern le fusilla du regard.

— *Bullshit*! C'est Izak Hanevim qui m'a dit que vous étiez au courant. Vous le connaissez, non?

A son tour, John Powell sembla sur le point d'exploser.

— Oui, je le connais, reconnut-il d'une voix blanche. Mais il vous a donné une fausse information. Je ne sais rien de plus que ce qu'il y a dans les journaux au sujet du meurtre du collaborateur de notre consulat. Et maintenant, je vous prie de quitter mon bureau.

Rageusement, Tamara Halpern enfonça la main dans le grand sac qu'elle portait en bandoulière. Malko se raidit, prêt à bondir; persuadé qu'elle allait sortir une arme et tirer sur le chef de station de la CIA. Avec une femme amoureuse, on ne savait jamais... Mais Tamara Halpern sortit seulement un paquet de Royales, en attrapa une entre ses lèvres et l'alluma, soufflant la fumée en plein visage de l'Américain. Visiblement, l'attitude de ce dernier la décontenançait. Leur face à face dura quelques secondes, puis elle se détourna violemment et sortit du bureau comme une tornade. Malko se demanda si, murée dans sa fureur aveugle, elle s'était même aperçue de sa présence. La secrétaire apparut, en pleurs, et John Powell la congédia. Sa colère explosa aussitôt.

— Quels salauds, ces mecs du Mossad!

— Qu'est-ce que vous voulez dire?

— Izak Hanevim est mon correspondant chez eux!

Et il a bavé auprès de cette pétasse! Sinon, elle ne serait pas venue faire ce scandale.

Visiblement, John Powell n'avait pas été sensible au charme pourtant évident de l'Israélienne.

– Vous la connaissez? s'enquit Malko.

– Evidemment! C'est un des grands reporters du *Jerusalem Post*, également correspondante de plusieurs magazines allemands.

– C'est tout?

– Presque. Tamara Halpern est un curieux mélange. Son père est juif allemand et sa mère arabe chrétienne du Liban. Elle parle je ne sais combien de langues et couvre toutes les histoires du Mossad. Je me demande parfois si elle ne travaille pas aussi pour eux. Grâce à son physique, elle se glisse partout. Dès qu'elle défait deux boutons de son chemisier, les hommes ont le cerveau liquéfié.

– Vous saviez qu'elle était la maîtresse d'Herbert Boss?

– Vaguement. Mais ce n'était pas une liaison exclusive. Elle est fascinée par tous les gens des Services. Je me demande si ce n'est pas pour cela qu'elle était avec Herbert. Physiquement, son genre, ce serait plutôt le Séfarade avec du poil sur la poitrine comme un tapis, une grosse bouche et la queue qui va avec. On la dit plutôt portée sur la chose.

– En tout cas, elle a l'air de vouloir le venger...

John Powell haussa les épaules.

– Oh, ici, on a la détente facile avec les Arabes. Ce salaud d'Izak Hanevim se doutait qu'Herbert ne faisait pas que visiter les camps de colons juifs. C'est pour ça qu'il m'a envoyé cette furie dans les pattes. Un petit clin d'œil...

Une fois de plus, les manips de la *Company* se révélaient hautement perméables. Toute cette affaire sentait le pourri. Malko se demandait pourquoi la CIA était prête à se donner tant de mal pour récupérer un agent dormant avec une information hypothétique. Ou alors, on ne lui disait pas tout. Pour l'instant, il n'y avait plus qu'à attendre ou à s'inscrire au club des extra-lucides. Tant que « Charlie » ne donnerait pas signe de vie... Il eut quand même un sursaut, dans la chaleur étouffante du bureau.

– Ce Wafiek, le « fixer » qui a emmené Herbert Boss au rendez-vous, il est clair?

– Franchement, je le crois. Il cherche simplement à se faire un peu de fric.

– Il est toujours vivant, lui, remarqua Malko.

– C'est-à-dire?

– Vous ne croyez pas que ceux qui ont éliminé Herbert Boss auraient eu intérêt à le liquider aussi, puisque c'est lui qui a organisé ce rendez-vous?

L'Américain médita quelques secondes cette hypothèse, puis finit par reconnaître :

– Rien n'est impossible. Il faudra tirer cela au clair quand vous irez à Gaza...

– Si on lui demande gentiment, je pense qu'il dira non, remarqua Malko.

– Ce sera à vous d'être vicieux.

Malko pensa soudain à une difficulté imprévue :

– Les Israéliens vont me suivre à la trace, si je vais là-bas...

– Evidemment! Mais on s'en fout, dans la mesure où ils ne savent pas ce que vous allez faire. Tout ce qu'il faut, c'est ne pas les mener à « Charlie ». Comme il leur a fait quelques méchancetés, ils le foutraient en taule pour quelques années. Ou bien, il tomberait de la fenêtre d'un commissariat, ou il se pendrait avec ses lacets... Et puis, il sait beaucoup de choses qui les intéresseraient, *eux*. Ils feraient tout pour les lui faire avouer. Vous savez, dans ce pays, ils ne s'embarrassent pas des droits de l'homme, ni du droit tout court.

On arrête les gens et on les garde, le temps qu'il faut...
Dans les pays arabes, c'est bien sûr encore pire... Mais
je suis persuadé que si « Charlie » est encore vivant, il
va se manifester... Sinon, dans quarante-huit heures,
vous filez sur Gaza.

Il avait déjà la main sur le téléphone.

– Qui appelez-vous? demanda Malko.

– Cet enfoiré d'Izak Hanevim.

Malko retrouva la touffeur de Jérusalem sillonnée
par les cars de tourisme. A un arrêt de bus, un Juif
hassidim au teint blafard, portant lunettes rondes et
redingote noire, ses anglaises pendant sous son cha-
peau, lisait la Torah en se balançant d'avant en
arrière, une mitraillette Uzi en bandoulière. Presque
tous les civils israéliens étaient armés et n'hésitaient
pas à se servir de leurs armes. Chaque fois qu'un
Palestinien tentait de poignarder un Juif, il était pris
en chasse par une meute qui l'abattait sans autre
forme de procès, en pleine rue.

Le patio de l'*Americain Colony Hotel* grouillait de
gens, entassés aux tables disposées autour d'un coco-
tier en piteux état. Presque tous étaient des journalistes américains. Ce charmant petit hôtel au nord-est de
Jérusalem, dans la partie musulmane, en retrait de la
route de Ramallah, comportait plusieurs bâtiments et
un des rares restaurants où on échappait à l'abominable cuisine casher qui ôte leur goût à tous les plats.
Malko connaissait l'endroit de longue date. Il s'installa à une table et commanda des mézés et un
kebab.

Presque tous les clients du patio possédaient un
téléphone sans fil et ne se privaient pas de s'en servir.
Parmi cette ruche, un homme de haute taille apparut,

boitant, appuyé sur des béquilles, la cuisse bandée. Un journaliste blessé dans une échauffourée.

Malko avait presque terminé ses mézés lorsqu'un groupe bruyant s'encadra dans la porte donnant sur le salon intérieur. Trois hommes, dont un photographe croulant sous un monceau d'appareils, et une femme, Tamara Halpern. Le regard de celle-ci balaya le patio et s'arrêta sur Malko. Pendant quelques instants, elle parut ne pas le reconnaître puis, après avoir dit quelques mots à ses compagnons, elle marcha droit sur la table de Malko, s'assit en face de lui et lança :

– *Shalom!*

– Bonjour, répondit Malko, songeant à ce qu'avait dit John Powell.

Les trois premiers boutons du chemisier opaque blanc étaient déboutonnés, laissant apparaître le haut d'un soutien-gorge en dentelle blanche copieusement garni. Quand ses traits n'étaient pas déformés par la fureur, Tamara Halpern était très belle, avec ses cheveux noirs cascadant sur ses larges épaules, son nez droit et ses yeux verts.

– Vous savez qui je suis, je suppose? demanda-t-elle.

Il sourit.

– Reporter au *Jerusalem Post*.

– Et vous?

Comme il ne répondait pas, elle lança ironiquement :

– Un autre « spook » (1)! Vous aussi, vous allez vous faire massacrer par ces salauds d'Arabes pour faire plaisir à votre chef? Comme Herbert! Je lui avais dit de ne pas aller à Gaza. Je sentais que c'était mauvais... J'ai du flair.

_____

(1) Barbouze.

– Vous auriez dû prévenir votre ami Hanevim...

– Ce n'est pas mon ami! protesta-t-elle. Il est comme les autres. Il manipule ses petits pantins et quand l'un se fait tuer, il le change. Tous les gens des Services sont les mêmes. Ils vous pressent comme des citrons et ensuite...

Elle laissa sa phrase en suspens. Machinalement, elle prit un morceau de *pita* (1) et la plongea dans la barquette de *hommouz*, avalant le tout d'un trait.

Malko lui adressa un sourire angélique.

– Vous arrive-t-il de ne pas être en fureur?

– Souvent, dit-elle. Quand je suis avec des gens *normaux*. Pas des « spooks ».

– Vous semblez pourtant remarquablement bien connaître les Services, remarqua perfidement Malko.

Tamara Halpern le fixa, brusquement grave.

– Mon père a travaillé vingt ans pour le Mossad, avant de se faire tuer par un Arabe. On aurait pu le sauver, mais on n'a pas voulu griller une source importante. Le directeur du Mossad m'a écrit une très belle lettre que j'ai toujours, en me parlant de sacrifice nécessaire...

Bien que son anglais soit parfait, Malko sentait qu'elle cherchait parfois ses mots. Il lui proposa en souriant :

– Pourquoi ne parlons-nous pas allemand?

Elle fronça ses sourcils fournis.

– Vous êtes allemand?

– Non, autrichien.

– Autrichien? Mais alors, vous devez connaître ma copine Grete Ulstein! Elle travaille pour le magazine *Panorama*. Elle est là-bas.

Elle désigna, à une table où se trouvaient une demi-douzaine de journalistes, une blonde mince, en

_____

(1) Sorte de galette.

pantalon. Malko connaissait *Panorama*, mais pas Grete Ulstein.

– Non, je ne la connais pas, dit-il.

Qu'il parle allemand semblait apaiser la panthère assise en face de lui. Il vit que les trois hommes arrivés avec Tamara étaient déjà en train de déjeuner.

– Restez donc déjeuner avec moi, proposa-t-il. Vos amis vous ont abandonnée.

Le regard vert l'examina avec curiosité.

– Comment vous appelez-vous?

– Malko Linge.

– Et vous faites quoi?

– Demandez à votre ami Izak Hanevim. Il se fera un plaisir de vous le dire.

De nouveau, le regard de Tamara s'assombrit.

– Sûrement pas! dit-elle. *Vous* me le direz. Je ne passe pas ma vie chez lui.

– Pourtant, il vous a mise au courant, pour Herbert Boss.

– Il était jaloux! Dans le temps, j'ai eu un truc avec lui. Il voudrait bien recommencer. Et aussi que je travaille pour lui.

Malko appela le garçon et Tamara commanda un cocktail de langoustines et des spaghettis, avant de revenir à la charge.

– Donc, vous êtes un « spook ». Qu'est-ce que vous êtes venu faire en Israël?

– Pour le moment, je visite Jérusalem.

Stricto sensu, c'était vrai. Tamara Halpern ne semblait pas faire la liaison entre Malko et le meurtre de son amant. Sans insister, elle se mit à manger de bon appétit, jetant parfois un coup d'œil à Malko. Celui-ci se demanda fugitivement si elle avait déjà remplacé Herbert Boss... Jusqu'au café, ils n'échangèrent que des propos banals. Tamara Halpern but son café turc et sortit un paquet de Royales de son sac, en alluma une avec un sourire.

– Ce sont les plus légères sur le marché, dit-elle, comme ça, je ne m'abîme pas la santé.

En tout cas, fumer la détendait. Elle regarda sa montre, et soupira.

– Je dois aller bosser! J'ai rendez-vous avec Bibi...

– Qui est Bibi?

– Benjamin Netanmayu. Le chef de l'opposition. Il a dit à tout le monde que si je pénétrais dans son bureau, il me violait. Alors, j'ai demandé au journal d'aller l'interviewer.

– Pour vous faire violer?

Elle eut un sourire en coin.

– Non, pour démontrer qu'il dit n'importe quoi, comme le prétend Shimon Pérès.

– Cela me ferait plaisir de vous revoir.

– Laissez-moi un message au *Jerusalem Post*.

Elle s'éloigna en balançant ses hanches, femelle jusqu'au bout des ongles, et alla rejoindre sa copine autrichienne. Malko paya puis reprit le chemin du consulat américain. John Powell sembla surpris de le revoir si tôt.

– Un problème?

– Non, je voulais seulement vous avertir que j'ai été « tamponné » par la pulpeuse Tamara, vraisemblablement pour le compte du Mossad.

L'Américain alluma pensivement une Lucky Strike et remit le paquet dans la poche de sa chemise, avant de souffler la fumée.

– Pas sûr, laissa-t-il tomber. Je ne crois pas qu'elle travaille avec eux. C'est une révoltée. Son père a été tué à cause d'une connerie des Services et, tout en étant fascinée par cet univers, elle leur en veut à mort.

Mais il vaut mieux se méfier. Dès que j'aurai du nouveau sur « Charlie », je vous appellerai.

***

Etendu sur son lit, Malko repensait à sa soirée avec Sissi Weikersdorf. Cet univers-là semblait si loin, ici à Jérusalem. Malko ferma les yeux, revivant les sensations de la reddition de la jeune comtesse. Peut-être qu'il ne lui ferait plus jamais l'amour, mais c'était si bon de réaliser un fantasme. Et puis, Dieu sait ce que l'avenir immédiat lui réservait...

Il n'avait guère envie de se promener en ville. Sauf pour un pèlerinage, Jérusalem n'était guère attractive. En réalité, il y avait trois villes : la vieille cité entourée de remparts, bourrée de lieux de cultes, envahie en permanence par des vagues de touristes assaillis par les innombrables marchands de fausses icônes, de crèches « made in Bethléem » et d'horreurs variées. L'expression « marchands du Temple » semblait avoir été inventée pour eux.

La ville moderne aux rues étroites et encombrées par des hordes de bus, un fouillis de sens uniques zigzaguant entre les nombreuses collines de l'agglomération, bordées d'immeubles modernes d'une uniforme laideur, n'offrait guère d'attraits. On s'y faisait immobiliser sa voiture par un sabot en un clin d'œil et la chaleur poisseuse rendait toute marche horriblement pénible.

Quant à la ville arabe, à l'Est, personne n'y allait. Sauf pour y manger un chawerma (1).

Ajoutez à cela une ceinture de clapiers modernes surgis du désert, un labyrinthe de boulevards périphériques.

_____
(1) Mouton à la broche.

Il valait mieux rester dans la clim' du *King David*.
Et rêver.

L'univers de Liezen semblait si loin, dans cette ville
aux trois noms. Jérusalem; Jerosalaim, Al qods. Ber-
ceau des grandes religions et creuset diabolique de
discorde. Des flots de sang avaient coulé pour Jérusalem et couleraient encore. Tout y était trop entremêlé :
la mosquée Al Aqsa, lieu sacré des musulmans, dominait le Mur des Lamentations et il suffisait de faire
quelques pas pour trouver l'Eglise du Saint-Sépulcre
avec le tombeau du Christ.

Vide, comme si tout ce déploiement religieux n'était
qu'une gigantesque farce.

On frappa à la porte et il cria d'entrer. Il n'était
même pas armé et ici, à Jérusalem, on ne se sentait
pas en danger.

Il se leva pour se trouver nez à nez avec Tamara
Halpern. Souriante, elle se laissa tomber dans un des
deux fauteuils en face de la fenêtre donnant sur les
murailles de Jérusalem.

– Commandez-moi un Cointreau *on ice*, avec un
zeste de lime, demanda-t-elle sans préambule en sor-
tant un paquet de Royales de son sac.

Elle venait visiblement s'offrir une petite récréa-
tion.

Sa longue jupe avait glissé lorsqu'elle s'était assise
et il pouvait apercevoir sa cuisse gauche presque
jusqu'à l'aine. Ce qui ne semblait guère la gêner... Il
commanda par téléphone et revint s'asseoir en face
d'elle. Il était presque dix heures du soir. Une déli-
cieuse pensée l'effleura, aussitôt balayée par la voix
ferme de la jeune femme.

– Ne rêvez pas! Je ne viens pas coucher avec vous...
seulement bavarder.

Malko, en gentleman, réussit à dissimuler sa décon-
venue.

— Avec plaisir. De quoi?

— De vous. Grete Ulstein m'a tout dit sur vous : le château, la CIA... Votre réputation d'homme à femmes. Apparemment, vous êtes un peu un mythe. Vous êtes vraiment prince?

— Oui.

— Il paraît que vous n'êtes pas un salaud complet, fit-elle pensivement. C'est pour ça que je suis venue ce soir. Je veux comprendre comment on peut garder son âme en faisant ce métier d'enfoiré pendant des années. Dites-moi?

Ils parlaient allemand et Malko put facilement lui répondre, amusé.

— Le renseignement est un métier de seigneur, c'est Bismarck qui l'a dit. Peut-être que ceux qui le pratiquent n'ont pas une éthique suffisante. Moi, je me suis contenté de ne pas déroger à la mienne. Mais ce n'est pas toujours facile.

Il repensait au personnage d'Apocalypse Now, ce colonel Kurtz devenu fou parce qu'il avait été au bout de son idéal et avait découvert qu'arrivé à un certain point, cruauté et éthique ne riment plus. Même au nom de la raison d'Etat. Il en parla assez longuement et conclut :

— Il faut toujours pouvoir se regarder devant une glace. Le jour où on fuit les miroirs, il est préférable de décrocher.

Tamara l'avait écouté, suspendue à ses lèvres, tout en fumant. Lorsqu'il eut fini, elle s'ébroua et termina son Cointreau.

— Je ne regrette pas d'être venue ce soir, dit-elle. Mon père parlait comme vous.

Elle se leva et lui fit face. L'espace d'un instant, Malko crut qu'elle allait se jeter dans ses bras. Leurs visages étaient à quelques centimètres l'un de l'autre.

Mais Tamara lui adressa seulement un long regard complice et dit :

– Je sais ce que vous êtes venu faire en Israël.

– Quoi?

– Vous allez remplacer Herbert.

Elle lui tendit la main et s'en alla sans dire un mot de plus.

Deux jours s'étaient écoulés dans l'ennui le plus profond. Malko partageait son temps entre sa chambre du *King David* et la visite de la vieille ville de Jérusalem polluée par des hordes de touristes, mais toujours pittoresque avec ses souks, ses multiples congrégations religieuses et ses innombrables édifices religieux.

John Powell avait retardé son départ pour Gaza, hésitant à l'y envoyer sans avoir de nouvelles de « Charlie ». Or, celui-ci demeurait silencieux. Malko avait laissé un message au *Jerusalem Post*, mais Tamara ne l'avait pas rappelé. La chaleur était toujours aussi accablante et la piscine du *King David* n'avait plus de secrets pour lui. Aucun signe d'une surveillance du Mossad n'était décelable, mais, dans ce pays, ils étaient chez eux et chaque Israélien pouvait être leur agent. Tous les matins, Malko lisait consciencieusement le *Jerusalem Post*, sans y trouver grand-chose. La télé était inexistante, à part CNN.

Au matin du troisième jour, le téléphone sonna.

– Je vous invite à dîner à côté de Hillel Street, annonça John Powell. Je passe vous prendre à huit heures.

Malko eut du mal à patienter. Il trouva l'explication du silence de Tamara dans le *Jerusalem Post* : un article d'elle, en provenance du Caire.

**
*

L'Océan se trouvait à l'entrée de l'ancien quartier juif, entièrement reconstruit et transformé en zone piétonne, fourmillant de restaurants et de bars, à l'écart de Hillel Street. Dans une petite rue pavée en S, ses deux petites salles aux murs blancs étaient fréquentées par des Israéliens aisés. John Powell et Malko s'installèrent au fond de la seconde salle, près du bar. L'Américain commanda aussitôt un Johnnie Walker bien tassé.

— Je n'ai pas donné le nom du restaurant au téléphone pour qu'ils n'aient pas le temps de poser des micros, lança-t-il. Mais je sais qu'en ce moment, je suis suivi en permanence. Alors, ne parlez pas trop fort. Le seul fait que je vous voie va déjà attirer leur attention.

— Il y a du nouveau?

— Oui.

Il s'interrompit pour commander une énorme *pita* et un loup grillé. Enfin, un restaurant pas casher.

— Le poisson est délicieux ici, commenta l'Américain, ils le font venir en taxi de Ashkod!

— Vous avez des nouvelles de Gaza? demanda Malko.

— En quelque sorte, oui.

L'Américain tendit à Malko un bout de papier où quelques mots étaient soigneusement calligraphiés. Il lut : « Al Fakr. Hussein Al Jablouni. Al Qods. Hébron. » Pas de signature...

CHAPITRE V

Malko leva les yeux vers John Powell.

– Qu'est-ce que cela signifie?

– C'est très simple, expliqua l'Américain. « Al Fakr », c'est le mot-code signifiant que le message vient de « Charlie ». Hussein Al Jablouni est le nom d'un homme à contacter : le correspondant du journal arabe *Al Qods*. Il se trouve à Hébron, en Cisjordanie, dans les Territoires occupés. Ce message m'a été apporté ce matin par une femme, une Palestinienne qui a tenu à me le remettre en main propre. Impossible de lui tirer un mot, elle s'est littéralement enfuie après me l'avoir donné. Mais c'est le signe que j'attendais de « Charlie ».

– Hébron, c'est très loin de Gaza, remarqua Malko.

– Bien sûr, mais si « Charlie » avait pu sortir de Gaza, il serait ici. Ce Jablouni fournira sûrement une information pour le contacter là-bas.

– Comment savez-vous où le trouver?

– Cela ne doit pas être difficile. Hébron se trouve à trente kilomètres de Jérusalem. Aucun problème pour s'y rendre. Vous savez ce qui vous reste à faire.

– Je vais emmener tout le Shin-Beth derrière moi, observa Malko.

– C'est possible, mais nous n'avons pas le choix. L'important est que ce Al Jablouni vous transmette le message de « Charlie ».

– Vous me donnez une arme?

Une fois de plus, son pistolet extra-plat était resté à Liezen, là où Sissi l'avait reposé. L'Américain hésita.

– Là-bas, je ne pense pas que vous soyez en danger. Et je ne voudrais pas donner aux Schlomos une occasion de vous expulser.

– Ils ne le feront pas, objecta Malko. A mon avis, ils veulent que je les mène à « Charlie ».

John Powell fit semblant de ne pas avoir entendu.

– Louez une voiture Rent a car sur la route de Ramallah, chez Petra. C'est une agence palestinienne. Bien sûr, vous aurez des plaques jaunes, mais moins de chance de vous faire lapider. Présentez-vous comme journaliste, tant que vous ne serez pas en face d'Al Jablouni.

Malko tendit la main.

– Laissez-moi ce papier. Sinon, il n'a aucune raison de me croire.

A regret, l'Américain le lui abandonna. Ils n'avaient plus qu'à savourer leur poisson qui se révéla délicieux. Déjà, les tables de *L'Océan* se vidaient. Dès dix heures du soir, les rues de Jérusalem étaient désertes. Il n'y avait pas de couvre-feu, mais les gens avaient peur des attentats et se levaient tôt. Ils sortirent à leur tour. Dans le lointain, les projecteurs éclairaient les remparts de la vieille ville, leur donnant un air de conte de fées. Malko trouva à son hôtel un message de Tamara, sans numéro où la rappeler. Cela valait mieux. Il n'avait pas envie de lui faire part de son déplacement à Hébron.

*
**

Les soldats israéliens en poste au check-point à
l'entrée des Territoires occupés, sur la route Jérusa-
lem-Bethléem, regardèrent à peine la Fiat bordeaux de
Malko. Ils s'intéressaient surtout aux taxis collectifs
Mercedes emmenant des Palestiniens travailler à Jérusalem... La route, étroite et mal entretenue, sinuait
entre des collines dépourvues de la moindre végétation, seulement couvertes, parfois, d'une lèpre blanchâtre : des colonies de peuplement israéliennes
impeccablement propres, alignées les unes contre les
autres comme des clapiers, mais hideuses. Cent-vingt
mille Israéliens s'étaient installés un peu partout sur
des terres gouvernementales, au milieu des Arabes.
Malko franchit Bethléem presque sans s'en apercevoir. Partout régnait la même absence d'architecture.
On se serait cru dans n'importe quel pays arabe. Les
broches verticales des chawermas voisinaient avec les
cageots de légumes à même le trottoir, devant les
boutiques sans vitrine.

Vingt minutes plus tard, il entrait dans Hébron. La
ville s'étalait entre une demi-douzaine de collines. Au
hasard, Malko se dirigea vers le centre et déboucha
sur un carrefour encombré où convergeaient plusieurs
voies. Des centaines de boutiques grouillaient d'Arabes. Pourtant, il y avait quelques Israéliens à Hébron,
et même une Yashiva (1).

Après avoir garé sa Fiat sur une station de taxi, il
partit se renseigner. Les premiers commerçants lui
tournèrent ostensiblement le dos, jusqu'à ce qu'un
jeune homme à la moustache à la Clark Gable, en

(1) Ecole talmudique.

chemise bariolée, maigre comme un clou, l'aborde et
lui demande en anglais.

– Que cherchez-vous?

– Le bureau du journal *Al Qods*, expliqua Malko,
je suis journaliste étranger.

– Je vais vous conduire, proposa aussitôt le jeune
Palestinien.

Ils traversèrent le carrefour et s'engagèrent dans une
des rues animées du centre. Pénétrant sous un porche,
ils découvrirent de l'autre côté une terrasse surélevée
desservant plusieurs bureaux. Le guide de Malko se
renseigna, et désigna l'un d'entre eux.

– C'est là, *Al Qods*

Malko essaya d'ouvrir la porte. Fermée. Par la
fenêtre, il aperçut un bureau vide. Un voisin vint à la
rescousse. De la conversation en arabe qui suivit, il
ressortit qu'Al Jablouni ne travaillait ici qu'à partir de
quatre heures... Or, il n'était pas midi.

– Nous pouvons aller chez lui, proposa son mentor
bénévole. Je vais demander où il habite.

Dans une ville où il n'y avait ni nom de rue, ni
numéro, ce n'était pas évident. Son guide se fit
dessiner un véritable plan. Cinq minutes plus tard, ils
roulaient vers une autre colline, un quartier périphéri-
que. Nerveux, le jeune Arabe alluma une Gitane
arrivée là Dieu sait comment. Il donnait à Malko de
brèves explications. Puis, il dut demander son chemin,
revenir en arrière, s'engageant dans des impasses. Le
quartier où ils se trouvaient était un labyrinthe de
petits chemins de terre escaladant la colline; seules
quelques voies plus larges étaient accessibles aux
voitures. Finalement, au moment où Malko allait
renoncer, le visage de son guide s'éclaira.

– Al Jablouni habite ici, au bout de ce chemin. La
maison au fond.

Malko aperçut un sentier de chèvres bordé de

masures à demi écroulées. Au fond, se trouvait une maison moderne dont la terrasse dominait la ville. Il essaya d'y monter en voiture, mais se mit à patiner sur la pente raide, sous le regard goguenard de gosses qui tous portaient des tee-shirts aux couleurs de la Palestine. Résigné, il se décida à monter à pied. Plusieurs voitures étaient garées au bas de la maison. Son guide en désigna une, portant une inscription en anglais et en arabe : *Foreign Press*.

— C'est celle de Jablouni.

Ils touchaient au but. Il restait encore à traverser un cloaque et à monter un escalier de pierre. Une plaque en anglais, au rez-de-chaussée, annonçait *Al Qods*. Malko sonna, recommença, puis frappa au battant. La maison était totalement silencieuse.

— Il doit être là, je suis sûr, insista celui qui l'accompagnait.

Devançant Malko, il tourna le bouton de la porte qui s'ouvrit sur un hall au sol carrelé. Celui-ci donnait dans un salon ceinturé de canapés, à la mode arabe. Malko vit une table basse, des vitrines de livres, et dans un fauteuil tournant le dos à une fenêtre ouverte, un homme. Sa tête rejetée en arrière permettait de distinguer parfaitement l'horrible entaille qui lui tranchait la gorge d'une oreille à l'autre. Le sang coulait encore doucement sur sa chemise, la transformant en plastron rouge. Il n'était pas mort depuis plus de vingt minutes...

Malko sentit le picotement de la peur hérisser sa peau. Son guide semblait bouleversé.

— C'est Al Jablouni? l'interrogea Malko.

Le Palestinien hocha la tête affirmativement sans pouvoir répondre. L'odeur fade du sang prenait à la gorge. Rien n'avait été dérangé dans la pièce. Pas de traces de lutte. Le mort connaissait ses agresseurs. Malko se pencha à la fenêtre. Elle dominait d'un mètre à peine un sol en pente douce. On pouvait sans difficulté filer par là. Malko prit le jeune homme par le bras.

– Filons. Vite.

Sans arme, c'était de la folie de rester là, et il ne pouvait plus rien pour Al Jablouni. Au moment où il ouvrait la porte du palier, il s'immobilisa. Deux hommes en cagoule montaient l'escalier extérieur. L'un avait une hache, l'autre un gros pistolet automatique glissé dans sa ceinture. Ils aperçurent Malko et se ruèrent en avant. Il n'eut que le temps de refermer la porte et de la verrouiller. Il traversa le living-room d'un bond et sauta par la fenêtre, suivi de son guide, au moment où un coup de hache faisait éclater un des panneaux de la porte. Ils dévalèrent la pente boueuse avec une seule idée : rejoindre la voiture.

L'homme au pistolet enjambait déjà la porte. Il tira dans la direction de Malko mais celui-ci eut le temps de s'abriter derrière un mur de pierre. La colline était un labyrinthe inextricable de chemins cernés de murs, dont beaucoup se terminaient en impasse. Un vrai bocage urbain... Impossible de regagner la voiture sans effectuer un grand détour, constata Malko.

Des gosses apparurent, l'air mauvais, serrant des pierres dans leurs petites mains, injuriant les deux hommes, ameutant leurs poursuivants par des cris aigus. Charmants bambins... Leurs deux poursuivants surgirent en bout de chemin.

– Attendez! proposa le jeune guide de Malko, je vais essayer de leur parler.

Il fit un pas vers les deux encagoulés, les interpellant en arabe. Calmement, l'homme en cagoule leva son pistolet et tira, à un mètre de distance. Le jeune Palestinien reçut le projectile en plein front, recula et tomba comme une masse. Fin des pourparlers.

Malko, d'un coup de pied, enfonça une porte qui se

trouvait devant lui et déboucha dans un intérieur sombre. Il trébucha sur des enfants. Gêné par leur présence, son poursuivant ne pouvait pas tirer.

Malko traversa la pièce comme un fou, ressortit dans une cour et dévala un sentier. Au passage, un petit de huit ans essaya de lui faire un croche-pieds. Les poumons au bord des lèvres, Malko déboucha enfin sur la grande artère par laquelle il était arrivé. Mais sa voiture se trouvait en contrebas, à plus de cinq cents mètres, en face de la maison d'Al Jablouni. Comme il s'élançait néanmoins dans cette direction, trois formes vertes et cagoulées surgirent de nulle part, des pierres pleins les mains. A ce moment, les deux autres poursuivants de Malko apparurent derrière lui. Il était pris entre deux feux.

Choisissant le moindre risque, Malko partit, coudes au corps, essayant de mettre le maximum de distance entre l'homme au pistolet et lui. Cent mètres plus bas, les trois autres l'attendaient avec leurs énormes cailloux.

Apercevant sur sa droite une échoppe ouverte, Malko fonça dans sa direction. Aussitôt, le propriétaire ferma la porte! Le long de la rue, les rideaux de fer tombaient les uns après les autres, comme pour une grève générale.

Personne ne lui porterait secours. Il se trouvait loin du centre et avant qu'une patrouille israélienne n'intervienne, il serait égorgé comme un mouton ou abattu. Profitant de la pente, il fonça vers les jeteurs de pierre qui accouraient à sa rencontre. Un caillou, cela faisait moins mal qu'une balle...

Il dévala la pente comme un fou, la tête dans les épaules. Une pierre le frappa à l'épaule, sans lui faire trop de mal. Une autre lui écorcha la main. Une troisième le fit hurler. En plein tibia! Il continuait à courir comme un automate, les poumons en feu, sans

rien voir que le bitume inégal, sans rien entendre que
le claquement de ses semelles. Maintenant, les trois
lapideurs se trouvaient derrière lui.

A leur tour, ils se lançaient à sa poursuite, continuant à lui jeter des pierres. L'une d'elles frappa
Malko au milieu du dos, lui coupant le souffle. La
sueur lui coulait dans les yeux. Il lui semblait que cette
route ne finirait jamais... Ses jambes étaient de plus en
plus lourdes. Les boutiques avaient fait place à des
entrepôts déserts.

Il ne vit pas venir la pierre qui l'atteignit au creux
du genou gauche. Il eut l'impression que sa jambe se
dérobait sous lui... Déséquilibré, il tomba, roulant sur
la chaussée. Paniqué : derrière les lanceurs de pierres,
il y avait les deux tueurs. Il revit les photos du cadavre
de Herbert Boss et cela lui donna l'énergie de se
relever. Mais il savait qu'il n'atteindrait pas le carrefour où il pourrait trouver du secours, un kilomètre
plus bas.

La sueur lui brouillait tellement la vue qu'il distingua d'abord mal la petite silhouette noire qui venait
lentement à sa rencontre, montant la pente d'un pas
lent et régulier. Un hassidim complet, avec son cha-
peau noir, sa barbe rousse, sa chemise blanche sans
cravate et sa longue redingote noire. Il semblait
plongé dans la lecture d'un livre qu'il tenait à deux
mains. Il était de si petite taille qu'il avait l'air d'un
enfant, surgi du passé et d'un autre univers. Ses lèvres
remuaient et il devait rythmer sa marche par une
prière. Puis Malko ne vit plus qu'une chose : le
pistolet-mitrailleur Uzi accroché négligemment à son
épaule. Les Israéliens dans les Territoires occupés ne
quittaient jamais leur arme, y compris les religieux.

Malko cria dans sa direction, mais cela ne parut pas l'émouvoir. Absorbé dans la lecture de la Torah, il était ailleurs.

Malko arriva, hors d'haleine, à sa hauteur et vit les verres épais des lunettes de myope. L'autre, tout simplement, ne le voyait pas! D'un seul geste, il arracha l'Uzi de l'épaule du hassidim, fit monter une balle dans le canon et se retourna.

Ses deux poursuivants s'étaient arrêtés net! Mais les lapideurs qui galopaient en tête continuaient. Malko leva légèrement le canon de l'Uzi et lâcha une courte rafale au-dessus de leur tête...

Aussitôt, les trois hommes s'égaillèrent comme des moineaux... Plantant l'apprenti rabbin au milieu de la rue, Malko se lança alors à la poursuite des deux tueurs qui s'étaient abrités derrière un semi-remorque arrêté sur le côté de la route. Ceux-là l'intéressaient. Il les repéra en train de se glisser entre deux immeubles et tira, sans les toucher. L'Uzi n'était pas une arme précise et ses mains tremblaient encore de fatigue. Il eut beau les poursuivre, très vite, il les perdit de vue...

Lorsqu'il redescendit sur la route, une Jeep grillagée de l'armée israélienne, attirée par les coups de feu, montait la côte à toute allure, lançant de grands coups de sirène. Une demi-douzaine de soldats en jaillirent, entourant Malko et le hassidim. Heureusement, le sergent parlait anglais et Malko put faire son récit. Journaliste étranger, il avait voulu aller rendre visite au correspondant d'*Al Qods* et l'avait trouvé assassiné. Ensuite, il avait été pris à partie par des hommes en cagoule qui voulaient le lapider. L'Israélien hocha la tête.

— Ce sont ces salauds du Hamas. Ici, ils contrôlent le quartier. Vous l'avez échappé belle.

Le rabbin récupéra son Uzi au chargeur entamé et,

protégé par les soldats, Malko alla récupérer sa voiture. Comme par miracle, les boutiques avaient relevé leurs rideaux de fer... Malko dut aller faire une déposition au poste militaire de Hébron, un véritable blockhaus... Il croisa plusieurs civils israéliens armés jusqu'aux dents. Sans cette habitude qu'ils avaient, Malko serait mort.

On avait retrouvé le cadavre de son guide. Un officier du Shin-Beth l'identifia aussitôt.

– C'est un militant du Fatah, annonça-t-il. Comme Al Jablouni. Encore un règlement de compte entre Palestiniens. Si nous partons, ce sera un bain de sang.

Une heure plus tard, Malko, moulu, plein de bleus, roulait vers Jérusalem. Il n'était pas dupe : si le Shin-Beth d'Hébron ne l'avait pas davantage questionné, c'est qu'on savait qui il était et ce qu'il était venu faire à Hébron.

Maintenant, il n'avait plus qu'une chose à faire : tenter de trouver « Charlie » à Gaza. Quels que soient les risques, et avant que le Palestinien ne se fasse tuer. On ne voulait pas qu'il parle, ce qui prouvait qu'il avait bien une information explosive à transmettre. Le tout était de l'obtenir avant qu'il ne soit trop tard.

CHAPITRE VI

Malko allongea le bras en grimaçant de douleur. Les pierres jetées par les Palestiniens de Hébron étaient finalement redoutables. Son corps était marbré d'hématomes, dont un énorme au milieu du dos. Il avait du mal à marcher normalement à cause du projectile reçu dans le tibia.

Il savoura lentement sa vodka glacée, essayant de se détendre. Ici, dans le bureau aux dimensions pharaoniques de John Powell, avec vue sur le Mur, on avait du mal à croire ce qui se passait à quelques dizaines de kilomètres de là. Tsahal, la puissante armée israélienne, n'était pas venue à bout de ces jeunes Palestiniens désespérés et déterminés qui la narguaient tous les jours. Le Mossad ne réussissait pas à remonter des filières hermétiques. Et l'Intifada continuait... Sans parler des meurtres d'Israéliens, civils ou militaires.

– Vous voulez vraiment aller à Gaza? demanda John Powell qui s'était servi un Johnnie Walker *on the rocks*; sans attendre un autre signe de « Charlie »?

Malko termina sa vodka avant de répondre.

– Vous voyez une autre solution? Ce qui s'est passé à Hébron prouve que les adversaires de « Charlie » sont décidés à tout pour nous empêcher d'entrer en contact avec lui. Ils surveillent ses amis. On m'attendait à Hébron. Le jeune homme qui m'a guidé faisait partie de l'OLP. Il ne m'a pas abordé par hasard. Pour les raisons que nous connaissons, « Charlie » ne peut pas se déplacer. Donc, si vous voulez savoir ce qu'il a à nous dire, il faut le retrouver. A Gaza.

John Powell, perturbé, tira une Lucky Strike de son paquet. La plupart des gens de la CIA étaient restés fidèles à la cigarette des GI de 1945.

– Je sais que vous êtes un excellent agent... Mais c'est un « long shot ».

– Je ne resterai pas longtemps. Juste assez pour tenter par ce Wafiek de remonter à « Charlie ». Celui-ci doit avoir des « antennes ». Il apprendra, j'espère, que je me trouve à Gaza. J'ai l'intention de descendre au même hôtel que Herbert Boss et, bien entendu, d'utiliser Wafiek.

John Powell semblait modérément enthousiaste.

– Ne faites quand même pas *tout* comme lui...

– *The Good Lord is on my side* (1), répliqua Malko, mi-figue mi-raisin. Mais je ne partirai pas les mains vides.

– J'ai récupéré le Beretta 92 d'Herbert, fit John Powell, mais je suis superstitieux...

L'Américain semblait déchiré. Il enchaîna :

– Je sais bien que vous *devez* y aller. Mais j'ai déjà perdu un homme. Je n'ai pas envie de vous rapatrier dans votre foutu château dans un sac en plastique.

– Donnez-moi les coordonnées de ce « fixer », Wafiek, dit Malko. Je vais l'appeler, de votre part.

– Je vais avertir le Shin-Beth que vous allez à Gaza, qu'il ne vous emmerde pas trop, enchaîna John Powell.

– Je les aurai sur le dos.

– Vous les aurez de toute façon. Je vais leur dire

(1) Le Bon Dieu est avec moi.

que vous enquêtez sur la mort d'Herbert. Après tout, c'est vrai.

Après une brève hésitation, il ouvrit un tiroir et tendit à Malko, par le canon, un lourd pistolet automatique.

– Tenez! C'est un « Desert Eagle ». Un cadeau « officieux » de mon homologue du Mossad, un 357 Magnum. Ça fait sauter la tête d'un éléphant à trois mètres, alors un Palestinien...

Malko prit l'arme : elle pesait un âne mort. Impossible de la glisser dans sa ceinture, elle serait tombée. Il fallait un holster ou un attaché-case.

– S'ils vous trouvent avec ça, ils seront sacrément emmerdés, jubila l'Américain. En tout cas, il est casher!

Belle consolation... Malko quitta le bureau avec son obusier de poche et deux chargeurs. Il n'avait pas intérêt à s'approcher d'un portail magnétique avec cet engin...

*
**

Une voiture s'immobilisa avec un coup de frein strident en face de la porte tambour du *King David*, juste au moment où Malko jetait un sac dans le coffre de sa Fiat. Pour se rendre à Gaza, il ne fallait guère plus de deux heures. Il y serait à onze heures, heure à laquelle il avait donné rendez-vous à Wafiek, le « fixer », au Eresh check-point.

– Malko!

Il se retourna. Tamara Halpern venait de surgir de la voiture, impériale, un pull fin et moulant prêt à craquer sous la masse de ses seins de rêve, ses cheveux noirs cascadant sur ses épaules, une ceinture cloutée serrant sa taille fine. Sa longue jupe aurait été chaste sur n'importe qui d'autre... Elle marcha vers lui, arborant un sourire carnassier, un sac de voyage dans la main droite.

— Vous êtes matinale! remarqua-t-il. Un peu plus, vous me ratiez. Je vous ai laissé deux messages à votre journal.

— Je sais, dit-elle, j'étais au Caire. Je suis rentrée hier.

Le coffre de la Fiat était resté ouvert. Tamara fit un pas en avant et y jeta d'un geste naturel son sac de voyage... Malko la fixa, médusé.

— Qu'est-ce que vous faites? demanda-t-il.

— Je viens avec vous.

Il se força à sourire.

— Je ne reste pas à Jérusalem. Je pars pour quelques jours.

Le sourire carnassier s'humecta de charme.

— Je sais. A Gaza. Et je viens avec vous.

Malko se demanda s'il allait l'étrangler sur place. Le portier écoutait avec intérêt la discussion... Malko prit Tamara par le bras et l'entraîna dans le hall, à l'écart. Tamara semblait très sûre d'elle, amusée même. Comment savait-elle qu'il se rendait à Gaza?

— Que voulez-vous au juste? demanda-t-il.

— Je vous l'ai dit. Vous accompagner.

— Il n'en est pas question.

L'Israélienne eut un sourire suave.

— Dans ce cas, je vous suivrai avec ma voiture. Mais, vous savez, il n'y a que deux hôtels à Gaza, je vous retrouverai. Et puis, je pourrais vous être utile, là-bas...

— Utile!

Il manqua s'étrangler lui-même. Arriver avec une Israélienne dans un des endroits du monde où on les haïssait le plus! C'était le seul moyen de n'avoir *aucun* contact. Autant débarquer avec un écriteau « Mossad » sur le front... Malko tenta de garder son calme.

– Je sais que vous avez été touchée par la mort d'Herbert Boss et que vous souhaitez le venger, dit-il, mais je ne vais pas à Gaza pour cela. Vous ne pourriez que me causer des ennuis.

Têtue, Tamara affronta son regard.

– Je veux venir. Pas seulement pour venger Herbert.

Brutalement, la moutarde monta au nez de Malko. Il devait se débarrasser d'elle, par n'importe quel moyen.

– Si c'est parce que vous avez envie de coucher avec moi, lança-t-il, cela peut se faire maintenant ou à mon retour, si vous pouvez attendre...

Il vit les prunelles de Tamara Halpern se rétrécir. Les muscles de sa mâchoire se durcirent. Sa main esquissa un mouvement, comme pour le gifler, puis son bras retomba.

– Imbécile! siffla-t-elle d'une voix blanche.

Elle fit demi-tour, traversa le hall en trombe et sortit du *King David*, laissant Malko partagé entre la satisfaction et la honte. Jamais il n'avait parlé à une femme de cette façon. Lorsqu'il ressortit, la voiture de Tamara avait disparu. Il inspecta son coffre : plus de sac. Perturbé, il se mit au volant et chercha la route de Tel Aviv dans le labyrinthe des grandes avenues encerclant Jérusalem. Seul le Mossad pouvait avoir prévenu Tamara, et ce n'était sûrement pas gratuit...

Avant de prendre l'embranchement pour Ashquelon, trois quarts d'heure plus tard, il regarda dans son rétroviseur. La Nissan blanche de Tamara était juste derrière lui...

**
*

– *Himmel Herr Gott*!

Malko jurait tout seul, mais il n'y avait rien à faire. Il traversa Ashquelon au milieu d'un embouteillage effroyable, hésita à la sortie, demanda son chemin. Un bref coup de klaxon retentit derrière lui et Tamara le doubla en lui adressant un signe impérieux. Pour comble, elle allait le guider!

Il la suivit, en enrageant, jusqu'à l'énorme check-point israélien qui barrait toute la route à l'entrée de la bande de Gaza. Ils passèrent tous les deux sans problème : seuls les Arabes étaient filtrés. Malko repéra très vite une Fiat 127 verdâtre à côté de laquelle se tenait un petit bonhomme avec des lunettes rondes à la Trotski... L'homme se précipita vers Malko, dégoulinant de bonnes intentions.

– Mr Malko? *I am very happy. You follow me. Take care.* Je n'aime pas ces plaques, ajouta-t-il, désignant les plaques jaunes de la Fiat de Malko.

Ce dernier remonta dans sa voiture. Du coin de l'œil, il vit que Tamara Halpern lui emboîtait le pas, sans s'être fait remarquer du « fixer »...

**
*

Une camionnette surmontée de deux haut-parleurs brinquebalants cahotait à vitesse réduite dans les rues sablonneuses du quartier de Rimal, proposant à tue-tête des bouteilles de gaz. Deux hélicos israéliens tournaient au-dessus de la ville à basse altitude, comme des vautours. Trois Jeeps grillagées doublèrent Malko, pleines de soldats israéliens. Deux d'entre eux surveillaient la route par les portes arrière ouvertes,

Galil braqué. Leurs visages enfantins étaient crispés
par la peur.

Malko dut faire un écart pour ne pas écraser un
fantôme noir, une femme entièrement voilée, portant
même des gants, qui traversait sans regarder.

Toutes les femmes portaient le *hijab* ou étaient
carrément voilées, de la tête aux pieds. Pas un Israélien dans les rues. Les gens suivaient d'un regard
haineux la plaque jaune de la voiture de Malko... Il se
faufila au milieu d'un flot d'antiques 404 Peugeot,
contournant les embouteillages de chariots tirés par
des ânes. L'air était brûlant, la température avoisinait
40°; sous le ciel d'un bleu limpide, des tas d'immondices brûlaient un peu partout. Devant lui, la Fiat 127
pétaradait courageusement.

Ils longèrent ce qui parut à Malko être un blockhaus hérissé de barbelés pour déboucher dans la cour
d'un petit hôtel, le *Cliff*, qui dominait une plage
souillée et déserte.

Un Arabe installé sur un pliant tirait sur son
narguileh. Tamara Halpern surgit de sa Nissan, son
sac de voyage à la main. Wafiek lui jeta un coup d'œil
intrigué.

– Vous la connaissez? demanda-t-il à Malko.

Celui-ci allait dire « non » quand Tamara, en lui
adressant un signe joyeux, s'écria :

– Je vous ai bien guidé!

– C'est une journaliste du *Jerusalem Post*, admit-il,
je l'ai rencontrée sur la route.

Ils se retrouvèrent à la réception. Tamara parlait
arabe couramment. Elle se retourna vers Malko et lui
dit en allemand, avec un sourire ironique.

– J'ai réservé une chambre à côté de la vôtre. Vue
sur la mer...

La vue sur la mer était à peu près le seul quartier de
noblesse du *Cliff Hotel*. Ses trois bâtiments jaunâtres

à la peinture écaillée, flanqués d'escaliers extérieurs
lépreux, semblaient n'avoir jamais été neufs. Les pla-
fonds tombaient par plaques, la clim' ne marchait pas,
il n'y avait pas de rideaux et le matelas semblait en
béton armé...

Malko redescendit en hâte après avoir mis le « Desert Eagle » dans la sacoche de cuir qui ne le quittait
pas. Wafiek l'attendait en buvant un café.

– Qui voulez-vous rencontrer ? demanda-t-il.

Malko plongea son regard dans le sien.

– Les assassins d'Herbert Boss, votre client américain.

Le petit Palestinien sursauta comme si une tarentule
lui courait sur le bras. Il fixa Malko d'un air affolé.

– Mais je ne sais rien, protesta-t-il. Les Israéliens
m'ont interrogé pendant deux jours. Je leur ai tout dit.
J'attendais à la mosquée.

– Peu importe, répliqua Malko. Mais je sais beaucoup de choses sur vous, Wafiek...

Les yeux du Palestinien papillonnèrent derrière les
verres ronds de ses lunettes.

– Qu'est-ce que vous voulez dire ? Tout le monde
me connaît à Gaza, je travaille pour Kyodo, une
agence japonaise.

Malko se pencha à son oreille.

– Il vous arrive aussi de travailler pour les Américains. Pas des journalistes...

Wafiek regarda autour de lui. Personne, sauf le
patron de l'hôtel, plus loin, derrière son comptoir,
n'était en vue.

– Je ne sais pas de quoi vous voulez parler, protesta-t-il.

Il fallait donner l'estocade.

– Vous avez menti aux Israéliens, dit tranquillement Malko. S'ils l'apprenaient, vous auriez des
ennuis. Sérieux.

– Comment ça?

De nouveau, il se pencha à l'oreille du Palestinien.

– C'est vous qui avez transmis le lieu et l'heure de son rendez-vous à Herbert Boss. Je veux savoir qui vous a donné cette information.

– Mais...

Malko posa une main ferme sur son bras.

– Je travaillais avec Herbert Boss. Ne me racontez pas d'histoires, sinon, je dis aux Israéliens ce que je sais. Eux commenceront par vous mettre en prison.

Wafiek piqua du nez sur la table. On aurait entendu voler une mouche. Malko pouvait voir les circonvolutions de son cerveau en ébullition... Pesant les risques, il releva la tête et laissa tomber à voix basse :

– Un type m'a téléphoné. J'ai été le voir. Il m'a transmis le rendez-vous.

– Qui?

– Un certain Said. Il tient une station-service à l'entrée du camp de réfugiés d'Al Chati.

– On y va, dit Malko d'un ton sans réplique.

Le camp d'Al Chati n'était pas très différent du reste de Gaza, avec ses cubes de béton le long des rues poussiéreuses dominées par un grand immeuble inachevé et plein de trous d'obus. Juste à l'entrée du camp se trouvait une grande station-service devant laquelle une demi-douzaine d'hommes bavardaient, assis à côté des pompes, à l'ombre de l'auvent.

– Said est là? demanda Malko à Wafiek.

Le Palestinien hésita à peine.

– Oui, le dernier à gauche, le gros. Mais ça m'ennuie de lui parler. Il va croire que...

Malko avait déjà stoppé. Il descendit et Wafiek le suivit, traînant les pieds, plutôt mal à l'aise... Malko s'arrêta devant Said, un gros homme mal rasé aux cheveux ras, aux yeux curieusement bridés. Malko

avait décidé de mettre les pieds dans le plat. C'est-
à-dire de jouer le rôle de la chèvre dans la chasse au
tigre.

— Dites-lui que je cherche un certain « Charlie »,
dit-il à Wafiek. Demandez-lui s'il le connaît.

Wafiek traduisit la question sans que le gros Said
manifeste une émotion quelconque. Il secoua la tête et
Malko avait compris sa réponse avant même que
Wafiek ne la lui traduise :

— Il ne connaît personne de ce nom, dit Wafiek. Il
dit que ce n'est pas un nom arabe.

Malko *savait* que le gros Said ne pouvait pas
connaître l'informateur de la CIA sous le nom de
« Charlie ». Mais, s'il le connaissait, sous n'importe
quel nom, il risquait de lui parler de cette étrange
requête, et la présence de Wafiek liait Malko à
Herbert Boss. Ils discutèrent quelques minutes et
Malko apprit que Said possédait un quart de la
station-service, qu'il avait onze enfants et qu'il était
un partisan acharné de Georges Habbache, le leader
du FPLP.

Ensuite, le gros Palestinien se leva et, ostensiblement, alla s'enfermer dans le bureau.

— Menez-moi là où Herbert Boss a été tué,
demanda Malko.

Ils remontèrent vers Palestine Square, s'engluant
dans les embouteillages de Omar-al-Muftar Street.
Toutes les boutiques étaient ouvertes, sans compter les
étals à même le trottoir.

Malko ne s'attarda pas dans la ruelle. Wafiek,
terrifié, le suivait sans poser de questions. Ils revinrent
au *Cliff Hotel*. La Nissan blanche de Tamara n'était
plus là. Malko posa le sac contenant le « Desert
Eagle » sur une banquette, commanda un thé et se
tourna vers Wafiek.

– Que dit-on du meurtre de Herbert Boss?
demanda-t-il.

Le Palestinien mit un temps fou à répondre.

– Oh, toujours les mêmes choses. C'est Hamas ou
le Djihad. Mais il n'y a rien de précis. Certains disent
qu'en réalité c'était un Juif qui avait rendez-vous avec
un mouchard...

Malko se pencha vers lui.

– Je vous donne deux mille dollars si vous trouvez
une piste. Dites que je suis journaliste. Je veux rencontrer ces gens.

– Mais c'est très dangereux, protesta Wafiek.

– Je le sais.

Il se dit que tout ce remue-ménage finirait par
parvenir aux oreilles de « Charlie ». Wafiek soupira.

– Je vais essayer. Je connais quelqu'un qui a des
contacts avec tout le monde. Peut-être qu'elle accep-
tera de parler. Si on passe par les porte-parole officiels
des extrémistes, on n'aura rien.

– Alors, allons-y, dit Malko.

Son idée était simple. Ceux qui accepteraient de lui
parler ne seraient pas les coupables. Il avait le choix :
l'OLP, Hamas ou le Djihad.

Ils repartirent dans le centre de Gaza.

– Nous allons à l'hôtel *Marna House*, annonça
Wafiek, dans la rue Ahmed-Abdel-Aziz. C'est le plus
beau de Gaza.

Dix minutes plus tard, ils franchissaient le portail
du *Marna House*, une maison vieillotte au fond d'un
jardin pas entretenu. Plusieurs personnes étaient installées dans les fauteuils d'osier disposés autour de
tables d'un salon de thé en plein air. Grâce à la
verdure, il faisait un peu plus frais.

Malko sentit son pouls s'accélérer. Tamara Halpern
bavardait avec une Noire aussi belle qu'elle, aux

cheveux tressés, habillée comme une hippie. Un sac
d'appareils photos était posé sur leur table.

– Attendez-moi, dit Wafiek.

Malko s'installa à une table à l'écart, couvé par le
regard ironique de Tamara. Il vit Wafiek rejoindre
une femme en train de lire dans un fauteuil d'osier.
Sous le *hijab* qui couvrait ses cheveux, d'étonnants
yeux verts se levèrent sur Wafiek. Ils se lancèrent dans
une conversation à voix basse. Dix minutes plus tard,
le Palestinien revint vers Malko.

– Elle m'a promis d'essayer, affirma-t-il. Mais j'ai
dû lui jurer que vous n'aviez rien à voir avec le
Shin-Beth ou le Mossad. Sinon...

– C'est vrai, dit Malko. Mais qui est cette
femme?

– La propriétaire de l'hôtel, une riche Palestinienne
respectée de tous. Beaucoup de journalistes descen-
dent ici, elle sait tout.

Wafiek regarda nerveusement sa montre. Il semblait
assis sur des charbons ardents.

– Le couvre-feu est à huit heures, expliqua-t-il, j'ai
plusieurs choses à faire avant. Je peux vous ramener
au *Cliff Hotel*. Vous pourrez dîner là-bas.

C'était à peu près aussi enthousiasmant que d'aller
dîner dans un cimetière.

– Laissez-moi ici, dit Malko, je me débrouillerai...
Je prendrai un taxi.

Wafiek ne se fit pas prier... Resté seul, Malko sirota
son jus d'orange... A Gaza, on ne servait d'alcool
nulle part. La nuit était tombée, à six heures pile, et
les gens se dispersaient. Une demi-heure plus tard,
Tamara Halpern abandonna sa noire compagne et
vint rejoindre Malko. Son sourire se fit presque
humble...

– Faisons la paix, proposa-t-elle. J'ai à vous parler.

Je vous invite à dîner au *Al Salam*, ce n'est pas trop
infâme.

Malko n'hésita que quelques secondes. Il voulait
comprendre l'attitude ambiguë de la journaliste israélienne. Il la suivit jusqu'à sa Nissan. Les rues sans
éclairage de Gaza étaient déjà désertes. En quelques
minutes, ils eurent atteint la mer.

Le *Al Salam* était vide, à l'exception d'un couple
installé près d'une des baies surplombant une plage
crasseuse éclairée par des projecteurs. Trois Arabes
jouaient aux dominos près du bar. A cause du couvre-
feu, les restaurants n'avaient pratiquement aucun
client le soir. Des poissons séchés et naturalisés pen-
daient au plafond, essayant d'égayer l'atmosphère
sinistre. Un serveur leur apporta une carte, précisant
toutefois qu'il n'y avait que des mézés et des gambas.
Quand il se fut éloigné, Malko ouvrit le feu.

– Vous allez me dire maintenant pourquoi vous
m'avez suivi ?

Tamara Halpern, comme chaque fois qu'elle était
soumise à un stress, alluma une Royale et souffla
lentement la fumée avant de répondre.

– Cela va vous étonner, fit-elle, mais j'éprouve...
une grande sympathie pour vous. Or, ici, à Gaza,
vous êtes dans un champ de mines où vous courez au
hasard. C'est le meilleur moyen pour se faire très mal.
Je vous ai suivi pour faire en sorte que vous ressortiez
de Gaza vivant.

Malko fixa la jeune femme, incrédule. C'était sûrement l'ange gardien le plus pulpeux qu'il ait jamais
eu... Evidemment, comme « baby-sitter », Tamara
était nettement plus sexy que Chris Jones. Mais
était-elle aussi efficace ?

CHAPITRE VII

Ali Yasin s'engouffra dans la porte à tambour de F.A.O. Schwartz. Etourdi par le bruit, rafraîchi délicieusement par la climatisation, il s'immobilisa au pied de la grosse pendule qui indiquait deux heures cinq. Août à New York était vraiment un mois abominable. L'asphalte semblait fondre sous les pieds, les vêtements étaient collés à la peau par la transpiration, les poumons avaient du mal à aspirer l'air humide et brûlant. Un vrai sauna.

Ali Yasin avait parcouru à pied trois blocs sur la 59e Rue, depuis le métro de la Septième Avenue. Il détestait prendre des taxis. D'abord, c'était cher; ensuite, les chauffeurs gardaient parfois un souvenir trop précis de leurs clients... Or, Ali Yasin avait une tête dont on se souvenait : les cheveux noirs, très courts, ramenés en frange sur le front, un visage rond à la peau très blanche, une moustache et une barbe d'un noir d'encre soigneusement taillées, un costume sombre et une chemise blanche sans cravate. Il avait horreur du négligé et, même en plein été, portait une veste, bien qu'à Washington où il vivait, il fasse encore plus chaud qu'à New York... Mais l'habitude d'enseigner – il était professeur de biologie à l'université George Washington – lui donnait un air compassé

et un peu précieux, qui compensait le débraillé bien
américain de ses élèves, qu'il méprisait et haïssait en
secret. Il prit l'escalier mécanique menant au premier
étage, se frayant un chemin dans la foule. Toute
l'année, F.A.O. Schwartz, le plus grand magasin de
jouets du monde, était envahi par une meute bruyante
de gosses traînant leurs parents résignés. Arrivé au
premier étage, Ali Yasin tourna à gauche vers la
section des jeux de société. C'est là qu'il avait rendez-
vous.

Dix minutes plus tard, alors qu'il commençait à
s'inquiéter, il aperçut celui qu'il attendait. Un homme
de petite taille à la cinquantaine marquée, l'air maladif, vêtu d'un costume marron sans cravate. Cyrus
Jahanbi était un des vingt-trois membres de la délégation iranienne auprès des Etats-Unis. C'étaient les
seuls diplomates à résider aux U.S.A. depuis la rup-
ture des relations diplomatiques avec l'Iran. Officiellement, Cyrus Jahanbi n'était que directeur du service
de presse, tranchant par son allure vieillotte avec ses
brillants collègues, tous diplômés d'universités américaines, qui, affables et avides de contacts, déambu-
laient dans les couloirs de l'ONU barbe au vent, dans
d'élégants costumes Mao.

Très à l'aise dans le monde occidental, tous craignaient, en réalité, Cyrus Jahanbi. Celui-ci en effet
dépendait directement du ministre de l'Information
– également Ministre du Renseignement – Ali Fallahian, un des hommes les plus puissants d'Iran, depuis
qu'il avait regroupé sous sa houlette, au début de
1993, la Savama et la Vavak, les deux organes de
sécurité du régime des mollahs. Comme Kemal
Hemayat, le patron des Pasdarans – les Gardiens de la
Révolution – lui obéissait également, il était redouté.

Cyrus Jahanbi avait pour mission de « gérer » le
réseau clandestin de « taupes » mis en place par

Abbas Amini, le patron de la Vavak, et d'organiser toute l'action clandestine de la République islamique iranienne aux Etats-Unis.

Avec l'autorisation de ses supérieurs religieux, il avait coupé sa barbe et sa moustache, afin de passer pour progressiste auprès de ceux qu'il rencontrait, et de passer plus inaperçu. Il habitait un studio dans la 44e Rue, non loin de la délégation iranienne qui occupait tout le 34e étage du 622 Troisième Avenue, et prenait mille précautions pour ses rendez-vous secrets.

Le FBI avait un œil sur la délégation iranienne dont les membres n'avaient pas le droit de se déplacer hors de New York, mais ne pouvait suivre ses vingt-trois membres en permanence.

Pour rejoindre F.A.O. Schwartz, Cyrus Jahanbi avait pris un bus sur la Troisième Avenue, monté ensuite à pied la 58e Rue, pour pénétrer dans le magasin par la porte de Madison Avenue, consacrée au magasin Barbie, et gagner ensuite le premier étage par un petit escalier intérieur.

Il rencontrait d'ailleurs Ali Yasin le moins souvent possible. Le professeur de biologie, naturalisé américain, ne faisait plus l'objet d'une surveillance du FBI. Il était considéré comme « assimilé », mais sa profession d'enseignant, sa vie de famille rangée – une femme et trois enfants – et son absence d'activité politique ne l'empêchaient pas d'être une cible de choix pour des contrôles occasionnels.

Et pourtant, Ali Yasin était un des éléments les plus virulents du Djihad palestinien, le mouvement anti-israélien le plus radical. Il avait été recruté directement par le fondateur du Djihad, Fathi Chakaki, au cours d'une conférence sur l'Islam tenue à Toronto, et aussitôt chargé d'organiser le financement clandestin du Djihad dans les Territoires occupés, grâce à des mandats expédiés des Etats-Unis.

C'est ainsi qu'il avait connu Cyrus Jahanbi. Lors d'un de ses voyages à Téhéran, Fathi Chakaki avait obtenu des Iraniens un financement pour le Djihad. L'un des vecteurs de ce financement était Cyrus Jahanbi qui recevait de l'argent de comptes « offshore » et le virait ensuite sur des comptes ouverts par Ali Yasin. Ce dernier se sentait toutefois frustré de n'avoir pas un rôle plus actif dans la lutte antisioniste. Quelques mois plus tôt, il avait proposé à Cyrus Jahanbi un plan, en apparence fou, pour une action beaucoup plus « musclée ».

Depuis, sa vie avait changé : il vivait dans une angoisse extasiée, en attendant la mise en œuvre de son projet; ou son annulation. La convocation, par des voies sûres, de Cyrus Jahanbi l'avait plongé dans des transes abominables. Et si c'était la fin de ses espoirs?

– Vous avez fait bon voyage? demanda Cyrus Jahanbi avec une exquise politesse.

– Oui, oui, affirma Ali Yasin d'une voix absente.

Il était venu de Washington en train, afin de laisser moins de traces de son voyage. Même sa femme ignorait son déplacement à New York. D'ailleurs, elle ne posait jamais aucune question.

Les deux hommes firent quelques pas vers le rayon de trains électriques, cherchant un coin un peu plus calme. Ils ne le trouvèrent qu'au rayon des poupées. Par mesure de précaution, ils s'exprimaient en anglais. Yasin ne parlait pas le farsi, mais Cyrus Jahanbi s'exprimait facilement en arabe. Les sonorités gutturales de cette langue risquaient cependant trop d'attirer l'attention.

– J'ai des nouvelles! annonça Cyrus Jahanbi.

Il se tut quelques secondes pour donner plus de poids à ses paroles.

– Le projet a été approuvé par le cercle de Planification et d'Opérations dirigé par le frère Ali Fallahian!

Ali Yasin se retint de l'embrasser. L'Iranien continua à voix basse :

– Cette approbation date de deux mois déjà. Entre-temps, le cercle de Planification devait vérifier si la mise en œuvre pratique était envisageable. C'est acquis, nous disposons désormais des éléments principaux.

– Alors, c'est pour quand? s'impatienta Ali Yasin.

L'Iranien lui adressa un sourire apaisant.

– Pour très bientôt, *Inch Allah*. Deux ou trois semaines. Il y a encore des éléments à mettre en place.

Ali Yasin se rembrunit. Il se rendait compte qu'il avait perdu le contrôle de son projet, que ses puissants alliés ne le laisseraient intervenir qu'au stade ultime... le plus dangereux.

Cyrus Jahanbi lui posa une main protectrice sur l'épaule et dit à voix basse :

– J'aurai bientôt besoin de vous pour l'avant-dernier stade. Je vous préviendrai par la voie habituelle.

– Je suis à votre disposition, bredouilla le Palestinien.

Sans dire un mot de plus, Cyrus Jahanbi s'éloigna, gagnant le rez-de-chaussée. Au passage, il acheta une cassette de « game-boy » afin d'éventuellement pouvoir justifier son passage chez F.A.O. Schwartz. Son paquet à la main, il héla un taxi dans Fifth Avenue, donnant comme adresse le coin de la Première Avenue et de la 34e Rue.

*
**

Malko prit le temps de décortiquer une gambas avant de répliquer à Tamara Halpern. Les bons sentiments de l'Israélienne lui semblaient extrêmement suspects.

— Comment pouvez-vous me protéger? demanda-t-il.

Avec un sourire, elle lui prit la main et la plongea dans son sac de cuir. Immédiatement, il sentit la crosse d'un gros pistolet. Comme la plupart des Israéliens, Tamara portait une arme. Elle lâcha la main de Malko.

— Ceci est déjà une sécurité, souligna-t-elle. Ensuite, je connais très bien Gaza. J'ai entendu une partie de la conversation entre votre « fixer » et Alia, la propriétaire de *Marna House*. N'oubliez pas que je parle arabe... Vous avez été rendre visite à un Palestinien dans le camp d'Al Chati. Vous avez demandé un certain « Charlie ». Qui est-ce?

Malko maudit Wafiek. Au lieu de chercher à trouver des informations, il avait froidement trahi Malko, mentionnant le nom de « Charlie ».

L'Israélienne devina ses pensées. Elle eut un demi-sourire, la bouche pleine de *hommouz*.

— Comment croyez-vous que ce type demeure en vie? Il balance un peu à tout le monde. Pour affirmer sa neutralité.

— Et vous, vous ne balancez qu'au Mossad? lâcha-t-il, volontairement agressif.

Tamara secoua la tête, sans se troubler.

— J'ai des amis dans l'*Hamisrad* (1), qui me donnent des informations. Je sais, par exemple, que cette Alia

_____
(1) Le Bureau.

a deux cousins activistes, des Hezbollahs. L'un est
aux USA, l'autre a été déporté au Liban par le
Shin-Beth. Des gens intelligents, éduqués, mais dangereux, fanatisés. Ils haïssent Israël, l'Amérique et le
monde occidental en général.

– Je vois, dit Malko.

– Qui est « Charlie » ?

La voix calme de Tamara le fit redescendre sur
terre. Il était coincé. A cause de ce salaud de
Wafiek.

– Je ne peux pas vous le dire.

Les yeux verts étaient vrillés dans les siens.

– C'est lui que vous êtes venu voir à Gaza ? insista
Tamara.

Malko ne répondit pas. On leur apporta des poissons frits et ils ne parlèrent plus de « Charlie ». Mais
Malko était obsédé par l'idée qu'il se trouvait peut-
être à quelques centaines de mètre de lui ! Ils terminèrent de dîner et sortirent du *Al Salam*. Dehors, le
silence était minéral : il était huit heures trente.
Tamara prit le volant, mais au lieu d'aller à l'hôtel,
elle se dirigea vers le centre. C'était saisissant : pas un
piéton, pas une voiture, la ville semblait frappée par
un cataclysme. Morte. Tamara roulait doucement, au
milieu de la rue, plafonnier allumé. En vingt minutes,
ils ne virent qu'une ambulance.

Le *Cliff Hotel* n'était guère plus animé. Un vent
soufflait de la mer piquetée de dizaines de lumières :
les pêcheurs travaillaient dans un périmètre délimité
par la marine israélienne. Tamara et Malko montèrent
leurs trois étages. Ils étaient les seuls clients de l'hôtel.
Au moment de le quitter, Tamara lui dit simplement.

– Souvenez-vous : je ne voudrais pas qu'il vous
arrive quelque chose.

Il n'avait qu'un geste à faire pour la prendre dans

ses bras et c'était peut-être ce qu'elle attendait, mais il se contenta de dire merci. Une fois dans sa chambre, il plaça une chaise devant la porte et posa le « Desert Eagle » à côté de lui. Entre le grondement des vagues, le vent, le matelas dur comme du bois, la chaleur poisseuse, il n'arriva pas à trouver le sommeil. Il fallait trouver « Charlie ». Deux hommes avaient déjà été tués et lui-même n'avait échappé que de justesse à la mort, alors qu'il n'avait pas encore progressé d'un pouce... Le secret détenu par l'informateur de la CIA devait en valoir la peine.

*
**

Ali Yasin marchait comme un somnambule dans les couloirs encombrés du métro menant à Pennsylvania station où il reprendrait le train pour Washington. Il ne se détendit un peu qu'une fois installé dans son wagon.

Depuis le mois de mars, il ne vivait plus, en proie à un mélange d'angoisse et de surexcitation. Depuis toujours, il haïssait Israël et les Etats-Unis, à cause de la Palestine. Dans sa jeunesse, il avait milité avec l'OLP puis l'avait quittée, considérant que Yasser Arafat n'était pas assez dur avec les Israéliens. A ses yeux, il n'y avait pas de compromis possible : il fallait faire rendre gorge à Israël, reprendre tous les Territoires occupés et Jérusalem, la Ville Sainte.

Ali Yasin avait été élevé dans une famille très pieuse et sa foi s'était renforcée de toutes les épreuves. Mais il avait compris qu'il ne ferait rien en demeurant en Palestine. Aussi, avait-il émigré aux Etats-Unis, travaillant dur, sans jamais perdre ses convictions ou sa foi. Tous les vendredis, il se rendait scrupuleusement à la mosquée de Massachusetts Avenue pour y prier longuement Allah de libérer la Palestine.

Sa rencontre avec Fathi Chakaki, fondateur du Djihad palestinien, avait été déterminante. Il avait trouvé un homme aussi absolu, aussi décidé, aussi religieux que lui.

Ali Yasin avait accepté avec enthousiasme sa demande d'organisation du financement du Djihad. Grâce à la couverture d'une galerie d'art, le réseau fonctionnait parfaitement, « nourrissant » les militants du Djihad en Israël. Chaque fois qu'un Israélien était assassiné, Ali Yasin se disait fièrement que c'était un peu grâce à lui. Dans les Territoires occupés, un M. 16 ou un Galil valait cinq mille dollars... Avec ses mandats, les combattants du Djihad pouvaient s'en procurer quelques-uns. Ensuite, ils volaient les armes de ceux qu'ils tuaient.

Pourtant, Ali Yasin était sans illusion. Tsahal était trop forte pour que ces coups d'épingle débouchent sur un changement spectaculaire. Mais que faire d'autre? Depuis 1982, l'OLP, chassée du Liban, n'avait plus d'armée. Seuls, quelques groupuscules, comme le FPLP, le Fatah CG, Hamas ou le Djihad luttaient, à armes inégales, sans espoir de vraiment peser sur l'histoire.

La déportation de quatre cents activistes palestiniens dans le Sud-Liban par Israël, au mépris des lois internationales, avait été le déclencheur. Bien entendu, les pays arabes avaient demandé une condamnation d'Israël. Celle-ci avait été bloquée au Conseil de sécurité par la menace de veto américain. Une fois de plus! Chaque fois, c'était la même chose. Sans les Etats-Unis, Israël n'existerait plus...

Le soir de cette journée funeste, après ses cours à l'université George Washington, Ali Yasin était parti à pied le long de G Street, jusqu'à la 17e Rue qui longeait la Maison Blanche à l'ouest. Il l'avait descendue jusqu'à E Street, juste derrière la Maison Blanche.

Il s'était finalement installé sur un banc de « The Ellipse », l'esplanade publique prolongeant la pelouse sud de la Maison Blanche, ruminant sa rage et sa frustration. Le crépuscule était tombé, faisant ressortir les fenêtres éclairées de l'*Oval Room,* le bureau du Président des Etats-Unis, dans l'*East Wing* du bâtiment. Ces fenêtres avaient soudain concentré toute sa frustration. C'était le Président des Etats-Unis dont il fallait se débarrasser. Le protecteur des Israéliens...

Les Américains invincibles, bien à l'abri dans leur immense continent, regardaient d'un œil distrait les Palestiniens se faire massacrer. Si on les frappait chez eux et à leur tête, ils prendraient conscience du problème. Même si cela ne faisait pas basculer les choses, le choc serait terrible. A leur tour, ils connaîtraient la peur et l'humiliation.

Ces fenêtres éclairées fascinaient Ali Yasin. Il était resté près de deux heures à les contempler, cherchant comment mener son projet à bien.

Depuis, il n'avait plus pensé qu'à cela. Avec une patience de fourmi, il avait entrepris d'étudier son idée, découvrant peu à peu avec ravissement qu'elle n'était pas complètement folle... Bien sûr, il y avait un faible espoir de réussite. Mais les kamikazes palestiniens qui se lançaient en deltaplane ou en canot pneumatique à l'assaut d'Israël n'avaient pas non plus beaucoup de chance de réussite.

Au pire, il mourrait en martyr! Il se sentait mal dans sa peau, bien au chaud dans son quartier bourgeois de Georgetown, entre ses élèves, sa femme aimante et soumise, ses enfants.

Loin de la fureur des soldats d'Israël.

Cependant, il était arrivé à un point où la théorie ne suffisait plus. Sur le papier son projet était parfaitement cohérent. Seulement, il n'avait pas la moindre idée de la façon de le mettre concrètement en œuvre. Il fallait trouver des complices hautement qualifiés et des composants très difficiles à se procurer. Ce n'était pas comme l'attentat contre le World Trade Center, bricolé avec des ingrédients achetés dans une droguerie. Son projet à lui était, hélas, beaucoup plus sophistiqué...

Pendant plusieurs semaines, Ali Yasin avait ruminé en silence, n'osant évidemment en parler à personne... Peu à peu, l'idée s'était imposée à lui. Cyrus Jahanbi était le seul à pouvoir l'écouter sans lui rire au nez ou le traiter de fou. Après tout les Hezbollahs libanais soutenus par l'Iran étaient les seuls à se battre effectivement contre Israël.

Timidement, un jour de juin, dans une cafétéria de la Troisième Avenue, protégé par un box et les conversations voisines, il s'était ouvert de son idée à l'Iranien. Ce dernier l'avait écouté attentivement, notant même quelques détails techniques, puis avait recommandé un café. Ali Yasin s'attendait à ce qu'il l'éconduise poliment. Mais Jahanbi avait proclamé avec chaleur :

– La Révolution Islamique Mondiale a besoin de gens comme vous! Si ce projet aboutissait, ce serait un coup terrible porté à l'arrogance du grand Satan...

Même entre eux, ils employaient la phraséologie iranienne. Le cœur battant, Ali Yasin avait attendu la suite.

– Je vais transmettre cette idée aux autorités responsables de mon pays, avait conclu Jahanbi. Je ne peux pas m'engager tout seul. En plus, il faut se procurer certaines choses que je ne peux pas trouver moi-même. N'oubliez pas que je suis sous la surveillance permanente du FBI. C'est un projet *très* audacieux et complexe.

Quelques années plus tôt, il n'aurait même pas écouté Ali Yasin. Jusqu'à une date très récente, les

Etats-Unis avaient été protégés du terrorisme international qui avait frappé d'autres pays occidentaux. Le territoire américain semblait une sorte de sanctuaire. Cela tenait à plusieurs raisons.

D'abord, les groupuscules terroristes ne disposaient d'aucune infrastructure aux Etats-Unis, contrairement à l'Europe. L'immigration récente et massive des Palestiniens avait changé cela. Le renversement du Shah, en 1979, avait permis à l'Iran d'infiltrer parmi les vrais réfugiés politiques des « taupes », afin de créer des réseaux logistiques indispensables à tout attentat.

Ensuite, il n'y avait aux Etats-Unis aucune « mollesse » politique à l'égard des poseurs de bombes, pas de gauche tiers mondiste prête à tout excuser, du moment qu'on était opprimé...

Enfin dans de nombreux Etats des Etats-Unis, la peine de mort était toujours en vigueur... Ce qui dissuadait certains faux kamikazes.

Quelques mois plus tôt, l'attentat dirigé contre le World Trade Center à New York – un camion bourré d'explosif artisanal – avait montré qu'il était possible de frapper l'Amérique chez elle.

La leçon n'avait pas été perdue pour tout le monde.

*
**

Les paysages écrasés de chaleur du Maryland défilaient le long du train. Ali Yasin continua sa rêverie. Huit jours après sa conversation avec lui, Cyrus Jahanbi avait été rappelé à Téhéran. Ali Yasin pensait ne jamais le revoir et se résignait à ne plus entendre parler de son projet. Puis, l'Iranien l'avait convoqué à New York par les moyens habituels. Cette fois, ils s'étaient retrouvés dans un cinéma de la Troisième Avenue, juste à côté de *Bloomingdale*.

Ali Yasin en tremblait d'excitation. D'une voix pleine de gravité, Cyrus Jahanbi lui avait glissé à l'oreille :

– Le frère Ali Fallahian a trouvé votre idée excellente. Elle va être étudiée avec beaucoup de soin et vous serez tenu au courant.

D'autres, moins optimistes qu'Ali Yasin, auraient considéré cette réponse comme une fin de non-recevoir. Lui avait été envahi d'une joie qui l'avait laissé muet. Comme quelqu'un qui voit apparaître sur un écran de télévision le numéro de loto qui fait de lui un milliardaire. Les mots se bousculaient dans sa bouche, les larmes lui montaient aux yeux, sa gorge était trop serrée pour qu'il puisse prononcer une seule parole. Jahanbi s'était penché à son oreille pour préciser dans un souffle :

– Ce n'est pas gagné! Il s'agit d'un projet extrêmement difficile à mener à bien, même avec l'aide d'Allah; nous aurons à surmonter d'énormes difficultés...

Cela n'avait pas réussi à dissiper l'euphorie d'Ali Yasin. Heureusement, dans le noir, Cyrus Jahanbi ne voyait pas ses larmes de joie... Lorsqu'ils s'étaient quittés, il avait presque couru pour regagner Central Station. Il avait beau savoir qu'il faudrait des semaines et même des mois pour mettre au point l'opération, il ne pouvait s'empêcher d'y penser à chaque seconde.

Il avait regagné son petit appartement de R Street, juste en face de Oak Hill Cemetery, retrouvant sa femme folle d'inquiétude. Il n'avait pas mangé, les enfants qu'il embrassait scrupuleusement chaque soir, après leur avoir fait réciter un verset du Coran, dormaient. Comme un fou, il s'était jeté sur sa femme, écartant ses vêtements, la violant presque, la prenant comme une brute, oubliant sa douceur habituelle. Il avait besoin de déverser son énergie, de se sentir le maître du monde.

Elle avait accueilli cet assaut avec ravissement et étonnement, essayant de lui faire dire la cause de sa joie.

– Je suis resté longtemps à la mosquée, avait-il dit. J'ai reçu un message de Dieu.

Elle n'avait rien pu en tirer de plus.

Aujourd'hui, deux mois plus tard, sa joie était plus profonde, plus réfléchie, tandis qu'il regagnait Washington. Cette fois, il avait l'impression de toucher enfin au but.

Il se mit à prier Allah, les yeux clos, le suppliant de ne pas mettre d'obstacle à cette œuvre qu'Il ne pouvait qu'approuver. Supprimer un ennemi de Dieu était une ardente obligation pout tout bon croyant.

Wafiek, apparemment serein, attendait devant un café turc, dans le salon à côté de la réception du *Cliff Hotel*. Tamara avait disparu, sans donner signe de vie à Malko. Ce dernier commanda à son tour un café. Il s'abstint de lui dire qu'il avait appris son indiscrétion, par l'Israélienne.

– Il y a eu un meurtre ce matin, annonça le « fixer ». Un traître abattu dans sa voiture. Il travaillait pour le Shin-Beth, ajouta-t-il à voix basse. Il paraît que ce sont les « Hawks » de l'OLP.

C'était, hélas, courant...

– Pour moi, rien de nouveau? demanda Malko.

Wafiek ne se troubla pas.

– Pas encore... Mais j'ai arrangé des rendez-vous pour vous... Des gens qui pourront peut-être vous apprendre des choses intéressantes.

Il énuméra plusieurs responsables de différents mouvements palestiniens.

Malko n'avait rien d'autre à faire. Il se laissa guider. Cinq heures plus tard, il était saturé de barbus qui répétaient tous la même chose. Des opposants fanatiques et polis qui vouaient Israël aux gémonies.

De jour, Gaza était un peu plus gai avec ses cohortes d'écoliers et d'écolières en uniforme. Comme des verrues grisâtres, les points d'appui israéliens parsemaient la ville, inquiétants avec leurs grillages, leurs barbelés, leurs miradors, leurs projecteurs. La tension était palpable. Deux univers se côtoyaient, haineux et craintifs.

A Gaza, il n'y avait ni journaux extérieurs, ni moyens d'évasion; pas de magasins élégants, pratiquement pas de restaurants. Les gens avaient pris l'habitude de vivre chez eux, à cause du couvre-feu qui vidait les rues dès sept heures et demie. Lors des gros attentats, les Israéliens le maintenaient vingt-quatre heures sur vingt-quatre... Parfois, pendant trois semaines.

A six heures, Malko était de retour à l'hôtel, épuisé et furieux. Pas de Tamara. Wafiek s'enfuit littéralement et il se résigna à dîner seul au *Love Boat*, annexe déserte et sinistre du *Cliff Hotel*, dominant la Méditerranée. Les éternels mézés, suivis de poisson frit et arrosés de coca... Puis, il alla se coucher. Toujours pas de Tamara. Peut-être se trouvait-elle dans les bras d'un bel Israélien? Plus tard, il entendit des pas et la porte voisine qui claquait. Elle était enfin rentrée, il était dix heures du soir.

**
*

Wafiek essuyait avec soin ses petites lunettes rondes quand Malko descendit. Tamara était déjà là, en train de prendre des notes. Le « fixer » semblait d'excellente humeur. D'emblée, il annonça à Malko :

— Je crois que vous me devez deux mille dollars! J'ai le rendez-vous avec les gens que vous voulez.

— Qui?

— Je ne sais pas. Ils acceptent de vous rencontrer pour parler de la mort de Mr Boss. C'est Alia qui m'a prévenu, ce matin.

— Où ça?

— A dix heures en face de la mosquée Al Katiba. Dans le quartier de Zeitoun. C'est facile à trouver. Je vous ferai un plan.

— Parce que vous ne venez pas?

L'histoire d'Herbert Boss recommençait... Sauf que le rendez-vous était en plein jour et qu'un homme prévenu en vaut deux.

Wafiek arbora un air embarrassé...

— Si les Israéliens savent que j'ai vu des gens comme ça, ils vont résilier mon permis de sortie. C'est très important pour moi... Ils parlent sûrement anglais, vous n'avez pas besoin de moi.

Il suait sang et eau... Malko allait le secouer quand la voix de Tamara le fit sursauter.

— Je le comprends, dit-elle avec douceur. Il ne faut pas insister. C'est vrai, le Shin-Beth ne plaisante pas. On se débrouillera sans lui, continua la jeune femme. Il suffit qu'il nous mette sur la route.

Malko ravala sa contrariété. Evidemment, Wafiek sauta sur la proposition de Tamara Halpern.

— Je vous conduirai jusqu'aux abords de la mosquée, affirma-t-il.

Obstinément, il fuyait le regard de Malko. Ce dernier ne croyait pas une seconde que grâce à ce rendez-vous, il approcherait « Charlie ». Tout au plus comprendrait-il un peu mieux ce qui s'était passé. Si « Charlie » se manifestait, ce ne serait pas par Wafiek, après ce qui était arrivé à Herbert Boss. Après tout, la présence de Tamara n'était pas une catastrophe. Wafiek regarda ostensiblement sa montre.

— Il faudrait y aller. Je prends ma voiture et vous me suivez...

— On va prendre ma voiture, proposa Tamara.

Malko ne discuta pas. Cela lui laissait les mains libres. Ils sortirent tous les trois, Wafiek fit pétarader sa Fiat 127 et lui prit place à côté de Tamara. Il ne put s'empêcher de lâcher :

— Vous voulez vraiment savoir qui est « Charlie »...

Tamara secoua la tête, et dit, sans même le regarder :

— Non, j'essaie de vous sauver la vie. Ce type n'est pas « casher »! Ce rendez-vous est un piège.

— C'est très probable, admit-il.

— Alors, pourquoi risquer votre vie?

Il ne répondit pas. Il n'allait pas lui expliquer ses vraies motivations, ni son choix de forcer les adversaires de « Charlie » à se découvrir pour y voir plus clair. Et puis, Tamara ignorait qu'il possédait une arme.

— En plein jour, je pense qu'on ne risque rien, conclut-il.

Ils se traînaient dans les embouteillages de Omar-al-Muftar Street, au milieu des 404. Ils continuèrent vers l'ouest, bien après Palestine Square, jusqu'à une grande avenue traversant la bande de Gaza du nord au sud. Quelques wagons pourrissaient dans un coin : tout ce qui restait du train Beyrouth-Tel Aviv-Le Caire, qui jadis, avant la guerre, fonctionnait.

Wafiek tourna à gauche, filant vers le nord. Très vite, ils se retrouvèrent en pleine campagne! Des champs, peu de maisons, le désert.

– Où sommes-nous? demanda Malko.

– Toujours dans Gaza, mais les quartiers sont séparés les uns des autres, expliqua Tamara.

Ils passèrent devant un énorme camp israélien : des centaines de tentes protégées par des murs, des barbe-lés et des miradors. Des antennes gigantesques mon-taient vers le ciel. Des sentinelles suivaient des yeux toutes les voitures qui passaient. Ici, cela sentait la guerre et la peur. Wafiek s'arrêta deux cents mètres plus loin, à l'entrée d'un chemin étroit et rectiligne s'enfonçant vers l'est, perpendiculairement à la route. Tamara vint se garer à côté de lui. Le Palestinien émergea de sa Fiat et tendit le bras vers l'extrémité du chemin.

– Voilà, expliqua-t-il. Ce chemin mène au quartier de Zeitoun et à la route que vous avez empruntée pour entrer à Gaza. Cent mètres avant, il y a une petite mosquée dans un quartier pauvre, Al Katiba. C'est là que vous avez rendez-vous.

– Je vous retrouve où? demanda Malko.

– A l'hôtel, j'ai des courses à faire. Ma femme est enceinte, je dois l'aider.

Son sourire s'effaça soudain. Tamara Halpern bra-quait sur lui un gros pistolet noir, le canon à dix centimètres de son estomac, le chien relevé. Le regard du Palestinien chavira, il se tourna vers Malko, mais la jeune Israélienne lui dit sèchement.

– Fils de pute, ici, c'est mon pays et tu ne vas pas me baiser...

– Mais, protesta-t-il, je n'ai rien fait.

– Pas encore, fit Tamara. Mais ça va venir.

Elle le poussa du canon de son arme, le força à se mettre au volant de la Nissan.

– Tu viens avec nous, fit-elle. Tu feras l'inter-
prète.

– Mais, vous parlez arabe, protesta Wafiek. Vous
savez bien ce que je risque!

Tamara eut un sourire à faire frissonner une ban-
quise.

– De notre côté, tu ne risques *rien*. Le Mossad me
croira, si je leur jure que tu es « casher ». Tu as peur
d'autre chose?

Wafiek avala plusieurs fois sa salive.

– Non, non! jura-t-il, mais mon permis...

Malko aurait presque eu pitié de lui. Tamara
enfonça son pistolet dans les côtes du Palestinien.

– Je pense que tu es un fils de pute, dit-elle
calmement. Mais peut-être que je me trompe. Allez,
en avant. Malko, montez derrière.

Elle s'assit à côté de Wafiek, et Malko à l'arrière de
la Nissan. Quel jeu jouait Tamara? Pour qui roulait-
elle? Si le « fixer » n'avait pas menti, il allait peut-être
découvrir qui traquait « Charlie », et pourquoi.
Tamara se retourna.

– Dans cinq minutes, vous allez me remercier,
dit-elle simplement. Allez, avance, fils de pute.

Sollicité avec tant d'affection, le Palestinien s'engagea dans le chemin de terre, cahotant dans d'énormes
ornières. On se serait cru en pleine campagne, au
milieu d'une végétation rabougrie, semée de quelques
baraques. A cinquante mètres de la route, c'était un
autre monde. Wafiek semblait faire une course de
lenteur. Tamara rapprocha son pistolet de ses côtes.

– Plus vite!

– Je vais abîmer la voiture! gémit-il.

– Elle n'est pas à toi, fit sèchement Tamara.

Ils continuèrent à cahoter en silence.

Enfin, deux cents mètres devant eux, ils aperçurent
un bâtiment jaune clair, moderne, surmonté d'une

structure métallique supportant des haut-parleurs en
guise de minaret. Au rez-de-chaussée, des portes
métalliques rougeâtres étaient fermées. Sur le côté
gauche, on avait peint une reproduction naïve de la
mosquée d'Al Aqsa. Un gros bouquet d'arbres, sur la
droite, à mi-chemin de la mosquée, dissimulait en
partie le croisement avec un chemin perpendiculaire.

— Voilà, c'est la mosquée Al Katiba, annonça
Wafiek.

Sa voix était curieusement rauque. Discrètement,
Malko sortit de sa sacoche le « Desert Eagle » et le
posa sur le siège, à côté de lui. Wafiek avait encore
ralenti. Soudain, en franchissant une ornière plus
haute que les autres, il cala. Au lieu de redémarrer, il
tourna vers Tamara un visage livide, couvert de sueur,
et dit d'une voix presque imperceptible.

— Il ne faut pas aller plus loin. Les *chahebs* (1) sont
là, derrière les arbres, sur la droite.

Etant donné sa panique ce n'était pas pour les
accueillir avec des fleurs.

(1) Garçons.

CHAPITRE VIII

Un tourbillon de poussière jaunâtre et brillante pénétra par les glaces baissées et balaya l'intérieur de la Nissan. Wafiek fut pris d'une brusque quinte de toux. Lorsqu'il reprit son souffle, Tamara l'interrogea d'un ton dangereusement calme.

– Explique-toi! Les *chahebs* nous attendent, c'est prévu. Pourquoi as-tu peur?

Au lieu de répondre, le Palestinien ouvrit brusquement sa portière, sauta à terre et détala comme un lapin en hurlant quelque chose en arabe. Au même moment, Malko repéra la silhouette sombre d'un homme encagoulé, au milieu du bouquet d'arbres. Tamara Halpern l'avait vu aussi. Ils se ruèrent tous les deux hors de la voiture au moment où claquait une courte rafale de fusil d'assaut. Le pare-brise de la Nissan vola en éclats et plusieurs impacts firent trembler la carrosserie.

Wafiek se jeta à plat ventre au milieu du chemin. Trois hommes en combinaison et cagoule noires surgirent alors du bouquet d'arbres, armés de fusils d'assaut, et coururent vers la voiture. Malko, dissimulé derrière un maigre tronc d'arbre, leva sans hésiter son « Desert Eagle », et appuya sur la détente. Il crut que son bras allait être arraché tant le recul était fort! Le premier des trois *chahebs* reçut le projectile du 357 Magnum en pleine poitrine et tomba en arrière, comme repoussé par un invisible poing géant. Ses deux compagnons s'arrêtèrent, surpris. Ils ne s'attendaient pas à un tel accueil...

A son tour, Tamara Halpern, allongée dans un fossé, ouvrit le feu, mais les deux autres agresseurs eurent le temps de se mettre à l'abri du sous-bois et s'enfuirent en direction de la mosquée. Lorsqu'ils passèrent devant le bâtiment, Malko et Tamara ouvrirent de nouveau le feu, criblant les portes métalliques, mais sans atteindre les deux hommes. Malko, intérieurement, remercia Tamara. Si elle n'avait pas forcé Wafiek à les accompagner, ils tombaient dans une embuscade mortelle. Malgré leurs armes de poing, ils n'auraient pas fait le poids, contre des fusils d'assaut.

Le silence était retombé. Tamara Halpern se releva, courut jusqu'à Wafiek toujours allongé sur le sol et lui appuya le canon de son pistolet sur la nuque. Le Palestinien se mit aussitôt à glapir.

– *La! La!* (1)

– Tu as trente secondes pour parler, fit Tamara.

– Je ne sais rien, je ne sais rien... gémit Wafiek; je vous le jure!

Bougeant légèrement son arme, Tamara appuya sur la détente du pistolet. La détonation claqua à deux centimètres de l'oreille du Palestinien et l'assourdit complètement, achevant de le terrifier.

Un bruit de moteur fit tourner la tête à Malko. Dans un nuage de poussière, deux Jeeps de l'armée israélienne arrivaient à toute allure sur les lieux de la fusillade. Tamara Halpern prit le Palestinien par les cheveux, le forçant à la regarder.

(1) Non! Non!

– Tu te décides? Sinon, je te livre à l'IDF. Tu sais ce qu'ils vont te faire. Ils n'aiment pas les gens comme toi.

C'était une litote... Les Jeeps se rapprochaient. Wafiek se tortilla comme un ver coupé en deux.

– Non, non, ne les laissez pas m'emmener, suppliat-il. Je vous dirai tout ce que je sais.

Il se releva, épousseta machinalement ses vêtements... Les Jeeps s'arrêtèrent dans un nuage de poussière; des soldats tendus, armes au poing, en jaillirent. Malko avait fait disparaître le « Desert Eagle » dans sa sacoche. Tamara Halpern interpella les militaires en hébreu et la situation se détendit immédiatement. Quatre soldats partirent en courant dans la direction où les encagoulés avaient disparu. L'Israélienne expliquait qu'ils avaient été attaqués et qu'elle s'était défendue grâce à son arme personnelle. Elle présenta Malko comme un autre journaliste. Le sous-lieutenant israélien la crut sur parole. Ce genre d'incident était, hélas, courant. Ils allèrent inspecter le cadavre de l'homme abattu par Malko. Sur sa cagoule noire était cousue une bande de tissu vert avec une inscription en arabe. « Al Djihad », traduisit Tamara. Le groupe extrémiste de Fathi Chakaki. On retira la cagoule du mort. C'était un garçon très jeune aux cheveux courts, de vingt ans à peine...

Son corps fut chargé dans une des Jeeps. Les quatre soldats revinrent. Ils n'avaient rien trouvé. Un camion arriva, déversant de nouveaux soldats qui investirent le périmètre. Avec des tronçonneuses, ils commencèrent à couper les arbres derrière lesquels s'étaient dissimulés les agresseurs. Tamara demanda au lieutenant l'autorisation de quitter les lieux. Il le leur permit après avoir relevé leurs identités.

Ils remontèrent dans la Nissan au pare-brise pulvérisé et purent démarrer. Malgré sa carrosserie criblée d'impacts, la voiture marchait. Tamara conduisait, Wafiek à côté d'elle, surveillé par Malko. Le trajet se passa dans un silence de plomb.

– On va à l'hôtel, dit Tamara à Malko.

Au *Cliff Hotel*, elle prit sa clef et ils montèrent dans sa chambre, poussant Wafiek devant eux. Le Palestinien s'assit sur le bord du lit, la tête basse, et Malko commença l'interrogatoire.

– Pour Herbert Boss, cela s'est déroulé de la même façon?

Wafiek secoua la tête avec énergie.

– Non, non, *Wahiet Allah*! (1) Je ne savais pas ce qui allait se passer. Le jour du rendez-vous, un type que je ne connais pas m'a abordé pour me dire de ne pas y aller. Il ne fallait pas que je voie les combattants du Djihad. Dans mon propre intérêt...

C'étaient déjà les extrémistes du Djihad, ceux que « Charlie » avait officiellement ralliés. Bizarre...

Malko reprit l'interrogatoire.

– Et ce matin?

Wafiek baissa la tête, mal à l'aise. Tamara lui expédia un coup de pied avec son botillon pointu et il couina.

– On va te passer par la fenêtre, menaça-t-elle, continuant à sa façon l'interrogatoire. Les fils de pute comme toi, j'adore me les faire... Qui t'a transmis le rendez-vous?

Il répondit si bas que Malko dut lui faire répéter.

– Alia...

– La propriétaire du *Marna House*? Qu'est-ce qu'elle t'a dit?

Wafiek avala sa salive sans pouvoir répondre, cherchant un mensonge à peu près vraisemblable. Froidement, Tamara lança :

_____

(1) Je te le jure sur Allah.

– On en sait assez, on va lui faire sauter la tête... Ça fera un Arabe de moins.

Elle braqua son pistolet et le Palestinien recula, les yeux exorbités.

– Elle m'a dit qu'il ne fallait pas que j'y aille, dit-il d'une traite en secouant la tête.

– Et toi, rugit Tamara, tu as pensé que c'était par discrétion.

– Oui, risqua Wafiek.

Tamara Halpern prit son élan, et avant que Malko ne puisse intervenir, expédia au Palestinien un splendide coup de bottillon. Pile dans l'entrejambe! Le hurlement de Wafiek couvrit le grondement des vagues. Livide, il cracha un jet de bile et glissa à terre, recroquevillé en chien de fusil, les deux mains crispées sur son bas-ventre. Des sanglots de douleur le secouaient. Tamara Halpern lui jeta un regard glacial.

– Ça fait du bien! dit-elle simplement. Ce fils de pute se moque de nous. S'il continue, je lui fais rentrer ses couilles dans la gorge. Qu'il en crève!

– Vous croyez vraiment que ça va le faire parler?

– Bien sûr! Ils ne comprennent que ça. La vraie douleur.

Elle contemplait sans une once de pitié la larve humaine tassée à ses pieds. Plusieurs boutons de son chemisier avaient sauté, dévoilant le haut de sa fabuleuse poitrine. Malgré sa brutalité, elle était sexy en diable...

– Qui est cette Alia? demanda Malko.

– Une merde! Le Shin-Beth la considère comme très dangereuse. Elle a été souvent interrogée, mais en vain. Ses cousins sont des activistes qu'on a à l'œil... Allez, au travail!

Elle releva Wafiek en le tirant par les cheveux, et le poussa sur l'unique chaise de la chambre. Un des verres de ses lunettes était cassé, il bavait, défait, le regard torve, une main protégeant encore son bas-ventre.

– Tu as des choses à nous dire?

Il releva la tête, le regard plus assuré.

– Rien de plus, dit-il avec le courage du désespoir. Je veux rester en vie. Vous pouvez me battre tant que vous voudrez. Ce sont des gens du Djihad qui ont voulu vous tuer. Je ne sais rien de plus. Et si je vous parle, ils me tueront... Moi, je reste à Gaza.

Visiblement, ils n'en tireraient rien de plus. Il avait été utilisé deux fois par des tueurs qui restaient dans l'ombre. Malko et Tamara échangèrent un regard : l'interrogatoire ne mènerait nulle part, et Malko réprouvait ces méthodes brutales. Il n'était pas, comme cette femme, impliqué personnellement et depuis des années dans une violence absolue où tous les coups étaient rendus. C'est ce qui faisait toute la différence.

– Vous pouvez partir, dit Malko au Palestinien.

Wafiek fonça vers la porte, l'ouvrit et se rua à l'extérieur. A peine était-il sorti que Tamara, calmée, concéda :

– Il n'y a rien à faire! Les meilleures équipes du Shin-Beth n'arrivent pas à débusquer ces salauds du Djihad. Ils sont une centaine, pas plus, en cellules de trois ou quatre, avec des armes.

Malko ruminait. Après trois jours à Gaza, il n'avait guère avancé. « Charlie » n'avait pas donné signe de vie, bien qu'il ne doive plus ignorer la présence de Malko à Gaza. Pourquoi restait-il muet? S'il était mort, le Djihad ne s'acharnerait pas sur ceux qui tentaient d'entrer en contact avec lui... Mais pourquoi le Djihad en voulait-il à ce point à « Charlie », qui avait quitté l'OLP pour rejoindre les Islamistes? Seul « Charlie » pouvait répondre à cette question.

– Allons déjeuner, je meurs de faim.

La voix de Tamara l'arracha à sa réflexion, lui rappelant le rôle ambigu de la jeune Israélienne. Journaliste intrépide, femme amoureuse voulant venger son amant, espionne du Mossad... Rien ne collait tout à fait. Que cherchait-elle exactement?

Inadvertance ou volonté délibérée, Tamara n'avait pas refermé son chemisier. Ils s'étaient installés au *Lido*, voisin du *Cliff Hotel*. Malgré les fenêtres ouvertes à la brise marine, il régnait une chaleur d'étuve. Les seuls autres clients étaient des photographes italiens.

Tamara Halpern décortiquait habilement ses gambas. Ses yeux verts se posaient parfois sur Malko, tantôt amusés, tantôt durs.

– Pourquoi les hommes du Djihad ont-ils voulu nous tuer? demanda-t-elle.

– Ma présence à Gaza les dérange probablement...

Elle eut un sourire en coin.

– A cause de ce mystérieux « Charlie », je suppose...

Malko ne répondit pas et Tamara termina ses gambas. Elle alluma ensuite une Royale, souffla voluptueusement la fumée et dit.

– Vous allez encore l'attendre longtemps?

– Il va peut-être enfin se manifester...

– Moi, je ne veux pas faire de vieux os ici, dit Tamara. Mais ce soir, j'ai envie d'une petite fête. J'en ai marre du coca-cola, et après ce qui s'est passé ce matin, on le mérite bien, non?

Leur médiocre déjeuner terminé par un café turc, ils retournèrent à l'hôtel pour prendre la voiture de Malko. Tamara le guida jusqu'au quartier populaire, près de Palestine Square, puis vers le centre. Plusieurs Arabes attendaient dans une petite rue animée. La jeune femme en interpella un qui s'éloigna en courant. Cinq minutes plus tard, il était de retour avec une bouteille d'arak enveloppée dans un exemplaire d'*Al Qods*! Tamara lui donna 50 shekels et il se perdit dans la foule.

– Voilà pour la soirée! lança-t-elle. Ici, on trouve de tout, des devises, de l'alcool, et même des munitions, paraît-il. Mais à moi, ils ne m'en vendront pas...

De retour au *Cliff Hotel*, Tamara tendit la bouteille d'arak à Malko et demanda :

– Vous pouvez me prêter votre voiture? J'ai un copain du Shin-Beth ici. Je veux le voir. Il aura peut-être des tuyaux intéressants.

Malko lui laissa la Fiat et s'installa dans le salon pour réfléchir. Il n'y avait qu'une seule explication plausible au silence de « Charlie » : toutes ses voies de communication étaient « polluées ».

Un muezzin lui vrilla les oreilles... Les Palestiniens de Gaza n'avaient plus que la religion pour refuge...

Tamara Halpern réapparut deux heures plus tard.

– Ils ont identifié l'homme que vous avez tué, annonça-t-elle. Un activiste connu, en fuite depuis des mois. Il appartient à une équipe du Djihad qui s'est procuré des M. 16 en les achetant 5 000 dollars pièce. Ils ont de l'argent, grâce à la diaspora palestinienne.

– Tout cela n'est pas nouveau, remarqua Malko. Ils ne peuvent pas remonter jusqu'à ses complices?

Tamara l'observait d'un regard aigu.

– Je ne vous ai pas tout dit. Le Shin-Beth a arrêté tout à l'heure deux types qui sont impliqués dans l'histoire de ce matin. Ils ont été assez bavards. Ils ont expliqué qu'ils traquaient depuis quelques semaines un traître de l'OLP infiltré dans leurs rangs. Ils voulaient l'empêcher de quitter Gaza vivant. Ce ne serait pas votre « Charlie »?

Malko, l'estomac brutalement noué, réussit à demeurer impassible. Tamara ne pouvait avoir inventé cela, qui était très logique et expliquait beaucoup de choses. « Charlie » avait été démasqué. Comme ses « amis » du Djihad n'arrivaient pas à le liquider, ils le balançaient aux Israéliens.

La sollicitude de Tamara à son égard s'expliquait aisément. La Mossad s'intéressait à Charlie, elle travaillait avec lui et tentait de mettre Malko en confiance, afin de le « marquer » plus facilement. A ce jeu, un des deux perdrait. Lequel?

– C'est tout? demanda Malko.

– Si c'est « Charlie », continua-t-elle, il se cache quelque part à Al Chati. Apparemment, les complices des tueurs de ce matin ont donné assez de précisions pour permettre au Shin-Beth d'arriver à lui.

Elle eut un sourire plein de méchanceté.

– Vous vouliez l'exfiltrer? Ça va être fait! Par recoupements, le Shin-Beth se demande si ce n'est pas un certain Abuchita qu'il traque depuis des mois. Il a organisé plusieurs attentats contre l'IDF, pour le compte de l'OLP. C'est « Charlie »?

– J'ignore tout de lui, affirma Malko, intérieurement catastrophé.

– Si c'est lui, ils le mettront définitivement hors d'état de nuire... conclut d'un air ravi Tamara Halpern.

A ses yeux, les seuls bons Palestiniens étaient les Palestiniens morts. Malko se leva. Il avait besoin de réfléchir.

– J'ai besoin de me reposer un peu, dit-il, il fait vraiment trop chaud...

– Bonne idée, approuva Tamara. Je vais essayer de

prendre une douche, s'il y a de l'eau. On se retrouve en bas vers huit heures, pour notre petite fête.

Malko monta les trois étages, le moral dans les talons. Un vent brûlant faisait voler les rideaux de la chambre. Il s'assit sur le lit, le cerveau en ébullition. Son impuissance l'aurait fait hurler. Impossible de prévenir « Charlie » du nouveau danger qui le menaçait... Impossible également de l'aider. Aller voir Said, le Palestinien de la station-service, eût été trop dangereux. C'était l'impasse totale. La nuit était tombée. A huit heures, résigné, il descendit rejoindre Tamara Halpern.

La bouteille d'arak avait sérieusement diminué. Tamara l'avait bien attaquée, avec la participation de Malko. Après le restaurant ils étaient remontés dans sa chambre, laissant les fenêtres ouvertes pour avoir un peu d'air. Tamara s'était changée, moulée dans un tank-top plein de boutons et un caleçon collant multicolore. Elle prit un petit transistor dans son sac, le brancha sur une station musicale et commença à onduler sur place au rythme de *Hava Naguila*... D'une façon si sensuelle que Malko oublia provisoirement ses soucis. Son ventre se balançait à quelques centimètres de lui, mimant les ondulations de l'amour. Leurs regards se croisèrent. Celui de l'Israélienne brillait d'une lueur hardie, pleine de sensualité.

En minaudant comme une strip-teaseuse, elle commença à défaire les innombrables boutons de son haut, presque jusqu'à l'estomac, découvrant un soutien-gorge pigeonnant. Elle ondulait, les yeux clos, comme si elle était seule.

— Il fait chaud! soupira-t-elle.

– Si vous voulez que je vous viole, continuez, fit
Malko.

Tamara lui adressa un regard faussement innocent.

– J'ai été élevée dans un kibboutz, je dansais souvent pour mes camarades, ils ne se sont jamais jetés
sur moi. Mais, c'est vrai, j'avais seulement douze
ans...

Elle continuait à danser presque sur place, défiant
Malko du regard. Celui-ci se leva et posa ses mains
sur ses hanches, l'immobilisant avec fermeté. Tamara
se laissa faire, le regard provocant. Il pouvait voir son
sexe moulé par le caleçon avec une précision anatomi-
que. Le ventre en avant, les cheveux agités par la brise
entrant par la fenêtre, elle était plus que belle. Avec
lenteur, Malko fit glisser ses mains sur les renflements
des seins, atteignant les pointes qu'il découvrit durcies, perçant la dentelle. Leurs regards se croisèrent et
Tamara dit soudain.

– Vous vouliez me baiser, à Jérusalem? Eh bien,
faites-le maintenant.

Tranquillement, elle dégrafa son soutien-gorge, libé-
rant deux seins magnifiques, puis fit glisser son caleçon, ne gardant qu'un slip minuscule enfoui dans son
sexe. Alors seulement, elle embrassa Malko, se frot-
tant langoureusement contre lui. Sentant son désir se
développer, elle lui murmura à l'oreille :

– Mon ami Hanevim, il rêve de me baiser! J'ai
toujours refusé... Je lui permets seulement de se
caresser devant moi.

Ecartant la dentelle, il plongea brutalement deux
doigts dans son sexe et sentit le miel couler. L'arak
avait fait son effet. Il continua à la baratter d'un
mouvement tournant, jusqu'à ce qu'elle gémisse et
s'active sur sa poitrine avec des ongles d'une habileté
démoniaque. Puis, elle descendit et ses mains achevè-

rent d'épanouir le désir de Malko. Elle se laissa alors
aller en arrière sur le matelas et attira la tête de Malko
vers son ventre, soulevant les reins pour qu'il puisse
achever de la déshabiller. Les cuisses grandes ouvertes, elle poussa un long gémissement quand la bouche
de Malko s'empara d'elle. Elle s'était inondée de
parfum, trahissant la préméditation... Très vite, elle se
tordit sous sa caresse, puis se cambra, l'attirant pour
qu'il la prenne.

— *Komm! Komm!* gémit-elle.

— *Nein!*

Malko n'avait pas envie d'être le jouet de cette
dominatrice. A son tour, il la prit par la nuque et lui
enfonça son sexe raidi dans la bouche. Tamara le
mordit d'abord, puis, docilement, lui administra une
fellation d'une douceur hallucinante... Ce fut au tour
de Malko de gémir de plaisir. Il voyait sa croupe
ronde se balancer devant lui et mourait d'envie de la
clouer au sol. Mais Tamara, mutine, en avait décidé
autrement.

Au moment où il se laissait tomber sur elle, elle
serra violemment les cuisses, l'empêchant de la prendre...

— *Kommen Sie jetzt*, dit-elle, *ich möchte Sie zwischen
meine Titten spirtzen*! (1)

Elle l'attira à califourchon sur son estomac et glissa
le membre de Malko entre ses seins fermes et rebon-
dis, tandis qu'elle en suçait l'extrémité avec sa langue.

— *Es ist ein schöner Schwanz*! (2) roucoula-t-elle.

Elle continua, le masturbant entre ses seins jusqu'à
ce qu'il sente la sève monter de ses reins. Aussitôt,

(1) Viens maintenant. Je veux que tu jouisses entre mes seins.
(2) Tu as une belle queue.

Tamara ôta le membre de sa bouche, le temps de dire
fébrilement :

– *Ja! Ja! stritzen Sie ihren Samen jetzt*! (1)

Son corps fut secoué d'un orgasme violent au
moment où il se déversait sur son visage.

Cela avait beau être délicieux, il était frustré, il
aurait tant voulu la prendre... Allongée sur le dos,
Tamara lui adressa un sourire ironique.

– Tu ne trouveras pas une Arabe qui baise comme
ça...

Il ne répondit pas, ignorant si elle était tordue ou
vicieuse. Allongés côte à côte sur le matelas posé à
même le sol, ils burent encore de l'arak, puis sombrè-
rent dans le sommeil. Lorsque Malko se réveilla, le
jour se levait. Tamara dormait sur le ventre, une
jambe repliée, exposant son sexe. Malko, déjà excité,
sentit monter une formidable érection. Il se glissa
derrière Tamara, raide comme un pieu.

D'un seul coup de reins, il lui transperça le sexe,
s'enfonçant jusqu'à la garde! Brève mais exquise
sensation... Tamara poussa un gémissement bref, se
tordit, mais Malko, la saisissant aux hanches, commença à la besogner à coups lents et profonds. Cette
fois, il la baisait, et bien... D'elle-même, l'Israélienne
s'agenouilla, la croupe haute, le visage dans les mains
et se laissa saillir, ponctuant chaque coup de reins
d'un soupir ravi de vraie femelle. Au moment où
Malko allait succomber, elle lui échappa et roula sur
le dos, les cuisses ouvertes, pour l'attirer de nouveau
en elle. Elle l'embrassa avec habileté, excitant sa
poitrine, griffant son dos et sa nuque. Son bassin
roulait sous lui, se soulevait; elle haletait, ses lèvres
s'écrasaient contre sa bouche.

Elle poussa un cri et se frotta furieusement, le temps

_____

(1) Oui, donne-moi ta semence maintenant.

qu'il gicle en elle, puis elle retomba, comme morte.
Quelques instants plus tard, elle tourna la tête et dit
d'un ton moqueur.

– *Guten Morgen, Herr Linge*!

Puis, elle roula dans ses bras et murmura :

– Tu avais raison. J'avais *très* envie que tu me
baises à Jérusalem. J'ai failli te prendre au mot. Mais
c'est meilleur maintenant, après avoir failli mourir.

Malko mourait de faim. Il descendit le premier
prendre le petit déjeuner. Une femme entièrement
voilée de noir se tenait sur la banquette rouge de la
petite salle. Un vrai fantôme avec voile, tchador, et
même des gants! Elle lisait le Coran, assise sur un
banc. Malko s'assit non loin de l'apparition inattendue.

Il était en train de beurrer un toast lorsqu'elle se
leva, prenant son sac. Il la vit se diriger vers la porte,
puis faire demi-tour. Il croisa alors dans la glace un
regard noir et farouche. Stupéfait, il vit soudain
l'inconnue plonger la main dans son sac, et la ressortir
crispée sur un poignard à la lame de quarante centimètres! Un vrai cimeterre. La lame haute, elle se rua
en avant pour la lui planter dans le dos.

CHAPITRE IX

Il y avait quelque chose de fou dans ce fantôme noir brandissant un énorme couteau de boucher! Malko, le pouls à 150, n'eut que le temps de se jeter de côté en renversant la cafetière. Emportée par son élan, l'inconnue voilée ne put arrêter son geste et abattit son couteau de toutes ses forces là où se trouvait, quelques secondes plus tôt, le dos de Malko. Si fort que la lame s'enfonça de plusieurs centimètres dans la table du petit déjeuner. Avec une sorte de sanglot, la femme prit le manche à deux mains et arracha la lame de la table, au moment où Malko la ceinturait par-derrière, lui immobilisant les bras le long du corps. Déchaînée, elle essaya de se dégager en lui donnant des coups de pied, l'injuriant en arabe, tournoyant comme une toupie, le couteau menaçant, à l'horizontale. Malko parvint enfin à lui saisir le poignet et à le lui tordre, faisant tomber l'arme à terre. Dans un effort désespéré, la femme lui mordit le bras!

Dans la lutte, son *hijab* avait glissé, découvrant un visage rond, presque enfantin, une peau piquetée d'acné, une grosse bouche pâle. Elle cracha encore au visage de Malko qui finit par l'asseoir de force dans un des fauteuils. Brusquement, elle se calma, remit son *hijab* en place et fixa Malko de son regard noir plein de haine.

Les deux employés de l'hôtel avaient assisté à la scène sans intervenir. Malko ramassa l'énorme couteau de boucher affûté comme un rasoir. De quoi le transpercer de part en part. Tassée sur elle-même, la femme ne bougeait plus, comme si toute son énergie avait disparu d'un coup. Malko interpella le gérant du *Cliff Hotel*.

— Demandez-lui pourquoi elle a voulu me tuer.

Le Palestinien posa la question en arabe et elle répondit d'une voix monocorde.

— Son petit frère de douze ans a été tué par l'IDF, traduisit-il. Une balle en pleine tête parce qu'il jetait des pierres sur une Jeep. Depuis ce jour, elle a juré de le venger.

— Pourquoi moi?

La réponse vint immédiatement :

— Cela fait deux jours qu'elle vous guettait. On lui a dit que vous étiez un agent du Shin-Beth, très dangereux.

— Qui, « on »?

Cette fois la femme demeura muette. Le Palestinien répéta sa question et elle finit par lâcher une phrase brève.

— Quelqu'un qu'elle a rencontré au marché. Elle ne sait pas son nom.

Comme pour montrer qu'elle ne dirait plus rien, elle remonta encore son *hijab*, laissant juste une mince fente pour ses yeux. Malko hésitait sur la conduite à tenir quand Tamara Halpern entra dans la pièce, venant, elle aussi, prendre son breakfast. Malko lui expliqua ce qui venait de se passer.

A son tour, elle s'adressa en arabe à la femme en noir, sans en sortir autre chose qu'un regard méprisant. Comme Tamara insistait, elle lâcha enfin une courte phrase sur un ton pas vraiment aimable.

– Que dit-elle? interrogea Malko.

– Que dans la future République islamique palestinienne, il n'y aura pas de place pour les putains juives de mon espèce. Ce genre d'excitées, il y en a beaucoup. On en arrête chaque semaine au Mur, à Jérusalem. Elles viennent tuer un juif...

Malko regardait cet automate surgi d'un autre âge. Quel plan diabolique contrariait-il pour qu'on s'acharne ainsi à le tuer? Ceux qui se déchaînaient craignaient évidemment qu'il ne retrouve « Charlie ».

A ce moment de ses réflexions, Tamara s'adressa à lui :

– On ne peut pas la laisser partir, c'est un trop mauvais exemple...

Elle s'approcha du téléphone, composa un numéro et parla longuement en hébreu.

– Ils vont venir la chercher, fit-elle après avoir raccroché.

Dix minutes plus tard, deux Jeeps israéliennes s'arrêtaient dans la cour du *Cliff Hotel*. La femme en noir se laissa emmener sans résistance. On essuya le café renversé et Malko se réinstalla, sous le regard hostile du personnel de l'hôtel. Le patron vint dire quelques mots à Tamara qui traduisit pour Malko.

– Il ne veut pas qu'on reste, il prétend que c'est dangereux pour lui, si on sait qu'il loge des gens du Shin-Beth.

– Que lui avez-vous dit?

– Qu'il aille se faire foutre. Ce n'est pas un Arabe qui va me donner des ordres dans mon pays.

Une belle nature...

Devant son café tout neuf, Malko se replongea dans ses réflexions. D'un côté, il ne pouvait pas rester indéfiniment à Gaza. De l'autre, s'il partait, il n'y avait plus aucune chance de connaître l'information de « Charlie ». Mais il avait tout tenté en vain.

Tamara, son café bu, était remontée dans sa chambre. Malko en profita. Il se glissa au volant de sa voiture et sortit du *Cliff Hotel*. Une seule personne *pouvait* savoir quelque chose, ou transmettre un message à « Charlie » : Wafiek.

Il n'eut pas trop de mal à retrouver la rue où demeurait le Palestinien. D'abord, il crut que ce dernier donnait une fête. En effet, une grande banderole couverte de caractères arabes était tendue en travers de la chaussée, juste en face de sa villa. Des chaises avaient été installées au milieu de la chaussée sablonneuse, en face d'une estrade improvisée érigée en face du perron. Une toile tendue entre les maisons mettait les chaises à l'ombre. On aurait dit les préparatifs d'une réunion électorale. Intrigué, Malko monta les marches, pour se heurter à un moustachu peu amène, qui parlait heureusement anglais. Malko demanda à parler au « fixer », expliquant qu'il travaillait pour lui.

Le moustachu ne s'embarrassa pas de circonlocutions.

— Wafiek est mort, annonça-t-il. On l'a abattu hier soir, quand il rentrait sa voiture au garage. Deux hommes qui ont pris la fuite.

— On sait qui?

Le moustachu haussa les épaules :

— Non. Vous voulez voir sa veuve?

Sans attendre la réponse de Malko, il fit entrer ce dernier dans un salon où une femme aux yeux rougis, enceinte jusqu'aux dents, était entourée d'une demi-douzaine d'amies qui jetèrent des regards noirs à Malko. Celui-ci se hâta de battre en retraite. Ceux qui

s'acharnaient à couper « Charlie » du monde avaient
prévu sa démarche...

Il reprit sa voiture, découragé. Au moment de
prendre la rue du *Cliff Hotel*, il eut soudain une
inspiration. Autant tenter une ultime possibilité.
Après quelques zigzags dans les rues sans nom, il
atteignit l'entrée du camp Al Chati et retrouva facilement la station-service. Comme la première fois où il
était venu, quelques hommes bavardaient devant,
installés sur des chaises de fer, à l'ombre.

Le gros Said n'était pas parmi eux.

Malko descendit de voiture et s'adressa au plus âgé,
qui parlait à peu près anglais. Le dialogue tourna
court très vite. Personne ne savait où se trouvait Said,
ni même où il habitait et encore moins quand il
viendrait. Visiblement, Malko n'était pas le bien-
venu... Il dut se résoudre à battre en retraite sans
avoir avancé d'un pouce. Au hasard il parcourut
quelques rues du camp de réfugiés où se côtoyaient
des maisons en dur et d'abominables cahutes au toit
de tôle, faites de planches et de terre séchée, qui
étaient le lot des derniers arrivés.

Espérant vaguement un miracle qui ne se produisit
pas, il fit demi-tour, longeant la plage où des gosses
jouaient avec des cerfs-volants. Quand ils aperçurent
les plaques jaunes de la voiture de Malko, ils jetèrent
des pierres dans sa direction en criant des injures.

Il accéléra et au moment de sortir du camp, entendit une explosion sourde puis vit un panache de fumée
grise montant vers le ciel. Des soldats israéliens blo-
quaient la route et lui firent signe de tourner à droite.
Il eut le temps d'apercevoir un des leurs tirant posément à la roquette sur une maison préalablement
vidée de ses habitants. Punition classique pour décou-
rager les lanceurs de cailloux de l'Intifada.

Il émergea enfin dans Gaza.

Cette fois, il n'avait plus rien à tenter. Il grillait d'envie de reprendre ses affaires au *Cliff Hotel* et le mettre le cap sur Israël. Mais c'était si frustrant qu'il n'arrivait pas à se décider. Finalement, il décida de passer une dernière nuit à Gaza, sans trop savoir ce qu'il attendait.

*
**

Il était neuf heures et il faisait nuit noire depuis six heures. Malko avait dîné seul au *Love Boat*, le restaurant de l'hôtel, face à la mer. Ambiance crépusculaire et nourriture infâme. Tamara avait disparu depuis le matin. Depuis une heure, le couvre-feu s'était abattu sur Gaza, transformant la ville en cité fantôme.

Impossible de trouver le sommeil. Malko était inondé de sueur; la nuit, la température ne baissait pas d'un pouce.

Le bruit de la mer pénétrant par les fenêtres ouvertes était si fort qu'il faillit ne pas entendre le coup léger frappé à sa porte. Tamara se manifestait enfin! Il se leva et alla ouvrir. Il demeura pétrifié sur le pas de la porte. Ce n'était pas Tamara, mais Said, le gros Palestinien de la station-service, le « contact » supposé de « Charlie »!

Malko n'en croyait pas ses yeux. Depuis qu'il se trouvait à Gaza, il attendait cette minute. Said ne bravait le couvre-feu que pour une raison sérieuse. Enfin, Malko allait apprendre du nouveau sur « Charlie »! Ouvrant la porte toute grande, il l'invita à entrer.

– *Come on in*. (1)

Said secoua la tête négativement et dit à voix basse.

(1) Entrez.

– No. You come. « Charlie » want to see you. But, very dangerous. (1)

Ça, il n'avait pas besoin de le préciser. Entre le Djihad et le Shin-Beth, c'était une rencontre à hauts risques. Mais c'était le but même de sa venue à Gaza. Malko ne fit qu'un bond jusqu'à la sacoche contenant le « Desert Eagle ». En dépit de son excitation, une petite voix lui soufflait que ce rendez-vous nocturne pouvait *aussi* être un guet-apens.

Said paraissait extrêmement nerveux. Malko referma la porte de sa chambre et suivit le Palestinien dans l'escalier extérieur. La Nissan blanche de Tamara Halpern n'était pas dans la cour de l'hôtel. Donc la jeune femme n'était pas rentrée. Le bureau du *Cliff Hotel* était fermé. Malko avait le pouls à 120 lorsqu'ils se glissèrent dans la rue sombre et déserte. Said, avant de traverser, examina longuement l'obscurité. Puis, ils rasèrent les murs jusqu'à une rue étroite où régnait une obscurité totale. On n'entendait que le bruit de leurs pas sur le sol inégal. Tous les trente mètres, Said s'arrêtait et écoutait.

Ils progressèrent ainsi pendant un quart d'heure, s'éloignant grosso modo vers l'Est, longeant le camp Al Chati.

Un bruit de moteur les fit plonger dans une embrasure. Une minute plus tard, une Jeep passa lentement devant eux. Ils attendirent plusieurs minutes avant de reprendre leur progression. Said respirait lourdement et Malko avait les nerfs à fleur de peau. Même si ce n'était pas un guet-apens, cette balade nocturne était mortellement dangereuse. Si une patrouille israélienne les surprenait, les soldats de Tsahal tireraient d'abord et s'expliqueraient ensuite... Encore dix minutes de marche, puis Said fit signe à Malko de s'arrêter. La

(1) Non. Venez. Charlie veut vous voir, mais c'est très dangereux.

rue où ils se trouvaient se terminait par un espace découvert. Le Palestinien poussa Malko dans une bâtisse en ruines dont il ne restait que quelques murs debout. Là, le clair de lune rendait la nuit moins noire.

Said s'immobilisa, inspectant du regard l'espace devant lui. Malko aperçut une forme étendue à ses pieds et sentit une odeur fade, un peu écœurante. Celle du sang!

Son regard s'étant accoutumé à l'obscurité, il réalisa qu'il avait un cadavre à ses pieds! Said avait terminé son inspection. Il se retourna et vit le regard de Malko posé sur le cadavre.

– *He was following me* (1), dit-il simplement.

Passant son pouce devant sa gorge, il expliqua d'un geste le sort du suiveur...

– *We have to run,* souffla-t-il. *Very fast. Other side*, Al Chati. *Very dangerous, Israéli are watching...* (2)

Malko avait compris : l'espace découvert les séparait du camp Al Chati et ce *no man's land* était sous la surveillance des Israéliens sûrement munis de lunettes infra-rouges. D'après les calculs de Malko, ils devaient se trouver à trois kilomètres du *Cliff Hotel*. Il banda ses muscles et s'élança en même temps que Said. Un peu comme des lièvres qui déboulent devant des chasseurs à l'affût...

La traversée de l'espace découvert ne dura que deux minutes, mais ce furent deux *très* longues minutes... A chaque seconde, Malko s'attendait à entendre claquer une détonation. Etant donné la précision des Galils équipés de lunettes infra-rouges, cela risquait d'être le tout dernier bruit qu'il entendrait.

---

(1) Il me suivait.
(2) Il faut courir. Très vite. Jusqu'à l'autre côté. Très dangereux, les Israéliens font le guet.

Il se retrouva accroupi au début d'une ruelle puante, le cœur cognant contre ses côtes, le souffle court, merveilleusement heureux d'être vivant. Quelques instants de repos et Said repartit, suivant la ruelle qui serpentait au milieu d'un pâté de vieilles maisons. Ils se trouvaient maintenant à l'intérieur d'Al Chati.

Ce qui ne supprimait pas les risques, loin de là. Said le guidait dans un labyrinthe de bicoques en ruines, franchissant des murs éboulés, passant d'une maison à l'autre.

Pas un signe de vie. Comme si l'immense camp avait été désert. Parfois un lumignon jaunâtre, derrière une fenêtre, ou le bruit d'une télé, rappelait que des hommes vivaient là.

Ils traversèrent enfin une cour pleine d'immondices. Devant un énorme tas d'ordures, un homme attendait. Dès qu'il les vit, il saisit une fourche et s'empressa de repousser les ordures, dégageant une trappe cachée. Said la souleva, découvrant une échelle. Cela ressemblait à l'entrée d'un égout. Said attendit d'être dedans pour allumer une torche électrique. Malko descendit à son tour dans le couloir souterrain, barré à son extrémité par une porte devant laquelle veillait un homme armé d'un fusil israélien. Mais ce n'était pas un Israélien.

Malko s'arrêta, modérément rassuré. Si c'était un piège, il était cuit. Said se tourna vers lui, et tendit la main.

– *Your gun!* (1)

Le Galil était braqué sur lui. Il donna son « Desert

_____
(1) Votre pistolet.

Eagle » automatique que Said prit par le canon. Alors seulement, l'homme au fusil s'écarta. Said tira la porte. De l'autre côté s'ouvrait un trou circulaire. Il commença à descendre une échelle de fer.

Malko lui emboîta le pas, et atterrit dans une salle voûtée éclairée par une ampoule nue. Un homme était allongé dans un coin, sur un lit de camp, et il flottait dans la pièce une forte odeur d'éther.

– *Here is Charlie*, annonça Said.

Malko, ému, regarda l'homme allongé. Sa moustache très noire et abondante tranchait avec la pâleur crayeuse de ses traits. Ses joues étaient creusées et son regard vide. Ses mains sur le drap tremblaient légèrement. Malgré la chaleur poisseuse, il paraissait avoir froid. Il parvint à sourire faiblement.

– Vous êtes Malko Linge? demanda-t-il.

– Oui.

– Je suis Charlie. Nous n'avons pas beaucoup de temps. Ceux du Djihad m'ont dénoncé aux Israéliens. C'est pour cela que j'ai pris le risque de vous faire venir ici.

– Mais pourquoi pas plus tôt?

– Vous auriez traîné tout le Shin-Beth derrière vous. Ils me veulent, au moins autant que le Djihad. Maintenant, cela n'a plus d'importance. Cet endroit va être repéré d'une minute à l'autre.

– Il faut partir, dit Malko. Je vais essayer de vous faire quitter Gaza.

« Charlie » esquissa un sourire sans joie.

– Impossible. D'abord j'ai reçu une rafale de M. 16. Ma jambe droite est brisée en deux endroits, la rate est atteinte et l'estomac aussi. Je survis avec des transfusions permanentes. Je suis intransportable. C'est important que vous ayez pu venir jusqu'ici...

– Que s'est-il passé? Depuis le début...

Le gros Said vint lui essuyer le front. Il régnait dans

cette cave une température d'étuve. « Charlie » eut une
sorte de hoquet, grimaça de douleur et commença.

– Vous connaissez mon histoire. J'ai fait beaucoup
de mal aux Israéliens. Je dirigeais les « Hawks » ici, à
Gaza. Nous avons tué plusieurs soldats et organisé
l'Intifada. J'étais admiré et respecté. Quand le Djihad
a commencé à former des cellules, ils m'ont contacté.
Tunis m'a donné l'ordre de faire semblant de me
rallier à eux, d'être en désaccord avec Abou Ammar.
Cela a marché. J'ai commencé à travailler pour Fathi
Chakaki et ses amis. Des gens très durs, fanatiques de
la lutte armée contre Israël et les Etats-Unis.

« Il y a un mois environ, nous avons reçu la visite
d'un représentant du Djihad entré clandestinement à
Gaza. Il avait été envoyé par Fathi Chakaki lui-même
pour remonter le moral du groupe de Gaza. Il nous a
exhortés à continuer la lutte et nous a annoncé que la
branche du Djihad palestinien basée aux Etats-Unis
était en train de mettre au point un attentat qui allait
secouer le monde entier.

– De quoi s'agit-il?

– L'assassinat du Président des Etats-Unis...

Ici, au fond de ce trou, dans un camp de réfugiés de
Gaza, cela paraissait surréaliste. Mais l'attentat contre
le World Trade Center, à New York, était là pour
prouver que les intégristes ne reculaient devant rien...
Et que les Etats-Unis n'étaient plus à l'abri du terrorisme.

– C'est l'information que vous vouliez transmettre?

« Charlie » inclina la tête.

– Oui, mais j'ai des précisions, bien sûr. Cet homme
nous a expliqué qu'ils avaient le soutien de l'Iran, et
même d'un Américain!

– Un Américain!

– Oui. Un homme qui vit à New York, un marchand d'armes très riche. Il joue un rôle très important dans cette affaire.

– Son nom?

– Je l'ignore, mais c'est sérieux... Cet homme aurait déjà fourni à l'Iran, pendant la guerre contre l'Irak, des composants électroniques pour les batteries de missiles.

Tout cela était quand même vague, songea Malko.

– Et l'envoyé de Fathi Chakaki, celui qui vous a parlé de ce projet, où se trouve-t-il? demanda-t-il.

– Il est mort. Les Israéliens l'ont intercepté alors qu'il s'exfiltrait de Gaza. Il a été abattu sur place. Mais ils n'ont jamais rien su à son sujet, sauf son nom.

Malko ne pouvait croire que c'était pour cette vague information qu'Herbert Boss avait été massacré, et lui-même pourchassé.

– Il manque un maillon à votre histoire, remarqua-t-il.

– Oui, reconnut « Charlie », j'ai commis une imprudence. Je ne pouvais pas sortir de Gaza, mais je voulais transmettre cette information à tout prix. J'ai donc fait une note détaillée à l'intention de Mr Powell et je l'ai remise à un membre du Fatah que je considérais comme sûr. Quelqu'un qui avait la possibilité de sortir officiellement de Gaza. Le soir même, je suis tombé dans un guet-apens. Deux hommes ont tiré sur moi et j'ai été atteint de cinq projectiles. Sans mon garde du corps, ils m'achevaient. Mes amis m'ont amené ici et je n'en ai plus bougé. Mais je suis coupé de tout contact avec l'extérieur.

– Qui est cet homme qui vous a trahi?

– Wafiek Kharoubi. La CIA avait l'habitude de travailler avec lui. Lorsque le Djihad a su que la CIA envoyait quelqu'un pour me contacter, ils ont monté une embuscade, avec son aide.

La boucle était bouclée. Malko regarda le visage émacié de « Charlie ». Il avait déjà la mort dans les yeux. Et il le savait. Mais Malko ne pouvait pas l'abandonner ainsi.

— Je vais essayer de vous exfiltrer, dit-il.

« Charlie » secoua la tête :

— Vous savez bien que c'est impossible. L'important c'est que *vous* sortiez de Gaza pour transmettre cette information. Je suis sûr que ce n'est pas un bluff, ni une idée en l'air.

— Mais pourquoi s'attaquer au Président des Etats-Unis ? objecta Malko. Et pas à Arafat ou à des Israéliens ?

— Le Djihad est très lié à l'Iran, ils ont les mêmes points de vue sur beaucoup de choses. A leurs yeux, l'ennemi numéro un, c'est le « Grand Satan », les Etats-Unis. Ils veulent frapper l'opinion mondiale. Tuer Arafat, cela ferait des vagues dans le monde arabe, mais pas dans le monde occidental. Tandis que le Président des Etats-Unis...

Brutalement, en écoutant « Charlie », Malko fut certain qu'il avait raison, qu'il y avait bien un projet d'attentat contre Bill Clinton. Même si, dans ce trou à rats de Gaza, cela semblait fou et irréaliste. Tout était possible. Trente ans plus tôt, le président Kennedy avait été assassiné et on ne connaissait toujours pas toute la vérité. Dans cet univers de haine et de folie, rien n'était impossible.

— Le Djihad est très dangereux, continua « Charlie ». Ils sont partout. En Egypte, en Algérie, ici, au Liban, en Jordanie... L'Iran les aide, leur donne de l'argent, des faux papiers. Ils ne pensent qu'à détruire. Faites très attention, il est possible que vous ayez été suivi. Ils vont tenter de vous tuer pendant que vous êtes encore à Gaza.

— Vous ne pouvez vraiment rien me dire de plus, sur ce projet d'attentat?

— Rien. Mais je suis certain que c'est sérieux. Celui qui est venu était un proche de Fathi Chakaki. D'ailleurs, si ce n'était pas le cas, ils n'auraient pas empêché qu'on m'approche. Ils ont tout fait pour que cette information ne sorte pas de Gaza. Maintenant, Said va vous ramener à votre hôtel. Partez le plus vite possible, même pendant le couvre-feu. C'est encore là que vous êtes le plus en sécurité. Demandez aux Israéliens de vous escorter...

— Et vous?

— Moi! *Inch Allah.* Ma famille est à l'abri. Pour moi, c'est fini. Les Israéliens ne m'auront pas vivant.

Il plongea la main droite sous son drap et la ressortit, refermée sur une grenade défensive de l'armée américaine.

— C'est la dernière surprise que je réserve au Shin-Beth, fit-il avec un sourire triste. Je n'ai pas envie d'aller en prison.

Il y eut soudain un remue-ménage et le gros Said surgit, l'air affolé, lançant des phrases pressées en arabe. Une explosion sourde l'interrompit, qui fit vaciller la lumière et tomber du plâtre.

— Les Israéliens ont trouvé ma cache! lança « Charlie ». Ils donnent l'assaut. Ils vont tout faire sauter.

Une seconde explosion plus forte l'empêcha de continuer. Cette fois, la lumière s'éteignit et Malko entendit une rafale très rapprochée. Il était peu probable que les Israéliens lui demandent son passeport avant de tirer. Il ne pouvait y avoir pour eux, dans cette cache, que des terroristes palestiniens.

CHAPITRE X

Des voix s'interpellaient en arabe dans le couloir d'où une fumée âcre reflua, arrachant une quinte de toux à Malko. Une autre rafale claqua, encore plus près. Le faisceau d'une lampe électrique troua l'obscurité. Malko sentit qu'on lui mettait quelque chose dans la main : la crosse de son « Desert Eagle ».

Le faisceau lumineux éclaira « Charlie » redressé sur son lit, un Colt dans la main droite, la grenade posée sur le drap, les yeux brûlants de fièvre. Il fit signe à Malko de s'approcher.

– J'ai oublié de vous dire quelque chose, fit-il d'une voix à peine audible. L'ordre de me tuer est venu directement de Téhéran... Maintenant, essayez de vous enfuir. Que Dieu soit avec vous.

Said entraîna Malko vers un trou qui s'ouvrait au ras du sol dans un des murs. Ils s'engagèrent à quatre pattes dans un boyau horizontal, un vrai tunnel de rat, sans étayage. Des explosions sourdes ébranlaient le sol, faisant tomber des paquets de terre. Les Israéliens tiraient comme des fous à la roquette... Malko se dit qu'ils allaient être ensevelis vivants. Par moments, le tunnel était si étroit qu'ils devaient progresser en rampant. A chaque explosion, des morceaux de terre se détachaient, les arrosant de débris divers. Le gros Said s'arrêta soudain. Malko crut d'abord qu'il se reposait. Mais, en entendant ses jurons et en voyant la gymnastique désespérée de ses jambes, il réalisa qu'il était tout simplement coincé!

Une explosion plus proche déclencha une pluie de terre. Il se retourna, et il lui sembla que le tunnel était maintenant obstrué.

Said soufflait de plus en plus, avançant millimètre par millimètre. Malko lui poussa les pieds. Une fumée âcre commençait à envahir le boyau. Si ses parois s'effondraient, Malko allait être transformé en fossile! Enfin, Said, avec un grognement de triomphe, parvint à se décoincer et ils reprirent leur progression. Tantôt à quatre pattes, tantôt en rampant. Cent cinquante mètres environ, qu'ils mirent vingt minutes à parcourir.

Finalement, la torche de Said éclaira un puits vertical muni d'une échelle rustique.

– *Climb! dit-il. Quick!* (1)

Malko se lança à l'assaut de l'échelle. Une quinzaine de mètres. L'air chaud et humide lui parut délicieux. Il éprouvait un soulagement viscéral à se retrouver à l'air libre. Une explosion violente, accompagnée d'une grande flamme, assez loin sur sa droite, le fit sursauter. Ils n'étaient pas loin du combat. Said le tira par sa manche, lui désignant une sente qui zigzaguait entre les cahutes.

– *You go. Always straight. Good luck!* (2)

Il l'étreignit brièvement et replongea pesamment dans le puits.

Malko se hâta de s'éloigner. Les Israéliens mettaient le paquet. Une explosion toutes les deux ou trois secondes! Un bâtiment brûlait dans de grandes

(1) Grimpez, vite!
(2) Allez par là. Droit devant. Bonne chance.

flammes rouges. Des traceuses égarées filaient vers le
ciel. Un bruit saccadé et clair se détacha du vacarme :
une rafale de Galil ou de M. 16. Les hommes de
« Charlie » se défendaient... Brusquement, Malko
déboucha sur la route longeant la plage. Il se trouvait
à environ deux kilomètres au nord du *Cliff Hotel*,
mais le chemin risquait d'être barré. Il résolut de
passer par la plage, en contrebas.

A peine s'était-il hasardé à découvert qu'un méga-
phone hurla quelque chose. Deux secondes plus tard,
une balle ricocha sur un poteau avec un couinement
sinistre. Les Israéliens avaient des appareils de vision
nocturne et cernaient le camp d'Al Chati! Impossible
de passer.

Rester sur place était également dangereux. Aussi se
mit-il en route dans la direction opposée, profitant du
couvert des ruelles. Il ne rencontra pas âme qui vive.
Les explosions de roquettes se faisaient plus rares.
Lorsque Malko s'arrêta, elles avaient totalement
cessé... Il se reposa quelques minutes, protégé par une
carcasse de voiture. Assis sur la tôle tiède, il pensa aux
révélations de « Charlie ».

Il était près de minuit lorsqu'il se remit en route,
effectuant un énorme détour. Un hélicoptère volait en
rond au-dessus d'Al Chati, donnant parfois des coups
de projecteur. Malko atteignit enfin la limite du camp,
débouchant dans une rue vidée par le couvre-feu. Il
était presque aussi dangereux de se déplacer dans
Gaza, car la nuit, les Israéliens tiraient à vue. Hélas, il
n'avait pas le choix.

Le moins risqué était de marcher bien en vue, au
milieu de la rue... Après tout, le couvre-feu ne concernait que les Palestiniens. Se dirigeant au jugé, il

rejoignit le quartier de Rimal, peinant dans les rues au sol sablonneux. Il repéra enfin, à une centaine de mètres, le *Cliff Hotel*. Pas un chat. La voiture de Tamara n'était pas dans la cour. Méfiant, il grimpa les trois étages, le « Desert Eagle » au poing. La porte de Tamara Halpern était entrouverte.

Intrigué, il la poussa. La chambre était vide. Il y avait un mot griffonné glissé sous la porte de la sienne. « Il y a une grosse opération, j'y vais. J'espère que vous n'êtes pas où il ne faut pas. Tamara. »

Trop énervé pour dormir, il s'allongea, tout habillé sur son lit, le « Desert Eagle » à côté de lui. A présent, « Charlie » devait être mort, juste après avoir délivré son message. Sans s'en rendre compte, Malko s'assoupit. Des coups frappés à sa porte le réveillèrent. Tamara le contemplait, l'air fourbu. Elle poussa un soupir de soulagement.

– J'avais peur de ne pas vous retrouver ici !

Malko la fit entrer.

– Où étiez-vous?

– Et vous?

Ils avaient repris le vouvoiement.

– J'avais rendez-vous.

– Avec « Charlie »?

Il ne répondit pas, et elle n'insista pas.

– Si c'est celui auquel je pense, fit-elle, il est mort. Ce salaud s'est fait sauter avec une grenade et a tué un de nos soldats qui voulait le soigner. Dans un trou, comme un rat. Il a été dénoncé par ses propres amis. Vous savez par qui?

– Les gens du Djihad.

Tamara Halpern marqua le coup :

– Comment le savez-vous?

Malko lui adressa un sourire triste.

– Il n'y a pas que vous qui connaissiez ce pays.

Bon, « Charlie » est mort, votre mission est terminée.

L'Israélienne ne se troubla pas.

– Vous l'avez vu?

– Non. Je suis arrivé trop tard.

Elle le fixa longuement, comme pour voir s'il disait la vérité, puis dit avec une certaine chaleur :

– J'avais *vraiment* envie de baiser avec vous. Les gens de votre espèce m'attirent. C'est dommage que vous ne soyez pas juif...

– Je vais y penser, dit Malko.

Le théâtre d'ombres fermait, les masques tombaient. Chacun reprenait son vrai rôle.

Depuis le début, les Israéliens devaient connaître l'existence de « Charlie », sans savoir l'information qu'il détenait. A leurs yeux, c'était seulement un dangereux terroriste. Et ils espéraient arriver jusqu'à lui, grâce aux gens de la CIA. Ce qui expliquait les passions successives de Tamara, d'abord pour Herbert Boss et ensuite pour Malko.

Ironie du sort : c'étaient d'autres ennemis des Israéliens – le Djihad – qui avaient finalement livré « Charlie ».

Les Israéliens étaient contents : ils avaient éliminé un dangereux terroriste.

Le Djihad aussi, puisqu'il s'était vengé d'un traître.

Et la CIA avait son information.

Il n'y avait que des heureux. Sauf « Charlie », qui lui était mort...

Tamara étouffa un bâillement.

– Je suis crevée, je vais dormir. A tout à l'heure.

Elle disparut dans sa chambre. Malko regarda sa montre. Cinq heures dix. Il faisait jour. « Charlie » mort, il restait le seul dépositaire d'un secret pour lequel plusieurs personnes avaient déjà donné leur vie.

Il ne se sentirait tranquille qu'après l'avoir transmis à John Powell.

Chaque seconde passée à Gaza était un risque inutile. Les tueurs du Djihad pouvaient frapper à tout moment. Il n'avait envie ni de se laver, ni de se raser, seulement hâte de quitter Gaza. Cinq minutes plus tard, il payait sa note à la réception. En quittant le *Cliff Hotel*, il vérifia que personne ne le suivait. Ensuite, tout le temps de la traversée de la ville aux rues étroites déjà embouteillées, il garda le « Desert Eagle », une balle dans le canon, coincé entre les deux sièges avant. Il roulait portières verrouillées.

Il ne respira vraiment qu'en arrivant à l'énorme check-point Eresh, grouillant de soldats israéliens. Des véhicules et des piétons faisaient la queue pour passer en Israël. Au vu de ses plaques jaunes, un jeune soldat lui fit signe de passer, sans même l'arrêter. Trois minutes plus tard, il roulait vers Ashkod et Jérusalem.

John Powell se balançait dans son fauteuil, provoquant un léger grincement aussi exaspérant que régulier. Malko n'était même pas passé au *King David* avant de se précipiter dans le bureau du chef de station de la CIA.

— Ce que vous a dit « Charlie » explique tout, conclut l'Américain après avoir écouté le récit de Malko. Les journaux de ce matin parlent de l'élimination d'un dangereux terroriste du Fatah tué dans un blockhaus à Gaza, sans donner de nom, mais il s'agit sûrement de « Charlie ». Peut-être que les Israéliens m'en diront plus, mais j'en doute. Tout le reste concorde.

— Que pensez-vous de son information ?

– Je suis perplexe, avoua John Powell. Je considérais « Charlie » comme une source fiable à 100 %. Donc, je crois à son histoire, y compris au fait que les Iraniens y soient mêlés. Je fais partie de ceux qui sont persuadés que tous les Djihad, palestinien, libanais, algérien, égyptien, sont en liaison avec Téhéran. Donc, son histoire est très plausible. Mais faire mettre en alerte la Maison Blanche sur des éléments aussi vagues, c'est pratiquement impossible. Il faut en savoir plus. Or, « Charlie » est mort.

– Et le marchand d'armes dont il a parlé? Il doit être connu.

– Je vais essayer de ce côté, conclut John Powell. Mais là non plus, il n'y a pas beaucoup d'éléments. Je ferai interroger Walnut (1) à la rubrique « armsdealer ». S'il n'y a rien, il faudra demander au FBI. En attendant la réponse, reposez-vous. Et rendez-moi votre artillerie. Ici, vous n'en avez plus besoin.

Ou plutôt, songea Malko, il pouvait se faire tuer, cela n'avait plus d'importance. Fataliste, il rendit le « Desert Eagle » au chef de station. Celui-ci le glissa dans son tiroir.

– Dès que j'ai une réponse du FBI, je vous appelle. *Take care.*

Le téléphone personnel de Tamara Halpern avait été dénuméroté. Au *Jerusalem Post*, elle était introuvable. Le Mossad travaillait vite. Comme Malko n'avait rien à faire, il voulut s'amuser et alla déjeuner à l'*Americain Colony*. Tamara était là, déjeunant dans le patio avec un sépharade moustachu et musculeux qui lapait goulûment son *hommouz*. Enamourée,

(1) Ordinateur central de la CIA.

Tamara ne le quittait pas des yeux, une jambe enroulée autour de la sienne... Tout était rentré dans l'ordre.

Décidément, les panthères du Mossad ne réussissaient pas à Malko, mais Tamara était quand même une immense comédienne. Encore quelques médailles d'or qui se perdaient...

L'appétit coupé, il rebroussa chemin pour aller se promener dans la vieille ville. Au retour, le *King David* lui parut encore plus sinistre. Après avoir regardé CNN d'un œil distrait, il eut soudain une idée. C'était quitte ou double pour le moral.

Le numéro sonna longuement avant de répondre. Malko sentit une poussée d'adrénaline dilater ses artères en reconnaissant la voix de Sissi Weikersdorf.

— Sissi? C'est moi, dit-il. Je suis à Jérusalem.

Il y eut un silence et il crut qu'elle allait raccrocher. Elle se contenta de lancer.

— Malko! Comment osez-vous me téléphoner, après...

Le ton était courroucé, mais si elle avait été *vraiment* ivre de rage, elle aurait raccroché.

— Je suis désolé, dit Malko. Je rêvais de vous depuis si longtemps que j'ai perdu la tête.

— Vous rêviez de moi de *cette* façon...

Sa colère avait déjà baissé d'un cran. Il s'engouffra dans la brèche.

— J'ai eu l'impression que vous vous moquiez de moi... Que vous ne m'aviez cédé que par jeu. Alors, j'ai voulu me venger.

Il y avait un peu de vérité dans cette affirmation, comme il y a de l'alouette dans le pâté d'alouettes... et de cheval. Mais il sentit Sissi fondre. C'est d'une voix soudain énamourée qu'elle protesta.

— Non, je ne me moquais pas de vous. Moi aussi, il

y a longtemps que je rêvais de ce moment-là. Mais vous avez une telle réputation de play-boy. Je n'ai pas voulu avoir l'air d'une idiote. Jusqu'au moment où... *es war wunderbar*. (1)

— Pour moi, ça l'était aussi, après.

Il la sentit se raidir.

— Arrêtez! Vous êtes un monstre. Personne ne m'avait jamais fait subir cela.

Nouveau silence. Puis Malko demanda :

— Vous êtes seule à Vienne?

— Oui, Gunther est toujours à Téhéran. Mais il va revenir. Et vous, je vous croyais à Gaza?

— J'en reviens. L'homme que je cherchais est mort.

— C'est vrai?

— Bien sûr. Et vous avez failli, aussi, ne pas me revoir...

— *Mein Gott...* Quand serez-vous à Vienne?

Malko sentit une grande vague heureuse le submerger.

— Je ne sais pas encore, fit-il, mais bientôt. Vous voulez bien me voir?

Sissi eut un rire chargé de sensualité.

— Bien sûr, *dummkopf* (2). Si vous me promettez d'être normal.

— Juré.

Il entendit une sonnerie et Sissi Weikersdorf dit aussitôt :

— Il faut que je vous laisse. On vient me chercher. Alors, à très bientôt. Je... vous embrasse.

Malko raccrocha, le cœur en fête. Vivement qu'il quitte Jérusalem.

<hr>

(1) C'était merveilleux.
(2) Idiot.

***
****

Il fut réveillé le lendemain matin par John Powell.

– Walnut a bien travaillé, annonça simplement l'Américain. Venez prendre le breakfast avec moi !

Malko était dans l'ascenseur !

A peine était-il entré dans le bureau du chef de station que ce dernier lui tendit un long câble tout juste décrypté, en provenance de Langley, que Malko se mit à lire avidement.

« Votre source fait probablement allusion à la livraison à L'IRAN, en 1986, de dix " Klystrons ", des canons à électrons indispensables au fonctionnement des radars des batteries de missiles " Hawks " anti-aériens, plus précisément pour la partie " illuminator " du radar. Ce matériel est fabriqué par la société Varian, au Texas, pour le compte de Raytheon et coûtait alors 35 000 dollars pièce. Il était et se trouve toujours sous embargo en ce qui concerne les ventes en Iran. »

Malko examina la seconde page. La mention « ultra-secret » courait sur tout le haut du texte.

« La livraison des dix " Klystrons " à l'IRAN en 1986, disait le texte, s'est effectuée à la demande d'un conseiller spécial de la Maison Blanche, avec l'accord du Président. L'opération avait lieu dans le cadre des négociations avec l'Iran pour la libération des otages américains retenus au Liban. Elle a été entourée du plus grand secret. L'exportation de ce matériel ultra-sensible ne pouvant se faire officiellement, on a utilisé un intermédiaire sûr, Mr Jack Higgins qui a commandé les " Klystrons " pour l'Emirat de Dubai, en fournissant à l'administration un " end-user " de ce pays. Ensuite, un appareil militaire iranien est venu prendre livraison à Dubai de ce matériel.

« Malheureusement, cette livraison n'a pas permis la libération des otages, mais a donné à l'Iran l'occasion de faire subir de lourdes pertes à l'aviation irakienne, lors de l'offensive Kerbala V.

« La personne chargée de la liaison entre les différentes parties était Jon London. Il se trouve maintenant directeur du desk Central Europe à Langley. »

Malko leva les yeux.

– Nous sommes en plein Irangate ?

John Powell inclina la tête affirmativement, avec un sourire triste.

– Tout à fait exact. Mais lisez la suite. La bio de Jack Higgins. Vous aurez ainsi tous les éléments.

L'Irangate ! Cela ramenait Malko des années en arrière ! Entre 1985 et 1986, le président Reagan avait tout tenté pour récupérer les otages américains du Liban. Y compris livrer secrètement des armes sous embargo à l'Iran. Malko savait qu'il y avait eu ainsi 2000 missiles « Tow » déchargés à Téhéran, mais ignorait l'histoire des « Klystrons ». Il lut attentivement la fiche de Jack Higgins.

Jack Higgins, né le 23 septembre 1924, à Corpus Christi, Texas. Ingénieur. A accompli une grande partie de sa carrière comme employé de la Hughes Tools Corp, fournisseur de matériel de forage pétrolier. A ce titre a séjourné fréquemment en Indonésie, en Angola et en Iran. C'est dans ce pays, où il s'est beaucoup rendu entre 1969 et 1977, qu'il a rencontré sa femme actuelle, Azar Montaneri, dans l'entourage du Shah d'Iran. Il a un fils, Alexander, d'un précédent mariage avec Christina Novida, une Italienne.

Depuis 1974, Jack Higgins est devenu marchand d'armes, grâce à ses relations de haut niveau en Iran et en Indonésie. Il s'est spécialisé dans les pièces

*détachées et le matériel léger, ainsi que dans le « retro-
fit » de matériel ancien. Il est maintenant agent de
plusieurs fabricants de matériel militaire en Argentine
et au Chili.*

*Ses bureaux sont situés 30 Rockefeller Plaza, au nom
de la société Satraco. Il occupe un appartement loué de
4 000 pieds carrés, 830 Park Avenue, à New York. Sa
situation financière est extrêmement solide et il possède
un très important portefeuille de valeurs mobilières à la
Citybank. Il est également propriétaire d'une maison à
Acapulco et d'un appartement à Genève.*

*Mr Higgins est considéré comme une personne fiable
et n'a jamais été mêlé à des trafics illégaux. Depuis des
années, il a fourni des informations souvent intéressantes à la* Company, *au sujet des différents pays où il
opérait, et a toujours protégé les intérêts américains. Il
a d'ailleurs été utilisé à plusieurs reprises par l'Administration pour des livraisons d'armes clandestines récla-
mées par la Maison Blanche. Notamment, en Angola,
pour le compte de Jonas Sawimbi.*

En 1987, Jack Higgins a prévenu la Company *qu'un
fabricant chilien – Cardoen – s'apprêtait à livrer à
l'Iran des mines sous-marines de fond, qui auraient pu
rendre le détroit d'Ormuz impraticable. Grâce à son
information, l'affaire a pu être bloquée par des pres-
sions diplomatiques.*

Malko reposa la feuille, perplexe.

– Il ne lui manque que la Médaille du Congrès!
remarqua-t-il. Vous êtes certain qu'il s'agit bien du
même homme?

– Je n'en vois pas d'autre, affirma John Powell. Il
n'y a eu qu'*une* livraison de « Klystrons » à l'Iran.
C'est un mystère, car je ne vois pas Higgins collabo-
rant avec des terroristes. Il a absolument besoin
d'avoir de bonnes relations avec nous et le Pentagone.
Il fait son « bread and butter » d'une façon très

simple. L'US Army vend tout le temps des stocks de pièces détachées de matériel considéré comme obsolète. Seulement, ce matériel est encore en service dans des dizaines d'armées à travers le monde. Jack Higgins achète par exemple un lot de transistors pour 20 *cents* pièce et les revend quatre dollars... Vous comprenez qu'il n'a pas besoin d'argent.

— Higgins est peut-être mêlé à cette histoire sans le savoir, objecta Malko, « Charlie » n'a pas dit qu'il était complice.

— *Right*, approuva John Powell. Je vais contacter immédiatement, dès que le décalage horaire le permettra, Jon London, pour lui demander de se mettre en rapport avec Higgins. Afin d'en avoir le cœur net.

— Moi, je vais retourner à Liezen, répliqua Malko.

— Attendez. Au moins jusqu'à ce soir. Vous prendrez un avion demain.

*
**

En voyant entrer John Powell dans la cafétéria du YMCA, juste en face du *King David*, où ils s'étaient donné rendez-vous, Malko sut tout de suite que les choses ne se déroulaient pas normalement. Dès qu'ils eurent commandé, l'Américain lança à voix basse.

— Il y a un truc pas « casher ». J'ai réveillé Jon, ce matin. Il m'a confirmé qu'il continuait à avoir d'excellentes relations avec Jack Higgins. Je l'ai mis au courant de l'information de « Charlie », et il m'a promis de joindre Higgins dès que possible. Il a tous ses numéros. Jon m'a rappelé un peu plus tard. D'après sa secrétaire, Jack Higgins se trouverait en ce moment quelque part en Indonésie. Elle a promis de transmettre le message.

– Tout cela est normal, remarqua Malko.

– Tout à fait. Ce qui l'est moins c'est que j'ai alerté le chef de station de Djakarta. Quelqu'un comme Higgins ne passe pas inaperçu. Or, Jack Higgins n'a pas mis les pieds à Djakarta depuis un an. Les Indonésiens sont formels.

– La secrétaire a pu dire cela pour couvrir un autre déplacement, objecta Malko.

– Pas à Jon London. Elle sait qui il est. Si elle n'avait pas su où se trouvait son patron, elle le lui aurait dit.

– Vous en concluez quoi?

– Rien, pour l'instant. Mais j'aimerais bien retrouver Higgins au plus vite. L'affaire est trop importante. Imaginez qu'on ne fasse rien et que cela nous pète à la gueule...

– Mettez le FBI sur le coup, suggéra Malko.

John Powell eut un sourire en coin.

– Vous savez bien qu'on n'aime pas leur confier nos petits secrets. En plus avec leurs gros sabots, ils n'apprendront rien. Non, j'ai une meilleure suggestion. Si je vous offrais un billet sur le Concorde d'Air France Paris-New York?

– Pourquoi cette secrétaire me parlerait-elle plus qu'à un ami d'Higgins?

– Parce que vous allez arriver avec une belle histoire, assez alléchante pour faire sortir le loup du bois. Et quand vous aurez Jack Higgins en face de vous, il sera facile de lui poser la question de confiance.

Devant le peu d'enthousiasme de Malko, il ajouta :

– Avec les nouveaux tarifs Air France, vous pourrez même emmener une de vos créatures de rêve, en ne payant que 50 %...

Le fantôme de Sissi Weikesdorf traversa la pièce,

mais Malko se raisonna. De toute façon, il était content de quitter Jérusalem. Et puis cette histoire l'intriguait. Il avait la conviction que « Charlie » n'avait pas menti. Or, quelque chose ne collait pas, mais alors, pas du tout. Il fallait trouver le loup.

CHAPITRE XI

Depuis qu'il avait été racheté par les Japonais, l'énorme complexe des vingt et un bâtiments du Rockefeller Center, qui occupait trois blocs, de la 51e à la 48e Rue, entre Fifth Avenue et Avenue of the Americas, n'avait guère changé. Le centre de l'ensemble en U ouvert sur Fifth, Rockefeller Plaza, transformé l'hiver en patinoire, attirait toujours les badauds et les amoureux flânant devant les boutiques du rez-de-chaussée. Des centaines de sociétés avaient leur siège dans les vingt-huit étages de bureaux de l'énorme building du 30 Rockefeller Plaza, entre la 49e et la 50e Rue. Une tour grise et carrée comme un donjon. Malko avait mis dix minutes avant de trouver celui de Satraco au 18e étage du bâtiment, donnant sur la 51e Rue.

Il frappa à une porte vitrée portant le nom de la société et le numéro 1807. Une voix féminine cria aussitôt :

– *Come on in*!

Il pénétra dans un petit bureau-antichambre. Une créature qui aurait été plus à sa place dans un dépliant de *Playboy* que derrière une machine à écrire lui adressa un sourire à faire tomber raide l'ayatollah le plus fanatique.

– *Good afternoon, sir*, que puis-je faire pour vous?
Je suis Maria-Mercedes Tenuco, la secrétaire de Jack
Higgins.

Elle avait un léger accent et un cheveu sur la langue
qui la faisait zozoter délicieusement. Mais tout en elle,
l'opulente chevelure d'un noir de jais, les yeux à
l'expression provocante, la grosse bouche qui semblait
gonflée à l'air comprimé et le chemisier collant, moulant des seins en obus, qui, s'ils n'avaient pas été
refaits, méritaient une communication à l'Académie
de Médecine, indiquait la salope. Exotique, de surcroît... Arrondissant sa bouche en cul de poule, elle
chassa quelques grains de poussière de sa machine,
examinant Malko par en dessous. Avec ses ongles de
dix centimètres, elle ne devait pas user son ruban.

– Je cherche à joindre Mr Higgins, dit Malko.

Maria-Mercedes eut une moue désolée, qui donna
encore plus d'importance à sa bouche.

– Mr Higgins est actuellement en déplacement à
l'étranger, annonça-t-elle comme si elle donnait
l'heure de la fin du monde.

A peine débarqué du Concorde d'Air France, et
amené par hélicoptère mis à sa disposition par la
compagnie, Malko avait appelé le domicile du marchand d'armes. Une voix de femme à l'accent iranien
prononcé lui avait dit sèchement de s'adresser à son
bureau.

– Quand reviendra-t-il?

La secrétaire leva les yeux au ciel avec un rire un
peu trop rauque pour être honnête.

– Je ne sais pas. Mr Higgins est imprévisible. Vous
avez déjà travaillé avec lui?

– Pas encore, répondit Malko, mais j'ai une affaire
importante à lui proposer.

– De quoi s'agit-il?

– C'est un peu compliqué.

Aussitôt, Maria-Mercedes arbora un sourire encore plus provocant.

– Je suis au courant de *toutes* les affaires de Mr Higgins, affirma-t-elle. Comme il voyage beaucoup, je l'assiste. Aussi, ne soyez pas gêné pour me parler.

Comme Malko hésitait encore, elle se leva et il découvrit le bas de son corps. Une énorme ceinture de cuir noir enrichie de pendeloques enserrait le haut d'un caleçon en imitation panthère, moulant comme un gant, qui disparaissait dans des bottes de hussard rehaussées de brandebourgs en laiton. La croupe orgueilleuse, même immobile, agressait le regard. Des semelles compensées grandissaient Maria-Mercedes de dix bons centimètres. Elle ouvrit la porte du second bureau.

– Installons-nous là. Nous serons mieux.

Elle le précéda dans une grande pièce dont les baies donnaient sur Fifth Avenue, et où il régnait une température de glacière. De l'autre côté de l'avenue, Malko aperçut le clocher de la cathédrale Saint-Patrick. La pièce évoquait plus le plaisir que le travail. Une table basse, au milieu, faite d'une sculpture en laiton de femme agenouillée soutenant une dalle de verre, et que Malko identifia aussitôt comme une création du décorateur Claude Dalle, dégageait presque autant d'érotisme que la pulpeuse Maria-Mercedes. Celle-ci, déhanchée devant un bar en laque noire, se retourna.

– Scotch? Martini? Autre chose?

– Vodka.

Malko continua l'examen du bureau. Les tableaux représentaient tous des femmes, un profond canapé semblait plus propice à culbuter une créature qu'à discuter business, un grand bureau Boulle, d'un noir d'enfer... Pas une photo d'arme.

Maria-Mercedes jonglait avec une bouteille de Stolichnaya et une de Cointreau. Elle versa trois glaçons dans un verre, y ajouta un zeste de citron vert et une bonne dose de Cointreau pour elle et offrit à Malko une vodka bien tassée, avant de venir le rejoindre sur le canapé.

— Je ne sais même pas votre nom, fit-elle en lui tendant son verre.

— Linge, Malko Linge.

— Allemand?

— Non, Autrichien.

— J'adore l'Europe, affirma aussitôt Maria-Mercedes. Mr Higgins m'y emmène parfois. Je m'occupe aussi beaucoup de ses clients, car il est débordé.

D'après l'expression de ses yeux, elle considérait déjà Malko comme un client. Le téléphone sonna et elle sortit de la pièce pour aller répondre. Malko en profita pour jeter un coup d'œil sur les photos posées sur le bureau. La première représentait un homme en chapka, corpulent, des yeux bleus derrière des Ray-Ban, entre plusieurs officiers de nationalité inconnue. Le même homme se trouvait dans le cadre voisin, cette fois en compagnie d'une jeune femme brune aux yeux en amande, à la mâchoire volontaire, aux épaules très larges. Des yeux de fauve, jaunes et cruels.

— Mr et Mrs Higgins, annonça tranquillement la secrétaire en revenant. Azar Higgins est iranienne. C'est une très belle femme, ajouta-t-elle avec une conviction qui l'honorait.

Mrs Higgins avait bien vingt ans de plus qu'elle, et autant de moins que son mari. Une femme à poigne, sûrement. Une autre photo représentait un long jeune homme au visage doux, un peu dégingandé, avec un grand nez.

— Le fils de Mr Higgins, précisa Maria-Mercedes. Alexander. Il travaille avec lui.

— Il n'est pas là ?

— Hélas non. Maintenant, dites-moi pourquoi vous voulez rencontrer Mr Higgins.

— Le *retrofit* (1) de chars M. 48, dit Malko. Il y en a deux cents. Il faut changer les moteurs, les canons, et les équiper d'un système de visée laser.

Une lueur intéressée passa dans les yeux sombres de la Sud-américaine.

— Quel serait le rôle de Mr Higgins ?

— Les moteurs, surtout. Ce sont des Chrysler.

— D'où viennent les chars ?

— D'Espagne. C'est la DEFEX qui les cède.

— Vous avez une lettre de crédit ?

— J'en ai une... de cent quatre-vingts millions de dollars, sur une société du Liechtenstein.

— Vous pourriez éventuellement fournir un R.W.A ? (2)

— Sans problème.

Maria-Mercedes but un peu de son Cointeau *on ice*, visiblement impressionnée par l'importance de l'affaire. Elle se tourna vers Malko, pointa ses seins comme des armes. Malko résista à une très forte envie de les prendre à pleines mains.

— Ils sont destinés à quel pays ?

— La Grèce.

— Vous avez un *end-user* ? (3)

— Oui.

— *Checkable ?* (4)

— Oui. Il m'a coûté deux cent mille dollars.

Nouveau silence. Maria-Mercedes fondait devant cette avalanche théorique de dollars.

— C'est pour quel pays, en fait ?

(1) Modernisation.
(2) Ready Wilking Able : sorte de garantie bancaire.
(3) Document certifiant le pays de destination.
(4) Vérifiable.

– Taïwan.

Malko avait bien appris la leçon de la CIA... et Maria-Mercedes semblait accrochée. Elle termina son Cointreau, ne laissant que les glaçons et le citron vert, puis elle se leva avec un soupir qui faillit faire éclater son haut.

– Je vais essayer de contacter Mr Higgins là où il se trouve, mais je ne suis pas sûre de pouvoir le joindre... Où demeurez-vous?

– Au *San Régis*.

– Parfait.

Elle griffonna quelque chose sur une carte qu'elle tendit à Malko.

– Voici le numéro d'ici et mon numéro personnel, car je ne suis pas toujours là. Si je ne vous ai pas appelé demain à 2 heures, rappelez-moi. Maintenant, je vous laisse. Je dois recevoir une délégation importante d'un pays latino-américain...

Maria-Mercedes serra longuement la main de Malko avec un sourire prometteur. Il se demandait à partir de quel chiffre d'affaires elle était offerte en prime. Une salope de cet acabit, c'était presque irréel... Le tiers-monde avait encore des ressources insoupçonnées. Encore étourdi, Malko se retrouva dans la fournaise de Fifth Avenue.

Jusqu'ici, il faisait chou blanc.

Malko était en train d'essayer de réduire la climatisation qui transformait sa chambre en *freezer* lorsque son téléphone sonna. Une voix d'homme demanda :

– Mr Linge?

– Oui.

– Je suis Jack Higgins. Vous désirez me voir.

Il avait une voix assez sèche, coupante, mais pas désagréable.

– En effet, dit Malko. Vous n'êtes pas à New York ?

– Non. Combien de temps restez-vous ?

Malko allait répondre qu'il attendrait le temps qu'il faudrait quand il réalisa qu'il n'entendait aucun des parasites habituels lors d'une communication avec un pays lointain. Surtout l'Indonésie. Il se demanda si Jack Higgins ne se moquait pas de lui.

– Je repars après-demain, dit-il.

– Maria-Mercedes m'a parlé de M. 48, continua Higgins. Est-ce exact ?

– Tout à fait. Mais je préfère ne pas en parler au téléphone.

– Je comprends. Je peux vous joindre en Europe quelque part ? Vous avez un téléphone ?

– Je suis comme vous, dit Malko, je voyage beaucoup. Si je ne fais pas affaire avec vous, je dois me déplacer pas mal ces jours-ci. Mais cela ne fait rien, ce sera pour autre fois. Peut-être que cette affaire ne vous intéresse pas ?

– Toutes les bonnes affaires m'intéressent, affirma aussitôt Higgins. Mais il m'est impossible de revenir immédiatement. Laissez vos coordonnées à ma secrétaire. Je vous contacterai dès mon retour.

Après avoir raccroché, Malko demeura songeur. Il connaissait l'univers des marchands d'armes : pas de politique, pas de sentiment. Pourquoi un homme comme Higgins refusait-il le contact ? Son offre de « retrofit » des M. 48 avait un potentiel de plusieurs millions de dollars de profit. Il décida de ne pas se fier aux affirmations de Higgins et de vérifier les choses par lui-même.

Une heure plus tard, il se trouvait au volant d'une voiture de location devant le 830 Park Avenue, au coin de la 76ᵉ Rue. Jack Higgins ne le connaissant pas, il n'y avait pas de risque à surveiller son domicile. Sinon celui de mourir d'ennui. Evidemment, il eût été plus simple de le faire convoquer par le FBI, mais Malko était certain que le marchand d'armes ne dirait pas un mot s'il y avait anguille sous roche...

La clim' à fond, il prit son mal en patience. Heureusement, peu de gens entraient ou sortaient de l'immeuble gardé par un portier chamarré stationnant sous le dais bleu. Malko était là depuis une heure lorsqu'une Porsche verte stoppa en face du dais. Le portier se précipita pour ouvrir la portière.

Malko vit d'abord deux jambes musclées terminées par des escarpins bicolores, puis des cuisses presque entièrement découvertes par une robe en stretch blanc qui remontait jusqu'à l'entrejambe. La femme qui émergea du véhicule avait un corps mince et musclé, une petite poitrine courageuse, les épaules très larges, des cheveux courts bouclés et un visage plutôt séduisant, en dépit du nez refait. C'était Azar Higgins. Elle échangea quelques mots avec le portier qui se mit au volant de la Porsche et elle entra dans l'immeuble d'un pas décidé.

Même à distance, on devinait qu'il s'agissait d'une femme énergique et pleine de sensualité.

Malko nota le numéro de la Porsche et reprit sa planque. Deux heures s'écoulèrent avant qu'une longue limousine noire aux glaces teintées ne s'arrête en face du 830. Il en émergea un homme de haute taille, au visage ovoïde et mou, portant des Ray-Ban et un costume clair un peu trop serré, égayé d'une flamboyante cravate à dessins. Malko le suivit longuement du regard ; à coup sûr, il s'agissait de Jack Higgins, l'homme qui se trouvait soi-disant en voyage.

*
**

Malko n'avait plus rien à faire. Il regagna le *San Regis*, à la fois furieux et intrigué. Le marchand d'armes lui avait menti. Ou il s'était douté que Malko n'était pas un vrai intermédiaire, ou il n'avait rien deviné, mais, pour une raison inconnue, voulait faire croire qu'il se trouvait à l'étranger. Dans les deux cas, son attitude confortait le récit de « Charlie ».

A peine à l'hôtel, Malko composa le numéro de Maria-Mercedes. Sur un répondeur, une voix digne d'un « Escort Service » lui demanda de laisser un message. Ce qu'il fit, proposant à la pulpeuse secrétaire de l'inviter à dîner. Sans trop d'espoir...

Au moment où il allait se résigner à dîner seul, le téléphone sonna. Même à distance, la latino-américaine dégoulinait de sexe. Malko lui fit part du coup de fil de Jack Higgins et déplora son absence. Elle soupira.

– Oui, il se trouve très loin en ce moment, pour une affaire importante. Quel dommage que vous soyez obligé de repartir...

En plus, elle se moquait de lui...

– J'aimerais quand même vous en reparler de vive voix, suggéra Malko. Puisque vous travaillez avec lui... Pouvons-nous dîner ensemble ?

Il y eut juste ce qu'il fallait comme hésitation, puis Maria-Mercedes soupira d'une voix fondante :

– OK, je vais décommander mon boy-friend ! Passez me prendre à neuf heures. 22 West Central Park, au coin de la 72e. Je descendrai. Où m'emmenez-vous ?

– Le *River Café* ?

– Superbe.

*
**

De la terrasse du *River Café*, situé sur le pont de
Brooklyn de l'autre côté de l'East River, on pouvait
admirer tout Manhattan et même la statue de la
Liberté. Malko, tournant le dos à la vue, se contentait
du visage sensuel de Maria-Mercedes et son regard
avait du mal à ne pas rester fixé sur son décolleté
vertigineux, lorgné par ses voisins. Elle avait troqué
son caleçon panthère pour une robe de soie imprimée
pousse-au-viol, sous laquelle ses seins en poire
jouaient librement. Jusque-là, la conversation n'avait
porté que sur des banalités. Aux yeux de Maria-
Mercedes, il n'était qu'un client potentiel que l'on
traitait bien. Tout au plus lui avait-elle dit qu'elle était
chilienne. La bouteille de Bordeaux avait considéra-
blement baissé et comme Maria-Mercedes avait commencé par deux Cointreau *on ice*, elle parlait un peu
trop fort. Malko essaya d'en savoir davantage.

— Vous ne savez vraiment pas quand Mr Higgins
rentrera?

La Chilienne prit l'air mystérieux.

— Non, il est dans un pays où les choses sont
toujours compliquées.

Devant son air désolé, Maria-Mercedes proposa
aussitôt.

— Laissez-moi le dossier de votre affaire, je le lui
transmettrai dès son retour.

— Bien, dit Malko. J'ai tout cela à l'hôtel. Je pense
que c'est la meilleure solution.

Maria-Mercedes ne broncha pas au mot « hôtel ».
Ils terminèrent de dîner et reprirent la voiture de
Malko. Durant le repas, il avait quand même appris
qu'Azar Higgins claquait l'argent comme de l'eau, que
Higgins en était très amoureux et qu'elle en profitait.

Maria-Mercedes avait même fait des allusions trans-
parentes aux infidélités de l'Iranienne, beaucoup plus
jeune que son mari.

Au *San Regis*, le concierge fit visiblement un effort
considérable pour regarder le sol quand il donna sa
clef à Malko. Le parfum de Maria-Mercedes envahit
l'étroite cabine de l'ascenseur où ils se touchaient
presque. Les seins de la jeune femme se balançaient
librement sous la soie, plus excitants que s'ils avaient
été nus. Cela ressemblait à tout sauf à un rendez-vous
d'affaires... A peine dans la chambre, la secrétaire de
Jack Higgins s'enfonça dans un profond fauteuil,
croisa les jambes et soupira.

– J'adore les hôtels! On s'y sent si libre! Vous avez
quelque chose à boire?

Il lui servit un nouveau Cointreau *on ice*; visiblement sa boisson préférée. Elle le dévisageait avec un
intérêt trouble.

– Vous avez les yeux jaunes, un peu comme
Mrs Higgins, remarqua-t-elle.

– Il n'y a pas que ses yeux qui soient superbes,
remarqua malko.

Elle le provoquait du regard. Il se pencha vers elle
et leurs lèvres se joignirent pour un baiser rapide. Très
vite, elle s'écarta avec un sourire innocent.

– *Don't get carried away*. (1) Je suis fiancée.

Pauvre fiancé. Mais cela faisait partie du jeu.
Maria-Mercedes répéta :

– Maintenant, montrez-moi vite votre dossier.

– Avant, j'ai une question à vous poser, dit
Malko.

– Si c'est ce que je pense, répliqua Maria-Mercedes
en riant, c'est non! Si j'avais une aventure avec tous

_____

(1) N'y allez pas trop fort.

les clients de Mr Higgins, je n'arrêterais pas. Pourtant vous avez beaucoup de charme...

— Non, ce n'est pas cela, affirma Malko. Je voudrais savoir pourquoi vous m'avez menti.

Maria-Mercedes joua à merveille la stupéfaction.

— Menti! Mais à propos de quoi?

— Mr Higgins se trouve à New York, fit paisiblement Malko, je l'ai vu rentrer chez lui. Ou alors c'est son double.

Maria-Mercedes demeura muette quelques secondes, puis demanda d'une voix mal assurée.

— Pourquoi avez-vous surveillé Mr Higgins?

Malko avait une réponse toute prête.

— Quand il m'a téléphoné, je n'ai pas eu l'impression qu'il appelait de loin. J'ai trouvé cela bizarre, alors j'ai planqué devant son immeuble. Pourquoi me fuit-il? C'est une affaire sérieuse.

Maria-Mercedes semblait dépassée, elle dit d'une voix mal assurée.

— Je suis désolée. J'ai obéi aux ordres de Mr Higgins. Vous n'êtes pour rien dans cette affaire. Mais je ne peux vous en dire plus.

— Pouvez-vous dire à Mr Higgins que je sais qu'il est à New York?

Elle inclina la tête affirmativement.

— Oui, je vous le promets.

— Bien, dit Malko, je serai dans cette chambre jusqu'à demain midi.

*
**

Le téléphone sonna à neuf heures pile.

— Mr Linge? C'est Jack Higgins.

— Bonjour, Mr Higgins, dit Malko, je suis...

— Je vous attends pour le breakfast au *Plazza*, dans une demi-heure, coupa le marchand d'armes.

Il avait déjà raccroché. Malko acheva de s'habiller et partit à pied. Le *Plazza* se trouvait à cinq minutes de marche, de l'autre côté de Fifth, face à Central Park. La *breakfast-room* rococo était toujours une splendeur, ce qu'il y avait de mieux dans le vieux palace, propriété de Donald Trump. Il repéra Jack Higgins à une table, en face d'une fenêtre donnant sur Central Park, et le rejoignit.

– Mr Higgins, je suis Malko Linge.

Ils échangèrent une brève poignée de main. De près, le marchand d'armes paraissait assez âgé, avec ses rares cheveux, son visage ovoïde et gélatineux plein de taches de rousseur ou de vieillesse, son triple menton à l'abandon et ses mains potelées couvertes de poils roux. Il était impeccablement habillé d'une chemise rayée à col blanc et d'un costume léger gris clair. Derrière ses lunettes, ses yeux très bleus scrutaient Malko. Il attendit que le maître d'hôtel se soit éloigné pour demander d'une voix calme mais sèche :

– Mr Linge, il y a trois ans que les Espagnols cherchent quelqu'un pour le « retrofit » de leurs M. 48. Pour les vendre à Taïwan. Tout le monde dans le business sait aussi que les autorités américaines ne laisseront jamais sortir de ce pays les moteurs AVDS 1790 de Télédyne. Alors, qui êtes-vous et que voulez-vous ?

CHAPITRE XII

Malko n'avait aucune raison de biaiser. D'ailleurs, avec un homme comme Jack Higgins, il valait mieux aller droit au but.

– Je travaille pour la CIA, expliqua-t-il. Votre ami Jon London a tenté de vous joindre et votre secrétaire a prétendu que vous étiez en Indonésie. Vérification faite, cela s'est révélé faux. On m'a donc demandé de vous retrouver. Ce à quoi je suis parvenu.

Jack Higgins ne broncha pas.

– Pourquoi mes amis de Langley étaient-ils tellement pressés de me trouver? demanda-t-il avec un brin d'ironie. Je ne leur dois pas d'argent.

Malko nota mentalement qu'il ne donnait pas d'explication au mensonge de Maria-Mercedes.

– Pour une raison importante, répliqua-t-il. Un informateur de la *Company*, en Israël, a affirmé que vous seriez mêlé à un projet d'attentat contre le président Clinton. Bien que cela semble fou, on a décidé de vous contacter.

Le marchard d'armes eut un mince sourire.

– En effet, c'est fou. Il s'agit évidemment d'une affabulation sans fondement. Et, si ce projet d'attentat est une réalité, c'est du ressort du FBI et du *Secret*

Service, non? Les autorités de ce pays – la CIA y compris – connaissent très bien mes activités. Je suis citoyen américain, je vis ici, je travaille à partir de New York avec de nombreux fabricants américains de matériel de guerre, dont j'ai toute la confiance. Imaginer que je puisse être mêlé à un attentat contre le Président des Etats-Unis – mon pays! C'est de la folie furieuse!

Il n'avait pas élevé la voix mais son intonation en disait long. Malko était perplexe, malgré le message posthume de « Charlie ». Il but un peu de café avant de demander :

– Pourquoi votre secrétaire et vous-même faites-vous croire que vous n'êtes pas à New York?

Jack Higgins resta de marbre.

– Je n'ai pas à vous mettre au courant de mes allées et venues. Il y a en ce moment des gens que je ne désire pas rencontrer. Je ne pensais pas que le message de Jon ait un caractère d'urgence. De toute façon, je suis prêt à répondre à toute convocation du FBI. Maintenant, je suis obligé de vous laisser, Mr Linge.

Il tira une liasse de billets de sa poche, posa sur la table un billet de cinquante dollars, se leva et s'éloigna sans serrer la main de Malko. Ce dernier suivit des yeux sa silhouette massive. « Charlie » pouvait-il avoir été abusé? D'un côté, il y avait une information explosive, et plusieurs meurtres commis afin de ne pas la laisser s'ébruiter. De l'autre, un homme qui semblait parfaitement innocent, au background irréprochable. Quelle raison Jack Higgins pouvait-il avoir de participer à un attentat contre le Président des Etats-Unis? Pourtant, « Charlie » n'était pas un affabulateur.

**
*

La communication avec Jérusalem était d'une remarquable clarté. Malko, à mots couverts, venait de rendre compte à John Powell, suggérant de remettre l'affaire entre les mains du FBI.

— Ils vont y aller avec leurs gros sabots et n'en tireront rien, protesta l'Américain. Higgins est un dur. On ne l'impressionne pas comme un petit malfrat.

— Que faire alors ?

— Restez sur son dos ! Suivez-le ! Il y a anguille sous roche. Jon avait précisé que c'était urgent. Je sais que ça paraît fou, qu'il n'a pas le profil, mais il n'avait *aucune* raison de fuir Jon, s'il n'y a pas un loup. Essayez la secrétaire... Sa femme. Je ne sais pas. Harcelez-le... Si, dans une semaine, vous n'avez rien trouvé, on repasse le bébé à ces enfoirés du FBI.

Il n'y avait plus qu'à remonter à l'assaut...

Malko resdescendit à pied Fifth Avenue, jusqu'au Rockefeller Center. Il fallait systématiquement peser sur les points faibles... Cette fois, quand il frappa à la porte de la Satraco, on ne lui cria pas d'entrer. La porte s'entrouvrit, retenue par un entrebâilleur, sur le pulpeux minois de Maria-Mercedes. Son regard s'assombrit quand elle reconnut Malko.

— Je n'ai rien à vous dire ! lança-t-elle. A cause de vous, j'ai plein d'emmerdes.

La porte claqua avec fracas. Inutile d'insister... Il restait Azar Higgins.

**
*

Il faisait si chaud que le goudron de la chaussée semblait se gondoler. Même avec la clim' de sa Pontiac poussée à fond, Malko étouffait. Depuis quelques minutes, la Porsche verte attendait devant la porte du 830 Park Avenue... Azar Higgins apparut dans une tenue incendiaire : un chemisier quasi transparent et un short à carreaux roses et blancs ultra-court, à peine décent; elle était juchée sur des escarpins d'un jaune criard à semelles compensées, et avait le regard protégé par de grosses lunettes noires. Elle laissa une bonne partie de ses pneus dans un démarrage foudroyant et Malko eut du mal à la suivre. Elle conduisait à l'iranienne, changeant de file, grillant les feux, fonçant sur les piétons aux passages cloutés, déclenchant des coups de klaxon rageurs. Elle dévala la 64e Rue pour s'arrêter devant *Spark's Steak House*, une brasserie à la mode fréquentée par la mafia et les gens du show-biz.

Malko la suivit à l'intérieur, une enfilade de salles bruyantes communiquant les unes avec les autres. Azar Higgins avait déjà rejoint une table où l'attendait un beau brun, style maître-nageur.

Vingt dollars glissés entre les doigts avides du maître d'hôtel permirent à Malko de trouver une place sur la banquette voisine. Il ne lui fallut pas cinq minutes pour arriver à la conclusion que Mrs Higgins venait de retrouver son amant, ou un de ses amants. Ils se tripotaient sous la table comme des collégiens, s'embrassaient à bouche que veux-tu, sous les regards offusqués de leurs voisins. Azar fixait le jeune homme, qui aurait pu être son fils, avec l'air affamé d'une panthère à jeun. Elle n'était pas vraiment belle, mais son rire bruyant, ses extraordinaires yeux jaunes pleins de vie, sa grande bouche rouge dégageaient une puissante attraction sexuelle. Elle était musclée comme un athlète, les épaules larges, les jambes nerveuses. Une bête de proie...

Plus le repas avançait, plus elle se montrait pressante. Sa main droite disparut sous la nappe et, au léger sursaut du beau brun, Malko devina où elle s'était posée. Gêné, il l'embrassa dans le cou. Le regard d'Azar parcourut la salle, provocant, et s'arrêta sur Malko. Elle réalisa aussitôt qu'il observait son manège. Elle esquissa un sourire de défi et son regard demeura accroché au sien, comme si elle l'invitait à partager leur jeu... nouant entre eux une fugitive complicité sexuelle.

Azar Higgins était de toute évidence une épouvantable salope.

Son compagnon, fatigué de se trémousser sur sa chaise, demanda l'addition. Aussitôt Azar Higgins se leva et disparut vers les toilettes. Malko lui emboîta le pas. Il la retrouva en train de se remaquiller devant une glace. Comme s'il voulait gagner les toilettes, il passa derrière elle et s'arrêta, croisant son regard. Elle fit comme si elle ne le reconnaissait pas... Après ce qu'il avait vu, Malko jugea qu'il pouvait montrer quelque audace.

— Vous avez des jambes superbes! remarqua-t-il. Ce short leur va bien!

— Merci, dit-elle.

Elle se pencha en avant, ce qui eut pour effet de la cambrer. Sa croupe, moulée par le short, s'appuya contre Malko. Au lieu de reculer, celui-ci avança, se collant carrément à elle!

Azar eut un léger sursaut, écartant le bâton de rouge de sa bouche.

— Vous avez du culot! lança-t-elle d'un ton trop réprobateur pour être sincère.

Malko lui adressa son sourire le plus innocent.

— C'est de votre faute! Je vous ai observée et vous m'avez donné envie d'être à la place de votre fiancé.

Les yeux jaunes d'Azar Higgins se troublèrent d'un coup. Elle se retourna avec lenteur, ses yeux dans les siens, la tête levée.

– Je vous fais bander? demanda-t-elle moqueusement.

Sans attendre sa réponse, elle se colla à lui, de toute la force de son bassin, si violemment qu'il sentit l'os de son pubis le meurtrir.

Sa bouche se hissa jusqu'à celle de Malko pour un baiser sauvage, animal, de quelques secondes. Puis, elle repoussa Malko.

– Voilà votre récompense! fit-elle. Maintenant, laissez-moi me remaquiller!

– Où puis-je vous revoir? demanda Malko.

Azar Higgins éclata de rire.

– Quelque part dans New York!

Elle se retourna pour parfaire son maquillage. Salope *et* allumeuse : sa conduite avec un inconnu en disait long sur sa façon de vivre. Malko remonta et demanda son addition. Azar Higgins réapparut, impeccable, et s'en alla avec son étalon; sans un regard pour Malko.

Il avait envie de se frotter les yeux. Se retrouver à New York pour traquer une salope folle de son corps, alors qu'un attentat contre le Président des Etats-Unis se tramait dans l'ombre! Une enquête où plusieurs personnes avaient déjà trouvé la mort. Gaza semblait dans une autre planète. Et pourtant, il existait sans doute un lien entre « Charlie » et Jack Higgins.

Que seule cette femme pouvait rétablir. A condition de la retrouver.

*
**

Le taxi attendait depuis un bon moment à l'intersection de Park Avenue et de la 76ᵉ Rue, son signal *off duty* allumé. Le chauffeur lisait à son volant, tout en surveillant la voie devant lui. Massif, le crâne rasé, la barbe mangeant un visage aux traits orientaux, il n'était pas rassurant.

Il observait le numéro 830 de la rue lorsqu'il vit Jack Higgins en sortir seul. Il éteignit son signe *off duty* et démarra. Le marchand d'armes, arrêté au bord du trottoir, leva le bras en voyant le taxi vide s'approcher. Le véhicule s'arrêta devant lui et le portier lui en ouvrit la portière. Le taxi continua vers le sud, le building de la Panam, puis tourna à gauche, descendant vers l'est par la 68e. Il tourna à nouveau dans la Deuxième Avenue, descendant vers le bas de la ville.

Un homme de petite taille, fagoté dans un costume froissé, sans cravate, attendait au bord du trottoir, au feu de la 45e Rue. Lorsque le taxi s'arrêta à sa hauteur, il monta à l'intérieur; le véhicule tourna ensuite à droite, et fila dans la 45e, vers l'ouest.

— Continue tout droit, Mahmoud, jusqu'à Grand Central Terminal, lança en arabe le nouveau venu.

Il se tourna ensuite vers Jack Higgins avec un sourire mielleux.

— J'ai d'excellentes nouvelles de votre...

Jack Higgins le coupa brutalement.

— Moi, j'en ai de *très* mauvaises!

Tandis que le taxi s'engluait dans la circulation, Jack Higgins exposa son problème en peu de mots, concluant :

— Je ne sais pas d'où vient cette connerie, mais je dégage toute responsabilité sur ce qui pourrait se passer. Et je ne vous conseille pas de m'en faire subir les conséquences...

— Cette imprudence n'aura pas de conséquences, affirma son interlocuteur. Nous nous en sommes déjà préoccupés. Quant à notre projet, il est en bonne voie et bientôt tout sera réglé en ce qui vous concerne. Nous sommes des gens de parole...

Jack Higgins ne semblait pas penser la même

chose... Le taxi dut s'arrêter au feu de Lexington Avenue. L'homme au costume froissé ouvrit la portière et se perdit dans la foule. Un bloc plus loin, Jack Higgins descendit à son tour et continua à pied avant de reprendre un autre taxi. Il ruminait une fureur mêlée d'angoisse.

*
**

Un vent brûlant balayait Park Avenue et, malgré l'heure tardive, il faisait aussi chaud qu'en plein soleil! Malko avait encore essayé de joindre Maria-Mercedes, mais dès qu'elle reconnaissait sa voix, elle raccrochait. Il restait la planque, en espérant que les Higgins à cran sortent parfois de chez eux... Il était huit heures trente quand une limousine noire s'arrêta devant le 830 Park Avenue. Quelques instants plus tard, Jack Higgins apparut, accompagné d'Azar, éblouissante dans une robe de dentelle marron ultra-courte.

Malko se colla derrière la limousine qui tourna à gauche, dans la 73e Rue, rejoignant ensuite FDR Drive, l'autoroute urbaine descendant vers le bas de la ville en suivant l'East River. Grâce à la circulation, il n'eut aucun mal à la suivre. Loin dans le bas de la ville, la limousine s'engagea sur le Brooklyn Bridge franchissant l'East River, et tourna aussitôt à droite dans Brooklyn. Ils traversèrent un quartier sinistre d'entrepôts déserts. Malko se demandait où ils allaient lorsqu'il aperçut l'enseigne *Peter Luger*, le *steak house* le plus connu de New York.

La limousine s'arrêta devant le restaurant, manquant d'emboutir un taxi en maraude qui semblait surgir de nulle part.

Malko attendit que le couple soit entré pour s'éloigner. Il avait le temps de manger un sandwich. Il trouva son bonheur dans une cafétéria de Beakman

Street et revint une heure plus tard. Il dut attendre
encore une demi-heure, avant de voir revenir la limousine.

Jack et Azar Higgins sortirent du restaurant et se
dirigèrent vers la limousine sans se presser. La voiture
de Malko, tous feux éteints, n'attira pas leur attention. Jack Higgins ouvrit la portière arrière et s'effaça
pour laisser passer sa femme. Il allait monter dans la
voiture quand un homme surgit dans son dos, quittant l'ombre des piliers du métro aérien. Il courait
silencieusement, un long couteau à la main, vers Jack
Higgins qui ne le voyait pas...

Le réflexe de Malko fut immédiat. Il alluma ses
phares et écrasa le klaxon.

Jack Higgins se retourna d'un coup et aperçut son
agresseur. Sa main plongea vers sa ceinture et il tendit
le bras en direction de l'inconnu, brandissant un
container de *Mace*. (1)

Aspergé à bout portant, l'homme au couteau
poussa un cri de douleur, s'immobilisa et battit en
retraite, sans lâcher son poignard. L'ombre du métro
aérien l'avala. Dix secondes plus tard, la limousine
démarrait sur les chapeaux de roue. Malko ne chercha
même pas à la suivre. Les Higgins rentraient chez eux.
Malko descendit et partit à pied vers l'endroit où
l'agresseur avait disparu.

Il entendit un bruit de moteur, vit des phares
s'allumer et un taxi, garé sur le terre-plein au-dessous
du métro aérien, qui s'engageait sur la voie menant au
pont de Brooklyn. Le temps qu'il regagne sa voiture
en courant, le taxi serait loin... Il repartit vers Manhattan, perplexe. Qui était l'agresseur de Jack Higgins? Cela pouvait être un des innombrables voyous
qui infestaient New York, mais son instinct l'orientait

(1) Gaz paralysant.

vers autre chose. Il repensa au taxi en maraude du début de soirée. Il avait été tellement absorbé par la filature de Higgins qu'il n'avait pas vérifié si un second véhicule ne le suivait pas aussi.

*
**

Jack Higgins, à peine rentré, alla s'enfermer dans son bureau pour cuver sa rage. S'il avait eu sous la main son interlocuteur de l'après-midi, il l'aurait étranglé sur place... Hélas, il avait beau tourner le problème dans tous les sens, il ne pouvait *rien* faire.

Ses « partenaires » avaient voulu l'éliminer. Et il ne pouvait même pas se venger !

Pour se calmer, il prit une bouteille de cognac Gaston de Lagrange XO et remplit le tiers d'un verre ballon. Ensuite, il se mit à son orgue électronique et joua pendant une demi-heure, savourant son cognac à petites gorgées. Azar vint le rejoindre, drapée dans un déshabillé prune, très sexy, mais pleine d'inquiétude.

– C'était quoi, tout à l'heure ? demanda-t-elle.

Jack Higgins haussa les épaules.

– Rien. Un drogué, probablement. Sans ce type qui a allumé ses phares, il me plantait son couteau dans le dos. Tu ne devrais plus mettre de bijoux pour sortir. C'est trop dangereux.

Elle ne le crut pas, mais n'en montra rien. Son nouvel amant, infatigable, la faisait planer. Elle repensa aussi à l'inconnu aux yeux jaunes de chez *Spark's*, regrettant de ne pas lui avoir donné son téléphone. Son amant actuel était un peu limité. D'une certaine façon, Azar était une cérébrale. Elle aimait bien se sentir fouillée jusqu'au fond du ventre, mais il fallait un peu de jeu, aussi. Son étalon ne savait que la pilonner, comme un marteau-piqueur.

En bonne Iranienne, tortueuse à souhait, elle aimait les gens et les situations troubles.

Malko sortit du *San Régis* pour aller récupérer sa voiture au parking. La perspective d'une nouvelle journée de planque l'écœurait d'avance. Pourtant, il devait en passer par là. Vingt minutes plus tard, il était en place.

Azar surgit vers midi, dans une nouvelle tenue aussi sexy que la veille : un tailleur orange, décolleté en carré, à la jupe ultra-courte. Elle s'habillait comme une petite fille, ce qui lui donnait un charme malsain. Malko reprit la filature, cette fois encore vers un restaurant à la mode : le *123* dans la 44e Rue, entre la Sixième et la Septième Avenue. Un grand hall bruyant où une copine l'attendait... Une petite boulotte noire comme un pruneau. Malko trouva une table près de la porte et attendit. Les deux femmes n'arrêtaient pas de bavarder... Il n'y avait presque plus personne dans la salle quand enfin elles se levèrent. Malheureusement, elles montèrent ensuite dans la Porsche... Malko reprit sa filature, jusqu'à la Deuxième Avenue. Azar stoppa devant un énorme show-room de décoration. Les deux femmes se séparèrent alors, l'Iranienne entrant seule dans le show-room.

Malko en fit autant. Une grande partie du rez-de-chaussée était consacrée aux dernières créations de l'architecte d'intérieur Claude Dalle, importées directement de Paris. Des meubles en laque, un boudoir en bouleau avec son Récamier recouvert de soie jaune, un somptueux bureau Boulle rehaussé de cuivres. Malko retrouva Azar en admiration devant un lit Tiffany recouvert de fourrure blanche qui donnait plus envie de s'y livrer à l'acte de chair que de tomber dans les bras de Morphée...

Azar tourna la tête et se trouva nez à nez avec Malko. Après quelques secondes de stupéfaction, elle éclata de rire :

– Vous ! Vous m'avez suivie ?

– Mais non, dit Malko, c'est mon jour de chance.

L'Iranienne lui adressa un sourire ironique.

– Pas tellement, je dois rentrer à la maison.

Ils sortirent du show-room et l'un suivant l'autre, remontèrent vers le centre. Malko en avait tellement assez de planquer qu'arrivé au 830 Park Avenue, il abandonna sa voiture au bord du trottoir et bondit à la suite d'Azar. Il la rattrapa dans le hall de son immeuble, sous l'œil soupçonneux du portier. Elle pouffa de rire, mais ne protesta pas quand Malko l'escorta. Tandis qu'ils attendaient l'ascenseur, Azar lança :

– Jusqu'où allez-vous me suivre ?

Malko ne répondit pas ; le bluff avait des limites. Il n'avait pas envie de se trouver face à Jack Higgins, en train de draguer sa femme. Pourtant, il monta avec elle dans l'ascenseur... A peine eut-elle appuyé sur le bouton du vingt-sixième étage qu'elle se colla à Malko avec une violence inattendue, le regard chaviré.

– Salaud ! murmura-t-elle, tu sais bien ce qu'il faut pour m'exciter.

Elle se frottait contre lui et aux brusques tressautements de son bassin, il réalisa qu'elle était en plein orgasme.

Malko sentit sa virilité se réveiller. Essoufflés tous les deux, ils se séparèrent au moment où la porte de la cabine coulissait. Azar sortit la première et se retourna.

– Alors, tu ne viens pas ?

Son accent rendait sa voix encore plus sensuelle.

Son regard jaune défiait Malko. Il l'aurait bien culbutée là, sur la moquette, mais un reste de prudence le retenait. Avant que la porte de l'ascenseur ne se referme, Azar le prit brusquement par la main et l'attira sur le palier, se collant de nouveau à lui.

— Imbécile ! souffla-t-elle, tu t'imagines que tu vas me quitter comme ça !

Ses yeux jaunes jetaient des éclairs.

— Vous vivez seule ? demanda Malko.

Elle haussa les épaules.

— C'est mon problème. Mon mari n'est pas là aujourd'hui et je fais ce que je veux.

Elle s'arrêta devant une porte et tourna une clef dans la serrure. Ils entrèrent dans un hall minuscule, sans autre ouverture qu'un escalier en colimaçon montant à l'étage supérieur. Azar le prit, faisant claquer ses talons sur les marches métalliques. Il débouchait dans une pièce double. Une alcôve tendue de bleu, occupée par un lit surélevé sur un podium, donnait sur un salon meublé d'un grand canapé rond. On s'enfonçait jusqu'aux genoux dans l'épaisse moquette blanche. Azar alla donner un tour de clef à une porte laquée.

— De l'autre côté, c'est l'appartement de mon mari. Mais ici, je fais ce que je veux.

— C'est ravissant, remarqua Malko.

— J'ai tout fait créer par un architecte d'intérieur français, Claude Dalle, fit Azar.

Elle marcha sur lui, déboutonnant le haut de son tailleur. Lorsqu'elle atteignit Malko, elle ne portait plus qu'un soutien-gorge noir emprisonnant des seins modestes dont les grosses pointes crevaient la dentelle.

De nouveau, ce fut la tornade. Azur se tordait contre lui, l'embrassant à lui arracher les lèvres, le déshabillant avec fureur. Quand il la caressa par-dessus sa jupe, elle gronda comme un fauve. Puis, le poussant sur le divan, elle plongea sur lui, l'enfonçant dans sa bouche avec gloutonnerie. A genoux sur la moquette blanche, elle lui administrait une fellation sauvage.

Malko appuya sur sa nuque et elle gémit de bonheur.

— Oh oui!

Pourtant, elle se releva, arracha sa jupe et un microscopique slip noir. Puis, elle s'agenouilla sur le canapé, tournant le dos à Malko, et lança :

— Tu vas me baiser maintenant, salaud!

Il l'embrocha d'un seul coup. Azar poussa un rugissement de fauve et sa croupe se tendit en arrière, comme pour se visser sur le sexe enfoncé en elle.

— Les seins... gémit-elle d'une voix mourante. Fais-moi mal!

Il lui obéit, faisant tourner les grosses pointes entre ses doigts, lui arrachant encore des cris sauvages. Ils glissèrent sur la moquette. Elle lui échappa, lui fit à nouveau l'offrande de sa bouche, puis le chevaucha avec des halètements rauques, les yeux fermés, jusqu'à ce qu'elle s'arrache à lui pour s'allonger à plat ventre sur la moquette.

— *Fuck my ass! Please. Sock it to my ass!* (1)

Malko s'exécuta avec une facilité qui prouvait qu'Azar était habituée à cette variante. Elle arracha la moquette blanche par poignées, comme un chat fait ses griffes, le suppliant de la violer plus fort, plus vite et plus brutalement...

Il finit par exploser au fond de ses reins. Azar, trempée de sueur, jouissait sans arrêt.

Elle resta ensuite immobile comme un cadavre, puis disparut dans la salle de bains. Quand elle revint,

_____
(1) Baise mon cul! Mets-le-moi dans le cul!

drapée dans un déshabillé de soie, une Lucky Strike à la main, apaisée et heureuse, elle offrit à Malko de prendre une douche. Rhabillé et rafraîchi, il vint s'asseoir à côté d'elle.

– Tu amènes souvent des hommes ici? demanda-t-il.

Elle secoua la tête, de grands cernes noirs sous les yeux.

– Non, je baise beaucoup, mais à l'extérieur. Mon mari est trop vieux. Moi, j'ai toujours envie. Et en ce moment, il me baise encore moins...

– Il est malade?

– Non, il a des problèmes. Graves. Il ne pense qu'à ça.

Malko dressa l'oreille. L'agréable mènerait-il à l'utile?

– Quel genre de problèmes? demanda-t-il d'un ton détaché.

– Son fils. Laisse tomber. Tu es venu parler ou baiser?

Elle regarda le petit tas de diamants qui lui servait de montre et dit :

– Il faut que j'aille à un rendez-vous au tennis. Tu m'as bien baisée, merci. C'était amusant.

Trois minutes plus tard, elle le quittait avec un sourire sur le pas de la porte, sans même lui avoir demandé son nom.

Malko retrouva sa voiture ornée d'une contravention et regagna le *San Régis*, remuant dans sa tête les éléments dont il disposait maintenant. Le fils de Jack Higgins était absent. Son père était angoissé à cause de lui. Toute cette histoire tournait autour de l'Iran, avec qui Jack Higgins avait beaucoup travaillé. C'est d'Iran qu'était venu l'ordre de tuer « Charlie »...

Malko décrocha son téléphone et appela Jérusalem,

attrapant de justesse John Powell qui allait quitter son bureau.

– Avez-vous un moyen de découvrir si un Américain s'est rendu en Iran? demanda-t-il.

Le chef de station réfléchit rapidement.

– En principe, oui. Nous pouvons nous procurer les listes de tous les passagers à destination de Téhéran. Mais ce n'est pas fiable à cent pour cent. Pourquoi?

– Pouvez-vous savoir si durant les trente derniers jours, le fils de Jack Higgins, Alexander, ne s'est pas rendu en Iran?

*
**

Malko dut patienter jusqu'au lendemain 11 heures, avant que John Powell ne le rappelle. L'Américain jubilait.

– Vous avez mis dans le mille, annonça-t-il. Alexander Higgins a pris le vol Lufthansa 423 Francfort-Téhéran, il y a trois semaines. A notre connaissance, il est toujours là-bas. Je n'ai trouvé son nom sur aucune liste de passagers au départ de Téhéran.

– Comment avez-vous pu savoir cela?

– Tous les citoyens américains se rendant en Iran sont répertoriés. Les services amis nous y aident. Dans le cas d'Alexander Higgins, il y a un élément supplémentaire intéressant. Il est arrivé à Francfort, de New York, par un vol direct American Airlines et a pris sa correspondance deux heures après. Il n'a donc pas eu le temps matériel de prendre un visa au consulat d'Iran. Or, comme nous n'avons pas de relations diplomatiques, le fait d'arriver à Téhéran sans visa signifie qu'il était invité par le gouvernement.

– Je n'en espérais pas tant!

– Attendez. Nous avons aussi trouvé *Jack* Higgins

dans les computers. Il est reparti de Téhéran une semaine après l'arrivée de son fils.

– Remerciez les computers, dit Malko. J'ai maintenant des éléments pour reprendre contact avec Jack Higgins.

Lorsqu'il raccrocha, il se dit pour la première fois que « Charlie » n'était pas mort pour rien. Son intermède avec la brûlante Azar n'avait pas été non plus inutile. Maintenant, il fallait faire craquer Jack Higgins. En priant pour que cela ne vienne pas trop tard.

Malko en était désormais persuadé : il y avait bien un complot pour assassiner le président Clinton, et Jack Higgins était au courant.

CHAPITRE XIII

Une petite foule se pressait devant la mosquée Abu Baker, au cœur de Brooklyn, juste en face d'une caserne de pompiers. Ce n'était qu'un édifice modeste, sans le moindre minaret, au rez-de-chaussée d'un immeuble de briques qui avaient l'air d'avoir été passées au cirage noir. Ici, on était au cœur de l'Amérique pauvre, à des années-lumière de Manhattan, distant pourtant de quelques miles seulement.

Cyrus Jahanbi descendit d'un bus, presque en face de la mosquée et se mêla aux groupes qui discutaient avec animation. C'était une des rares mosquées chiites de la région et beaucoup d'Iraniens venaient y prier. Si on l'avait suivi, qu'il s'y rende n'étonnerait personne.

La salle de la mosquée était presque vide. Une douzaine d'hommes priaient sur de vieux tapis sans couleur. Avec la chaleur, des odeurs suffocantes se mélangeaient. Cyrus Jahanbi repéra celui qu'il cherchait, se déchaussa et alla s'agenouiller à côté de lui.

C'était un homme de petite taille, au physique ingrat, nanti d'un gros nez, la peau boutonneuse. Ses oreilles décollées qui donnaient un faux air de Mickey. Mais ses yeux brillaient d'intelligence.

Mahmoud Farmayan se moquait de son physique. Il ne vivait que pour deux choses : son métier d'ingénieur électronicien et le combat islamique. Officiellement réfugié politique depuis 1982, il était en réalité une des innombrables « taupes » des réseaux iraniens aux Etats-Unis, et, comme tel, obéissait au doigt et à l'œil à Cyrus Jahanbi. A ce prix, sa famille, demeurée en Iran, y coulait des jours tranquilles, bénéficiant même de certains privilèges. Il termina sa prière avant de tourner la tête vers le nouvel arrivant. Ce dernier ne perdit pas de temps en vaines palabres.

– Où en es-tu? demanda-t-il.

– J'ai étudié les éléments dont nous disposons ici. Tout semble fonctionner parfaitement. Il reste juste une pièce à obtenir, mais on me l'a promise pour cette semaine.

– Quelqu'un de sûr?

– Oui.

– Et là-bas?

– La transaction a été effectuée. L'appareil est en notre possession. En lieu sûr.

– Combien de temps pour être opérationnel?

L'homme qui ressemblait à Mickey réfléchit rapidement.

– Disons, à la fin de la semaine, vendredi ou samedi; nous serons opérationnels, techniquement parlant. Pour le reste...

– Je m'en occupe, affirma Cyrus Jahanbi. Il faut agir le plus vite possible. Les services américains ont eu vent de notre projet. Pour l'instant, je contrôle la situation, mais on ne sait jamais.

– Très bien, approuva Mahmoud Farmayan sans émotion apparente. Je vais faire le plus vite possible.

– Il y a aussi une autre mesure à prendre.

Cyrus Jahanbi expliqua minutieusement à Farmayan ce qu'il attendait de lui. Peu à peu, la mosquée se remplissait. Les deux hommes se séparèrent, sans même s'être serré la main. Si le FBI surveillait la mosquée, ce qui était hautement probable, il ne s'était rien passé de suspect.

Cyrus Jahanbi pria encore un peu puis regagna la rue et reprit le bus pour Manhattan.

Malko n'en crut pas ses oreilles en entendant la voix de Jack Higgins au téléphone. Le marchand d'armes semblait parfaitement calme quand il proposa :

— Voulez-vous me retrouver chez moi dans une heure?

Malko ne put qu'acquiescer, en se demandant ce qui avait motivé le revirement de Jack Higgins... En tout cas, cela lui évitait de renouer le contact lui-même.

A l'heure dite, il se présenta Park Avenue et le portier, averti, lui indiqua l'appartement de Jack Higgins. Celui-ci, en chemisette, l'attendait sur le pas d'une double porte. Il le fit pénétrer dans une grande pièce encombrée d'installations vidéo, d'un orgue électronique, de fax. Un grand bureau disparaissait sous les papiers. Ils s'installèrent sur un canapé, en face d'un arbre en laiton imitant un baobab. Une décoration moderne et audacieuse visiblement signée Claude Dalle. Grâce à la clim', la température était clémente. Higgins ne perdit pas de temps.

— Je veux vous montrer quelque chose, annonça-t-il.

Il prit une télécommande et alluma un magnétoscope relié à une énorme télé Samsung. D'abord,

Malko n'entendit que le son de deux respirations pressées. Puis une voix de femme dit :

– Tu vas me baiser maintenant, salaud !

La voix d'Azar Higgins... Lorsque l'image devint nette, il ne fut pas surpris de se voir, Azar à ses genoux, prenant son sexe à pleine bouche ! Jamais il ne s'était senti aussi gêné ! Impavide, Jack Higgins laissa le film se dérouler quelques minutes, ses petites mains grassouillettes posées sur ses cuisses... Le plus choquant était les bruits de succion et le langage obscène d'Azar. Enfin le supplice de Malko prit fin et Jack Higgins se tourna vers lui.

– Mr Linge, dit-il calmement, il m'est absolument égal que vous ayez des rapports sexuels avec ma femme. D'ailleurs, comme vous le voyez, je suis tout à fait consentant. Disons que c'est un *gentlemen's agreement* entre nous. Mais je crains que ce ne soit pas le hasard qui vous ait amené à vous intéresser à elle. Alors, je vous demande de cesser votre harcèlement, sinon, vos amis de la CIA pourraient apprendre la façon inhabituelle dont vous menez votre enquête. Et en tirer des conclusions désagréables pour vous...

Il se leva, alla retirer la cassette du magnétoscope Samsung et la tendit à Malko, sans sourire.

– Ce sera un souvenir. J'en ai une autre.

Malko, revenu de sa surprise, dédaigna l'offre et dit simplement :

– Je ne chante pas, Mr Higgins. Néanmoins si vous ne m'aviez pas appelé ce matin, c'est moi qui l'aurais fait. Je comprends que vous soyez... agacé par cet incident, mais, comme vous le dites vous-même, c'est sans importance. En revanche, je suis maintenant persuadé que notre informateur n'a pas menti. Vous êtes bien impliqué dans une affaire intéressant la sécurité des Etats-Unis.

– Qu'est-ce qui vous permet de dire cela ?

La voix de Jack Higgins avait claqué comme un fouet. Il ne se laissait pas abattre facilement... Malko prit son temps :

– Deux choses, précisa-t-il. D'abord une confidence de votre femme, qui ignore évidemment qui je suis. Elle a évoqué des problèmes graves concernant votre fils. Or, je sais que votre fils est en Iran, depuis trois semaines. Vous y êtes parti avec lui, mais vous êtes revenu il y a quinze jours. Bien sûr, ces faits ne sont pas en eux-mêmes délictueux, mais rapprochés de ce que nous savons, c'est troublant. Vous avez parfaitement le droit de m'envoyer promener. Mais dans ce cas, je serai obligé de transmettre l'affaire au FBI, qui se moque éperdument de ma vie sexuelle...

Jack Higgins n'eut pas le temps de répondre. La porte s'ouvrit sur Azar Higgins, souriante, en déshabillé, qui s'arrêta net en reconnaissant Malko.

– Laisse-nous! dit son mari.

Sans un mot, elle tourna les talons et disparut. Les traits gélatineux de Jack Higgins semblaient s'être ramollis, mais son regard bleu ne cillait pas. Il demeura muet quelques instants, puis se rassit avec un soupir. Le tissu léger de son pantalon se tendait sur ses énormes cuisses.

– Mr Linge, fit-il, vous avez très bien travaillé, aussi je ne vais pas y aller par quatre chemins. Je vais donc vous dire la vérité, du moins, ce que je peux en dire. Je ne l'aurais pas fait, si un incident désagréable ne s'était produit avant-hier soir.

– L'homme qui a tenté de vous poignarder?

Jack Higgins marqua une légère surprise.

– C'est moi qui vous ai alerté par mon appel de phares.

– Merci, fit sobrement le marchand d'armes.

– Qui était cet homme?

– Il m'est impossible de vous le dire. Il faudra vous en contenter.

– C'est-à-dire?

– Votre informateur avait raison. J'ai bien été contacté pour participer à un attentat contre notre président. Seulement je ne *peux* pas vous en dire plus.

Malko, estomaqué, demanda :

– Pourquoi vous prêtez-vous à cela? Toutes les indications que je possède vous décrivent comme un citoyen sans reproche.

Jack Higgins croisa ses mains boudinées sur la ceinture de son pantalon.

– Pour une raison très simple, Mr Linge. Mon fils se trouve en Iran, à ma place. Retenu officieusement par le gouvernement iranien. Si je révèle un mot de ce que je sais, je ne le reverrai jamais. Or je n'ai qu'un seul fils, auquel je tiens comme à la prunelle de mes yeux. Je respecte beaucoup notre président, mais je ne sacrifierai pas la vie de mon fils Alexander pour le sauver. Après tout, les gens qui le protègent devraient être à même de déjouer toute tentative contre lui, n'est-ce pas?

Il n'y avait aucune ironie dans sa voix, seulement une immense lassitude. Malko ne douta pas une seconde qu'il dise la vérité. Pourtant, il insista :

– Pourquoi faire croire que vous n'étiez pas à New York? Vous ne pouviez pas savoir que j'allais vous contacter...

– Exact, mais j'avais envisagé une éventualité de cet ordre. Maintenant, vous pouvez révéler au FBI ou à la CIA ce que je viens de vous dire, cela ne changera rien. On peut m'emprisonner, m'interroger, me menacer, je ne dirai rien de plus. Je retrouverai la parole lorsque ce qui doit se passer sera derrière nous. Et que mon fils sera de retour ici, au Etats-Unis.

– Quand? demanda Malko.

Jacki Higgins leva une main tavelée.

– C'est fini, Mr Linge. Je vous ai dit tout ce que je pouvais vous dire. Il est inutile de me surveiller, de mettre mon téléphone sur écoute. Mon rôle dans cette affaire est terminé et je n'ai plus de contacts avec ces gens.

Malko continuait à chercher une faille.

– Qui vous dit qu'ils tiendront parole? avança-t-il.

Jack Higgins demeura aussi impassible qu'un joueur de poker.

– Rien. Je n'ai aucune confiance en eux. Mais, si je les trahis, je suis certain qu'ils se vengeront. Personne ne peut rien pour moi. Même pas le Président des Etats-Unis. Souvenez-vous des otages de l'ambassade américaine à Téhéran, en 1980...

Que répliquer? C'était un plan diabolique. Jack Higgins regardait dans le vide. Malko comprenait son dilemme.

Jack Higgins ne changerait pas d'attitude. Et aux Etats-Unis, on ne risquait pas de lui arracher les ongles pour le forcer à parler... C'était l'impasse.

Malko se leva. Il devait continuer son enquête. Il songea au chauffeur de taxi qui avait tenté de poignarder le marchand d'armes. C'était mince, comme piste... Cette fois, Jack Higgins ne lui proposa pas d'emporter la cassette... Il le raccompagna et dit simplement :

– Je pense que nous ne nous reverrons plus, Mr Linge.

*
**

Après sa conversation avec Jack Higgins, Malko eut un bref contact avec John Powell. Celui-ci lui demanda de se rendre dans une *safe-house* de la CIA, une petite *brown house* de la 82ᵉ Rue, entre la Deuxième et la Troisième Avenue, pour faire le point sur un téléphone « protégé ». La conversation fut plutôt morose. Jack Higgins n'en avait pas assez dit pour faire progresser l'enquête.

Que l'Iran soit impliqué ne menait nulle part. Les Iraniens devaient forcément « sous-traiter ». En plus, ils disposaient aux Etats-Unis d'un réseau dormant de centaines de personnes dévouées à la cause islamique. Impossible de tous les surveiller. Il y avait des centaines de milliers d'Iraniens et trois millions d'Arabes aux USA. Même si le FBI se donnait beaucoup de mal, il ne pouvait pas être partout à la fois...

— Tout ce qu'il me reste à faire, conclut John Powell, c'est de rédiger un mémo à l'intention des services de sécurité de la Maison Blanche.

Malko était sceptique.

— Vous savez bien qu'on ne protège personne à cent pour cent, dit-il. Qu'on ne peut pas éliminer un commando-suicide. Nous n'avons *aucun* élément précis. Ils vont nous écouter avec politesse et ne feront rien de plus que d'habitude. Des avertissements semblables, il y en a des centaines par an.

— Si on faisait arrêter Higgins? proposa l'Américain. Il ne craquerait pas?

— Je ne parierais pas une roupie là-dessus, assura Malko. C'est un dur, avec une puissante motivation... En plus, il doit avoir d'excellents avocats.

Un ange passa, drapé dans la Bannière étoilée.

— Donc, il faut refiler l'enquête au FBI, conclut l'homme de la CIA. Mais nous n'avons pas beaucoup d'éléments à leur offrir.

C'était une litote.

— Vous avez encore des gens en Iran? demanda

soudain Malko. Alexander Higgins est forcément surveillé par la Savama.

– Il faudra demander cela à Langley, répondit John
Powell. Sûrement, mais je n'ai aucune information
spécifique.

– Je réfléchis vingt-quatre heures avant de décrocher, dit Malko.

*
**

Malko était encore sous le coup de sa conversation
lorsqu'il regagna le *San Régis*. Ceux qui manipulaient
Jack Higgins avaient bien monté le piège.

Il prit sa clef et parcourut le hall du regard. Une
Noire peu ordinaire était assise dans un des fauteuils
dorés du hall. Les traits réguliers, une bouche énorme
et de grands yeux de biche, de longs cheveux tressés,
très maquillée, un corps de mannequin, elle était
discrète comme une voiture de pompiers, dans sa robe
tube rouge vif, assortie à des cuissardes vernies de la
même couleur.

Elle se leva et se dirigea vers l'ascenseur en même
temps que lui. Son corps était filiforme, à l'exception
d'une poitrine probablement rapportée qui tendait le
fin tissu de la robe et d'une croupe callipyge propre à
sa race. Elle mesurait plus d'un mètre quatre-vingts.
Malko s'effaça pour la laisser passer. Son parfum
aurait suffi à embaumer un hall de gare...

– *What floor*? (1) demanda-t-il.

– *Eleven*. (2)

Il appuya sur 8 et 11, et se replongea dans ses
pensées. Pas pour longtemps. Un déclic lui fit lever les
yeux et une brutale poussée d'adrénaline catapulta

(1) Quel étage?
(2) Onzième.

son pouls à 150. Ses lèvres épaisses retroussées sur des dents très blanches, une expression d'incroyable méchanceté dans ses yeux sombres, la Noire le menaçait d'un long couteau effilé tenu à l'horizontale. Une lame de plus de vingt centimètres.

Malko, adossé à la paroi du fond, n'eut pas le temps de réagir. Avec un han de bûcheron, la Noire lança son bras en avant, pour l'éventrer.

*
**

Malko ressentit un coup violent à la hauteur du nombril. S'étonnant de ne ressentir aucune douleur, il baissa les yeux et vit le poignard coincé dans sa boucle de ceinture Hermès, à l'intérieur du H. Surprise, la Noire hésita quelques fractions de secondes, lui donnant le temps de se ressaisir. Il lui assena à toute volée une manchette sur le poignet qui lui fit lâcher son arme, puis il la repoussa violemment de la main gauche. Juste à ce moment, la porte de la cabine s'ouvrit au 8e étage. La Noire fut projetée à l'extérieur, jusqu'au mur d'en face. Pivotant aussitôt, elle bondit vers l'escalier d'incendie, claquant la porte au nez de Malko qui se ruait à sa poursuite.

Les huit étages passèrent comme un éclair. La Noire descendait à la vitesse d'un singe, franchissant plusieurs marches à la fois, sautant en s'accrochant à la rampe. Au rez-de-chaussée, Malko n'avait pas rattrapé ses quelques mètres de retard! L'irruption de la Noire dans le hall du *San Régis* passa quasiment inaperçue. Elle fonça vers la porte à tambour donnant sur la 55e Rue.

— *Stop her*! hurla en vain Malko.

Il allait la rejoindre quand il heurta de plein fouet un vieux couple qu'il projeta contre la réception. Il perdit l'équilibre et roula à terre. Le temps de se relever et de franchir à son tour la porte à tambour, il vit la Noire filer vers Fifth Avenue et tourna à gauche.

Au coin de Fifth, personne! Pourtant, avec sa silhouette, on la repérait de loin... C'est alors qu'il aperçut un taxi qui décollait du trottoir, *off duty* éclairé. Il parcourut une vingtaine de mètres coudes au corps, espérant le coincer au croisement suivant, mais le feu était au vert... Il n'eut même pas le temps de relever le numéro du taxi qui se perdait dans le flot de la circulation... Lorsqu'il regagna le hall du *San Régis*, le directeur se précipita pour lui demander ce qui s'était passé.

— On a essayé de me détrousser, expliqua Malko, désireux de ne pas attirer l'attention.

Il subit les excuses attristées du manager et quelques commentaires sur New York qui n'était plus New York

Sans sa ceinture Hermès, il était éventré comme un porc... Remonté dans sa chambre, il prit une douche et s'allongea sur le lit. Que venait faire cette Noire, incontestablement américaine, dans le tableau? Pourquoi avait-elle tenté de le tuer? La réponse était simple : ceux qui faisaient chanter Jack Higgins ne voulaient prendre aucun risque. Ils surveillaient le marchand d'armes. A moins que ce dernier, poussant le jeu jusqu'au bout, ne les ait prévenus de l'existence de Malko...

Une idée lui vint et il composa le numéro de Maria-Mercedes. Il dut s'y reprendre à trois fois avant qu'elle n'accepte de l'écouter.

— Je *dois* vous parler, insista Malko. C'est important. Je sais où se trouve le fils de Jack Higgins.

— Où? demanda-t-elle ironiquement.

— A Téhéran.

Cette fois elle marqua le coup et demanda, ébranlée.

– Qu'attendez-vous de moi?
– Je vous l'expliquerai.
– Dans une demi-heure chez *PJ Clark's*.

**
*

L'ancienne taverne irlandaise, au coin de la Troisième Avenue et la 55e Rue, n'avait pas changé. On avait construit un énorme gratte-ciel sur le bloc et *PJ Clark's* était resté, niché dans une encoche du bloc de béton, avec son enseigne et ses vitres opaques. Au bar s'accrochaient les mêmes ivrognes, mêlés aux yuppies survivant à la crise, et à toujours autant de jolies filles.

Malko retrouva Maria-Mercedes, vêtue d'un tank top et d'une mini noire, dans la salle du fond, où la faune habituelle occupait les tables aux nappes à carreaux blancs et rouges, sous le menu affiché au tableau noir.

– Qu'est-ce que vous prenez? demanda-t-il à la Chilienne.

– Un Cointreau *Caïpirinha*. Avec le citron vert, c'est très rafraîchisssant.

La clim' asthmatique n'arrivait pas à rendre l'atmosphère respirable. Ils commandèrent : *London broil* et *apple pie*. Maria-Mercedes observait curieusement Malko.

– Qui êtes-vous vraiment? Un flic? demanda-t-elle.

– Peu importe, je veux aider Jack Higgins. Dites-moi, il tient beaucoup à son fils?

Elle hocha la tête.

– Beaucoup? Il en est fou. C'est à cause de lui que je suis à New York. Alexander est tombé fou amoureux de moi lors d'un voyage à Santiago. Il voulait m'emmener à New York et je ne voulais pas. C'était il y a trois ans. J'étais mariée... Un jour, Jack est venu. Il m'a dit que son fils me voulait, que je devais divorcer. Sinon, il serait trop malheureux. Ça a duré trois mois, puis j'ai cédé. Il m'a donné beaucoup d'argent pour ma famille. et a payé le divorce. Il m'a engagée ici.

– Et ensuite?

– Alexander a été très amoureux... pendant deux ans. Puis, il a rencontré une autre fille... (Elle rit.) Je m'en fiche, je suis heureuse d'être à New York. Je sais que Jack ne me virera jamais, à cause de ce que j'ai fait pour son fils.

– Vous savez pourquoi il est en Iran?

– Non. C'est lié aux affaires de Mr Higgins. Il ne me dit quand même pas tout.

– Il a des nouvelles?

– Oui, il lui téléphone très souvent, mais il m'a avoué une fois qu'ils ne pouvaient parler que de choses banales. Parfois, ils restent une heure au téléphone. A cause du décalage horaire, ce n'est pas toujours facile, et puis les communications sont écoutées par les Iraniens.

– Mr Higgins connaît des Iraniens à New York?

– Je n'ai pas le droit de vous répondre. Il m'a fait jurer de ne *rien* dire.

Elle termina son café d'un coup et conclut :

– Je ne veux pas me mêler de tout cela, je vous en ai déjà trop dit.

Elle se leva et le quitta rapidement. Fini le numéro de salope... Elle avait peur. Mais, par bribes, Malko se faisait une idée de la situation. Il retourna au *San Régis* et mit le réveil à cinq heures pour donner un coup de fil à Vienne, en Autriche.

Il était à peine sept heures lorsqu'il appela Jack
Higgins. L'Américain parut contrarié.

— Je ne pensais plus avoir à entendre parler de
vous, dit-il d'un ton sec.

— Ce sera la dernière fois, dit Malko, j'ai des choses
à vous dire.

Higgins n'hésita pas.

— O.K. Au *Plazza*, dans une heure.

Jack Higgins tira de sa poche ce qui ressemblait à
un stylo et fit tomber dans son café deux sucrettes. En
dépit de l'heure matinale, il était frais et rasé. Malko
lui raconta l'agression dont il avait été victime, sans
éveiller le moindre intérêt chez lui.

— Ce sont vos affaires, dit le marchand d'armes.

Il était temps de passer à l'assaut.

— J'ai une proposition à vous faire, avança
Malko.

Jack Higgins fronça ses sourcils roux.

— Je croyais vous avoir dit que...

— Non, non, assura aussitôt Malko, je ne veux pas
vous faire changer d'avis. Mais j'ai une idée.

— Laquelle?

— Si je parvenais à faire sortir votre fils d'Iran,
accepteriez-vous de collaborer avec les services de
sécurité pour faire échouer cet attentat?

Une lueur haineuse passa dans les yeux bleus de
l'Américain.

— A la seconde où mon fils ne risque plus rien, je
ferai tout pour me venger... (La lueur s'éteignit aussitôt.) Mais je doute que vous puissiez faire quoi que ce
soit. D'autant que je ne veux pas mettre sa vie en
danger.

Malko le sentit prêt à se lever. Il fallait l'appâter.

– Supposons, continua-t-il, que cet attentat échoue, non par votre faute mais à cause de circonstances défavorables. Vous ne craignez pas que les Iraniens se vengent sur vous? Ou plutôt sur lui?

A la légère crispation des traits de Jack Higgins, il comprit qu'il avait touché juste.

– Bien sûr, reconnut l'Américain, mais je n'ai pas le choix.

– Donc ma proposition n'est pas idiote.

Jack Higgins secoua la tête.

– Pas idiote? Irréalisable! Mon fils est sous la surveillance des services iraniens. Il est interdit de sortir du territoire, c'est inscrit sur son passeport. Pour prendre un avion, il faut passer une douzaine de contrôles. Et d'abord, avoir une réservation. Toutes les compagnies communiquent leurs listes de passagers à la Savama. Le faire sortir par une autre voie est trop risqué. J'y ai pensé avant vous. Il n'y a que deux façons : par la Turquie ou par le Baluchistan. Les deux sont mortellement dangereuses. Les passeurs assassinent leurs clients, après leur avoir volé leur argent. Quelle est votre idée?

– Avant de vous l'expliquer, plaida Malko, j'ai besoin de quelques informations. Acceptez-vous de me les donner?

Jack Higgins n'hésita pas.

– Cela dépend desquelles.

– Vous lui parlez régulièrement?

– Oui, mais tout est écouté.

– Avez-vous un code qui vous permette de transmettre des informations?

– Non.

– Est-il libre de ses mouvements à Téhéran?

– Oui, mais il est suivi. S'il s'éloignait de la ville, on interviendrait.

– A-t-il déjà été à l'aéroport de Mehrabad, depuis votre départ?

Jack Higgins hésita quelques instants.

– Oui. Deux ou trois fois, pour accompagner des amis ou des relations qui partaient.

– Est-il intelligent? Rapide?

Le regard du vieil homme s'éclaira.

– Oui. Très.

Malko chercha son regard.

– Bien, je pense que mon plan pourrait fonctionner.

Jack Higgins ne réagit pas plus qu'un joueur de poker qui rentre le quatrième as d'un carré.

– OK. Allez-y. Mais souvenez-vous que je ne crois pas au miracle.

CHAPITRE XIV

Cyrus Jahanbi passa sous la grande fresque décorant le hall du building des Nations unies qui évoquait, dans un style pompier, un Phénix faisant renaître de leurs cendres les espoirs de paix... Cela datait de quarante ans et ce décorum prétentieux avait bien vieilli...

Absorbé dans ses pensées, l'Iranien ne le voyait même plus. Le *New York Times* du jour, qu'il tenait à la main, contenait une nouvelle qui lui avait gâché son *breakfast*. La veille, il avait frôlé la catastrophe... Le mieux était décidément l'ennemi du bien. Craignant une défaillance de Jack Higgins, il avait voulu éliminer celui qui faisait pression sur lui. Amina, Noire américaine et membre des *Black Muslims*, maîtresse d'Omar Aboulima, le bras armé du Djihad dans le New Jersey, avait lamentablement échoué, ne s'échappant que de justesse.

L'Iranien en avait encore l'estomac noué. Si elle s'était fait prendre, le FBI aurait remonté très loin, compromettant leur opération. Et tout cela, parce que, quelques jours plus tôt, un homme avait trop parlé, à des milliers de kilomètres de là, à Gaza...

Cyrus Jahanbi salua le garde, à l'entrée, et partit à pied dans la Première Avenue, remontant jusqu'à

Grand Central pour prendre, à la 42ᵉ Rue, une rame
en direction de Time Square. Là, il changea de quai,
reprenant l'*Orange line*, jusqu'à Colombey Circle. Il
monta alors dans un train en partance pour le World
Trade Center, mais descendit quelques secondes avant
que les portes ne se referment, prenant bien soin de ne
pas se retourner. S'il était suivi, il *devait* rompre la
filature. Il se retrouva seul sur le quai et se hâta dans
les couloirs pour rejoindre la *Brown line*, en direction
du Queen's, l'immense quartier populaire, de l'autre
côté de l'East River. Vingt minutes plus tard, il
descendit à la station Parsons Boulevard. C'était un
quartier pauvre de clapiers grisâtres et de cottages
décatis, sillonné d'autoroutes urbaines. Déprimant. A
un bloc, devant une station d'essence *Amoco*, un
Yellow Cab était garé. Au volant, il reconnut la
silhouette massive d'Omar Aboulima.

A peine monté dans le véhicule, il demanda :

– Tu as bien changé les plaques ?

Omar faisait *vraiment* le taxi, ce qui lui donnait de
grandes facilités pour se déplacer.

– Bien sûr, assura le Palestinien.

Depuis cinq ans qu'il militait dans le Djihad, le FBI
ne l'avait pas repéré. Il menait une vie paisible,
partagée entre son appartement, la mosquée et son
travail. Sur son conseil, Amina venait de changer de
domicile, s'abritant chez des sympathisants.

Ils parcoururent deux miles en plein cœur du quartier de Jamaïca et atteignirent la Quatre-vingt-dizième
Avenue, bordée en grande partie d'entrepôts et de
locaux commerciaux. Le taxi jaune s'arrêta devant le
numéro 13901, un petit immeuble de deux étages,
dont un entrepôt occupait le rez-de-chaussée. Un
fourgon *Ryder* stationnait devant, avec deux hommes
à bord : Ali Yasin et Mahmoud Farmayan, l'ingénieur

électronicien. C'est ce dernier qui avait loué l'entrepôt, loin de son domicile de Crown Highs, à Brooklyn.

Les trois hommes s'étreignirent rapidement, tandis que le taxi repartait aussitôt à vide, pour ne pas attirer l'attention. Mahmoud Farmayan ouvrit le cadenas qui fermait la porte métallique et Yasin fit entrer le fourgon à l'intérieur de l'entrepôt. Cela sentait l'huile, la poussière et le renfermé.

Mahmoud Farmayan guida les deux hommes vers des caisses empilées dans un coin. Leurs inscriptions avaient été soigneusement recouvertes par de la peinture noire. On voyait qu'elles avaient été ouvertes et refermées. Jahanbi les avait déjà vues, mais Ali Yasin ouvrit de grands yeux et se tourna vers l'Iranien.

– C'est ça? demanda-t-il, ému.

Cyrus Jahanbi inclina la tête.

– Oui, tout est là.

Il y avait quatre caisses. Une d'environ un mètre de long et quarante centimètres de côté, une autre, rectangulaire, de quatre-vingts centimètres sur soixante, une troisième en forme de tube de soixante centimètres et enfin une grosse boîte métallique noire. A côté se trouvait une liasse de documents dans un carton. Ali Yasin ne pouvait détacher les yeux de l'ensemble. Pour la première fois, son rêve fou se concrétisait, grâce à Cyrus Jahanbi. Ce dernier consulta sa montre.

– Il faut charger vite, ne restons pas trop ici.

Les trois hommes s'y mirent et tout disparut en quelques minutes à l'arrière du fourgon.

– Ce n'est pas fragile? s'inquiéta Ali Yasin.

Mahmoud Farmayan le rassura.

– Non, non. C'est bien emballé.

Cyrus Jahanbi étreignit longuement les deux hommes avant qu'ils ne montent dans le fourgon.

– Faites bien attention, recommanda-t-il. Pas d'excès de vitesse. Si un policier voulait vérifier votre chargement, vous savez ce que vous faites...

Mahmoud Farmayan approuva silencieusement. Il était armé d'un gros Browning et d'une Uzi. A *aucun* prix, il ne fallait que la police sache ce qu'il y avait dans ce fourgon.

L'ingénieur se tourna vers Ali Yasin.

— Il n'y a pas de problème à Washington, pour le stockage?

— Non, non, affirma le Palestinien, j'ai loué un compartiment dans un *mini-storage* en Virginie.

C'étaient des débarras fermés que les gens privés de cave louaient pour entreposer toutes sortes de choses. L'accès en était gardé, mais ensuite on faisait ce qu'on voulait. Yasin et Farmayan seraient à Washington à la tombée de la nuit.

Ils sortirent le fourgon, Farmayan referma le hangar à clef et prit le volant, tandis que Jahanbi s'éloignait à pied vers la station de métro de la 179e Rue. L'heure H approchait.

Une Dodge grise attendait devant le National Airport, à Washington, un homme aux cheveux courts au volant. Dès que Malko apparut, un géant surgit derrière lui et lui assena une claque dans le dos à lui faire cracher ses poumons.

— *Welcome home!* lança-t-il. Vous n'êtes pas content de retrouver votre « baby-sitter » favori?

— Je suis fou de joie, Chris, assura Malko en le suivant jusqu'à la Dodge. Où est Milton?

— En stage de tir, au FBI.

Chris Jones et Milton Brabeck, « gorilles » de la CIA, avaient été ses partenaires depuis un quart de siècle, de par le monde. Des Rambo avant la lettre, dévoués corps et âme à la *Company*, adorant Malko. Avec leur armement, digne d'un petit porte-avions, ils ne craignaient que Dieu et les bactéries du tiers-monde; lequel commençait, à leurs yeux, à la Californie.

La Dodge sortit de l'aéroport, gagnant le George Washington Memorial Parkway, le long du Potomac. En passant devant le cimetière d'Arlington, Chris Jones donna un coup de coude à Malko.

– Vous vous souvenez...

– Oui, une histoire bizarre.

Quelques années plus tôt, Malko avait aidé à démasquer une « taupe » tapie dans les arcanes de la CIA (1). Un des plus beaux coups du défunt KGB. Comme tout cela semblait loin.

– Vous êtes encore sur un coup pourri? interrogea Chris Jones.

– Encore plus que cela! soupira Malko.

Comme il n'avait pas le droit d'en parler, même à Chris Jones, le silence retomba jusqu'aux grilles de Langley, le siège de la *Central Intelligence Agency*. La Dodge les déposa devant l'entrée principale du grand bâtiment blanchâtre en U. Chris Jones montra patte blanche à un des gardes du hall où était gravée la devise de la CIA : « Tu connaîtras la Vérité et tu deviendras plus fort ».

Un coup de fil et Chris Jones annonça :

– On vous attend dans la salle 6005, à côté de la salle à manger des Chefs.

Malko prit l'ascenseur, accompagné d'un garde. John Powell, le chef de station de Jérusalem, vint à sa rencontre dans le couloir, l'air fatigué.

– Je suis arrivé tout à l'heure de Jérusalem, annonça-t-il et je n'ai pas fermé l'œil dans ce putain

(1) Voir SAS nº 90 : *La taupe de Langley*.

d'avion. Je suis crevé. Tout le CTC (1) est là, avec le DDO (2) de la division des Opérations. Tâchez d'être brillant...

Malko pénétra dans une grande pièce dont les baies vitrées donnaient sur les bois entourant Langley. Une douzaine d'hommes étaient déjà installés devant des cafés et des cocas, autour d'une grande table rectangulaire. Celui qui se trouvait à son extrémité se leva. C'était Richard Baxter, le directeur-adjoint de la division des Opérations. Malko l'avait déjà rencontré.

L'Américain le présenta aux autres assistants et en fit autant pour eux. Le groupe était la cellule la plus pointue d'évaluation des problèmes de contre-terrorisme des Etats-Unis : trois psychiatres, trois experts en armes et explosifs, trois agents ayant déjà eu affaire à des preneurs d'otages, deux spécialistes de l'Iran, un agent versé dans le commerce des armes.

On installa Malko, on lui servit un café immonde et John Powell commença l'exposé des faits, dans un silence de mort. Puis, Richard Baxter prit la parole à son tour, résumant ainsi la situation :

– Comme vous pouvez le constater à la lumière de ce que John vient de vous dire, nous avons de bonnes raisons de croire qu'un attentat contre le Président des Etats-Unis, Bill Clinton, se prépare activement. Nous savons également que ce complot est le fait d'une alliance entre des éléments iraniens et certains Palestiniens de tendance très radicale, des gens de Hamas, ou du Djihad.

Après une brève interruption, Richard Baxter demanda à l'assistance s'il y avait un rapport entre les différentes factions.

(1) Centre anti-terroriste (*Counter Terrorism Center*).
(2) *Deputy Director of Operations.*

Un des experts du Middle-East prit la parole aussitôt :

– Nous sommes sûrs que les différents « Djihad », palestinien, libanais, égyptien ou algérien, ont des liens avec l'Iran, qu'il existe des passerelles permettant de monter des opérations ponctuelles. Nous savons qu'il y a dans notre pays des activistes palestiniens noyés parmi les centaines de milliers de réfugiés.

– Et les Iraniens ?

– Ils possèdent également des réseaux « dormants », mais nous ne les avons pas tous identifiés. Plus des fonctionnaires du ministère iranien du Renseignement, sous couverture diplomatique, au sein de leur délégation auprès des Nations unies, à New York, des personnes non identifiées par le FBI.

– Merci, continuons, enchaîna Richard Baxter. Jack Higgins, marchand d'armes que certains d'entre nous connaissent, a reconnu *off the record* qu'il participait à ce projet. A son corps défendant. Pouvez-vous nous dire, Jim, de quelle façon il a pu intervenir ?

Jim Sagamore, un chauve aux sourcils noirs, expert en ventes d'armes, ouvrit le dossier posé devant lui :

– Jack Higgins n'est pas un inconnu, commença-t-il. Il a même collaboré à plusieurs reprises avec la *Company*, en nous fournissant des informations. C'est un businessman qui n'est jamais allé contre les intérêts du pays. Il est trop intelligent pour franchir la ligne rouge. D'autre part, il travaille beaucoup avec de nombreux fabricants nationaux, dont Martin-Marietta, qui ont une excellente opinion de lui. Bien sûr, comme tous les *traders*, il lui est arrivé de livrer des armes avec des *end-users* falsifiés, mais c'était à notre demande.

– A-t-il travaillé avec l'Iran ? demanda Malko. Depuis la chute du Shah.

– A part pour l'affaire des « Klystrons », jamais. Mais il garde le contact en s'y rendant régulièrement. L'embargo ne sera pas éternel.

– A quoi pourrait-il servir... dans un projet d'attentat? demanda Malko.

Ce fut un des experts en explosifs qui répondit.

– Probablement en aidant ce groupe à se procurer du matériel sophistiqué. Ici, aux Etats-Unis, ils n'ont pas de logistique et c'est très difficile d'en importer clandestinement. Sauf si on connaît les filières, comme Jack Higgins. Il travaille avec une douzaine de pays producteurs d'armement.

– Est-il possible de savoir de quel type d'armement il s'agit? demanda le DDO.

– Impossible, répondirent d'une même voix les deux experts.

Un lourd silence tomba sur la salle et la plupart des assistants en profitèrent pour se désaltérer. Aucun bruit de l'extérieur ne filtrait, grâce aux glaces à l'épreuve des balles et des ultra-sons...

C'est le DDO qui relança la discussion, s'adressant aux psychiatres.

– Compte tenu de ce que vous savez, est-il possible de « briser » Jack Higgins, de le faire parler?

Les trois médecins avaient des photos du marchand d'armes devant eux. Le plus âgé, William Campbell, un barbu lippu et chevelu, bardé de diplômes, lança d'un ton péremptoire :

– Je connais ce genre d'homme : impossible! Sauf en lui mettant une camisole chimique.

– Qu'est-ce que vous voulez dire? demanda le DDO.

– Pentothal ou équivalent, lâcha le psychiatre.

Un ange passa et s'enfuit horrifié, faisant voler les pans de sa blouse blanche.

Par pure perversité, les deux autres psychiatres dirent en chœur :

– Nous ne sommes pas aussi formels que monsieur Campbell, mais cela peut prendre plusieurs semaines, avant que nous parvenions à briser la résistance psychologique de cet homme. Le sentiment paternel exacerbé lié à un sentiment aigu de culpabilité...

– Je vous remercie, coupa le directeur des Opérations.

Edifié, il se retourna vers les experts en explosifs et attentats.

– Nous ignorons d'où peut venir la menace, exposa-t-il; y a-t-il des mesures concrètes à adopter, pour la diminuer?

Un des experts sourit :

– Enfermer le Président dans le sous-sol blindé du Pentagone et lui interdire de sortir jusqu'à nouvel ordre... Sinon, reprit-il après que les murmures se furent tus dans la salle, les précautions habituelles doivent être renforcées préventivement. Que la protection rapprochée soit sur ses gardes. Nous allons aussi alerter la NSA (1), au cas où elle intercepterait des conversations suspectes. Le FBI, les services étrangers...

Le DDO l'arrêta. Toutes ces mesures évidentes ne pouvaient suffire.

– Messieurs, je vous remercie, dit-il.

Les psychiatres et les experts sortirent à la queue-leu-leu. Ne restèrent que Malko et John Powell. Le DDO alla prendre dans un petit bar une bouteille de Johnnie Walker, s'en servit une bonne rasade, l'avala, et réconforté se tourna vers Malko :

– Je pense que la seule façon d'aboutir à un résultat

_____

(1) *National Security Agency*, chargée de l'interception des communications et des satellites.

est de tenter votre plan d'exfiltration d'Alexander
Higgins de Téhéran. Tout en sachant qu'il y a extrêmement peu de chances de réussir. Seulement, il y a
un hic : je ne peux vous fournir aucune aide locale-
ment.

Malko crut avoir mal entendu.

— Vous n'avez plus personne à Téhéran?

— Si, des « sources » au sein de l'armée iranienne,
qui ne veulent pas risquer d'être identifiées. Et un
groupe monté il y a un an, appelé *Babak Khoramchar*.
Ce sont d'anciens monarchistes et des victimes du
régime des ayatollahs, ils commettent des attentats à
Téhéran et ont monté un petit maquis dans le Baluchistan. Il est hors de question de mêler ces gens à une
opération comme la vôtre.

Malko eut l'impression d'une douche froide.

— Donc, je dois me débrouiller tout seul, conclut-
il.

— A partir du moment où Alexander Higgins a
quitté le sol iranien, toute la *Company* est à votre
service, confirma le directeur des Opérations. Avant,
c'est impossible. Le remède risquerait d'être pire que
le mal. Cette histoire est épouvantable, mais nous
sommes coincés de tous les côtés. Même pour éviter
un attentat contre le Président, je ne peux pas activer
des gens en Iran, avec la quasi-certitude de les faire
prendre.

Plus il parlait, plus Malko se rendait compte que
Richard Baxter ne croyait pas à la possibilité d'exfiltrer d'Iran le fils de Jack Higgins. Et, honnêtement,
on ne pouvait pas l'en blâmer.

— Parfait, je vais tenter l'impossible, se résigna
Malko. Je repars pour l'Europe dès ce soir, il n'y a
pas une minute à perdre.

Il était trop tard pour attraper le Concorde d'Air France, mais il prendrait l'airbus A340 d'Air France à 18 h 15 au départ de Washington, avec la correspondance pour Vienne. Tout allait dépendre de son rendez-vous dans la capitale autrichienne.

*
**

Le *mini-storage* de Macomb Street, tout en haut de Connecticut Avenue, dans le nord-ouest de Washington, était protégé par un haut grillage couronné de projecteurs, et gardé jour et nuit. Lorsque le fourgon Ryder y arriva, une Ford deux portes était déjà là. Son conducteur donna deux coups de phares, puis un, puis trois, signal auquel répondit Mahmoud Farmayan.

L'occupant de la Ford en sortit. Un homme de belle prestance, moustachu, avec un étui de Ray-Ban à la ceinture, en chemise blanche, cravate et pantalon de toile. Il serra la main des deux hommes et annonça :

– Je suis Reza Ghodzadeh.

Ali Yasin le regarda comme un Dieu. C'était de lui que dépendait tout son plan. Il se fit ouvrir la grille du *mini-storage* et ils montèrent par la rampe au second étage, désert. Le box était vide. En dix minutes, les caisses furent déchargées et les trois hommes s'enfermèrent à l'intérieur, éclairés par des ampoules nues. Il y avait quelques outils et Mahmoud entreprit avec précaution d'ouvrir les caisses.

Ensuite, lui et Reza Ghodzadeh eurent une conversation technique, sous le regard émerveillé d'Ali Yasin qui comprenait un mot sur trois. Il finit par intervenir, inquiet.

– Il y a tout ce qu'il faut ?

– Tout à fait, confirma Reza Ghodzadeh.

– Il faut passer à l'action le plus vite possible, annonça Mahmoud Farmayan. C'est un ordre de Téhéran.

– Pour moi, il n'y a pas de problème, affirma Reza Ghodzadeh. Mais j'ai besoin du week-end pour tout assembler. Je ne peux pas m'absenter avant, cela risquerait d'attirer l'attention. Nous nous retrouverons ici demain matin et je vous conduirai jusqu'au lac Accotink, sinon, vous aurez du mal à trouver ma propriété.

– C'est grand? demanda Ali Yasin.

– Non. Une *cabin*, un hangar et quelques âcres. Il n'y a jamais personne dans ce coin difficile d'accès. Je pense que dimanche soir, nous serons öpérationnels. (Il se tourna vers Ali Yasin.) Ensuite, ce sera à vous de donner le feu vert, je crois.

Le Palestinien se sentit gonflé d'importance. Il revenait au premier plan. Pourtant, l'inquiétude continuait à le tenailler.

– Il n'y a aucun risque que cela rate?

Reza Ghodzadeh eut un sourire ironique.

– C'est du matériel neuf. Il y a les risques inhérents à toute arme sophistiquée, mais ils sont voisins de zéro.

Ali Yasin en avait le tournis : dans quelques jours, le Président des Etats-Unis, l'ennemi numéro un des Palestiniens, l'allié des Sionistes, serait mort. Et c'est lui qui serait responsable de cette action d'éclat.

Mahmoud Farmayan déploya un sac de couchage. Il allait dormir dans le box, à la fois pour éviter de s'enregistrer dans un hôtel et pour veiller sur le précieux matériel. Ainsi, il serait à pied d'œuvre le lendemain.

Les trois hommes se séparèrent. Ali Yasin repartit au volant du fourgon *Ryder*, et Reza Ghodzadeh dans sa voiture.

Tout le temps que dura le trajet jusqu'à George-town, Ali Yasin ne cessa de jubiler intérieurement. Quel coup il allait assener aux Etats-Unis, lui, l'obscur professeur de biologie de la George Washington University! Son nom passerait à la postérité.

CHAPITRE XV

Sissi Weikersdorf était installée à la terrasse du *Sacher*, en plein cœur de Vienne, devant une assiette de pâtisseries et une tasse de thé. L'allure très sage, elle portait une robe ras du cou, s'arrêtant juste au-dessus du genou, était à peine maquillée, et même ses escarpins avaient des talons modestes. Son alliance brillait à sa main gauche. Rien à voir avec la somptueuse salope qui avait débarqué au château de Liezen, deux semaines plus tôt. En voyant Malko, son visage s'éclaira. Spontanément, elle se leva et l'étreignit, sans toutefois l'embrasser.

— Je suis si heureuse de te revoir! murmura-t-elle.

La façon dont elle se pressait contre lui en disait plus que tous les longs discours. Malko l'avait rappelée deux jours plus tôt de New York pour fixer ce rendez-vous.

— Ton mari n'est pas là? demanda-t-il.

— Le voilà, répondit-elle.

Un homme de haute taille, les cheveux noirs rejetés en arrière, se frayait un chemin entre les tables. Sissi fit les présentations. Gunther, son mari, adressa un sourire chaleureux à Malko.

— Merci de votre invitation de l'autre jour, j'aurais été ravi de m'y rendre avec Sissi, mais comme vous le savez, j'ai été retenu hors d'Autriche. Sissi était enchantée de sa soirée...

Un ange passa. Malko contint la honte qui l'envahissait. En plus, le mari de Sissi était très sympathique...

— Vous êtes toujours à Téhéran?

Gunther Weikersdorf leva les yeux au ciel.

— Hélas! Je suis revenu pour trois jours, mais je suis cloué là-bas tant que je n'ai pas trouvé un nouveau chef d'escale. J'espère que ça ne va pas durer trop longtemps. L'atmosphère est pesante. Chez eux, les Iraniens se défoulent, mais en public, ils se plient à la discipline des mollahs.

— Austrian Airlines a beaucoup de vols par semaine?

— Deux Téhéran-Vienne, le lundi et le mercredi. Départ à 3 h 40 du matin, arrivée à Vienne à 6 h 10, grâce au décalage horaire.

— Quand repartez-vous?

— Mardi, par le vol de 19 h 20.

— Sissi vous a parlé de mon problème?

Gunther Weikersdorf inclina affirmativement la tête.

— Elle m'a dit que vous vouliez faire sortir d'Iran quelqu'un qui y est retenu contre son gré. C'est très difficile, pour ne pas dire impossible. Je ne vois malheureusement pas en quoi je pourrais vous aider. Les contrôles sont extrêmement sévères à Mehrabad. Souvent, des Iraniens apparemment en règle sont interceptés au dernier moment. Pour les étrangers, c'est pareil.

— Je m'en doute, dit Malko. Mais peut-être pouvez-vous quand même m'aider. Je n'ai pas le droit de tout vous dire, mais il est d'une importance vitale que cet homme sorte d'Iran.

– Si je peux faire quelque chose, ce sera avec plaisir, affirma Gunther Weikersdorf.

– Où vous trouvez-vous durant l'embarquement?

– Je surveille les opérations, derrière les guichets d'Austrian Airlines.

Fascinée par la conversation, Sissi en oubliait de manger ses gâteaux. Malko en arriva au point crucial.

– Si la personne en question venait vous trouver, pourriez-vous lui remettre une carte d'embarquement?

– Pas sur place; dans les toilettes peut-être. Mais seulement une carte de GP. (1)

– Il peut monter à bord avec?

– Oui, s'il a des papiers en règle. Dans ce domaine, je ne peux pas intervenir.

– Vous pourriez éventuellement l'accompagner jusqu'à la passerelle de l'appareil?

– Oui, admit Gunther Weikersdorf après une légère hésitation, mais cela ne supprime pas tous les risques.

– S'il y avait un problème, comment vous dédouaner?

– Il aura un billet sans réservation, je peux dire que j'ai accepté de le prendre en « surbook » en lui donnant un poste d'équipage.

– Il aura un billet, assura Malko. Si cela marche, la *Company* vous offre 100 000 dollars.

Le mari de Sissi sourit froidement.

– Je ne veux pas d'argent. J'ai entendu parler de vous, je vous respecte et ma femme m'a demandé de vous rendre service. Maintenant, je dois vous quitter.

– Parfait, dit Malko. J'espère que dans les jours qui

_____

(1) Personnel de la compagnie aérienne.

viennent, ce garçon viendra vous demander une carte
d'embarquement. Il s'appelle Alexander Higgins. S'il
ne vient pas, c'est que nous n'aurons pas pu résoudre
les autres problèmes...

Gunther Weikersdorf lui serra la main et partit.
Sissi semblait perturbée.

— Tu ne vas pas faire courir de risque à mon mari?
s'alarma-t-elle. Tu sais, malgré ce qui s'est passé, je
tiens beaucoup à lui.

— Il ne courra aucun risque, affirma Malko.

Leurs regards se croisèrent et elle s'empourpra.

— Il faut que je te laisse, dit-elle. J'ai un dîner ce
soir avec Gunther. Je dois aller chez le coiffeur.

Ils se levèrent ensemble. Juste avant qu'ils se sépa-
rent, elle demanda d'un ton faussement détaché :

— Tu restes à Vienne?

— Je ne pense pas, dit Malko. J'ai quelque chose à
régler et je repars aux Etats-Unis.

A peine eut-il regagné sa Rolls qu'il lança à Elko
Krisantem, resté au volant.

— Elko, vous allez partir pour Téhéran.

Ali Yasin, assis sur une caisse à l'entrée du hangar
où les deux Iraniens mettaient la dernière main à la
préparation de leur machine de mort, n'arrivait pas à
détacher les yeux de la manchette du *Sunday Times*.
Celle-ci annonçait la signature prochaine d'un accord
de paix entre Yasser Arafat et Itzhak Rabin, sur la
base d'une autonomie partielle des Territoires occupés : la bande de Gaza et le district de Jéricho... On
était loin de l'indépendance réclamée par Hamas et
par le Djihad; Jérusalem n'était même pas mentionnée
dans l'accord!

Le Palestinien posa le journal, contempla le lac en

face du hangar, et marmonna des insultes à l'intention d'Arafat. Il trahissait la cause palestinienne. C'était une honte, une infamie. Ali Yasin bouillait de fureur. Une main posée sur son épaule le fit sursauter. Mahmoud Farmayan le fixait, les yeux rougis de fatigue. Il avait travaillé non-stop depuis quarante-huit heures.

— Nous sommes prêts, mon frère, annonça l'Iranien. Tout fonctionne. Quand penses-tu frapper?

Ali Yasin, muré dans sa fureur, bredouilla une réponse inintelligible. Une fois de plus, les Juifs allaient triompher. Soudain une phrase du journal s'inscrivit devant ses yeux en lettres de feu. Il reprit l'article et le relut, afin d'être sûr de ne pas se tromper. Non, c'était bien ce qu'il avait lu.

— Nous allons attendre quelques jours, dit-il brusquement.

Reza Ghodzadeh, qui s'était rapproché à son tour, demanda :

— Pourquoi? La météo est parfaite les jours qui viennent.

— Nous aurons une meilleure occasion bientôt, fit Ali Yasin, énigmatique.

Les deux Iraniens se regardèrent. Ils n'aimaient pas ce changement de programme. D'une voix douce, Mahmoud Farmayan remarqua.

— Notre frère Cyrus Jahanbi souhaite que l'opération se fasse le plus rapidement possible.

— Je vais m'expliquer avec lui, fit sèchement Yasin. Il comprendra.

Elko Krisantem, en blouson de cuir et jean, pas rasé, était parfait dans son rôle de camionneur. En mauvais allemand, il entreprit d'expliquer à l'employé iranien du consulat de Vienne qu'il avait besoin d'un visa de transit pour aller récupérer son camion, tombé en panne six semaines plus tôt du côté de Bander-Abbas, et enfin réparé.

L'Iranien l'écoutait distraitement. Il délivrait assez souvent ce genre de visa aux transporteurs internationaux. Devant l'accent de son interlocuteur, il demanda :

— Vous n'êtes pas allemand?

— Non, turc, fit fièrement Elko.

La conversation se poursuivit dans cette langue. L'employé était d'origine kurde, près de la frontière! Il examina d'un œil distrait le dossier préparé par les soins de la station viennoise de la *Central Intelligence Agency*, en collaboration avec les services autrichiens. Il ne manquait pas un cachet. On avait utilisé un cas réel, en le modifiant légèrement...

— Je vous donne un visa de quinze jours, uniquement de transit, annonça l'Iranien. Revenez après-demain.

Il lui tendit un reçu et le raccompagna.

Malko s'endormit de fatigue dans le Concorde d'Air France flambant neuf avec la nouvelle décoration signée Andrée Putman qui le ramenait à New York. Une sieste à 2000 à l'heure. Elko était en *stand-by* à Vienne, prêt à partir, avec un billet Téhéran-Vienne au nom d'Alexander Higgins. Il restait à convaincre Jack Higgins.

A peine Malko fut-il dans l'aérogare Kennedy qu'il se rua sur le téléphone et attendit, le cœur battant, que l'on décroche.

— Allô?

C'était la voix coupante de Jack Higgins.

– Je viens de revenir, annonça Malko, je dois vous voir le plus vite possible.

– Vous avez du nouveau ?

Malgré tout, il y avait de l'espoir dans la voix du marchand d'armes.

– Oui, affirma Malko.

– Alors, dans une heure au *Plazza*.

Jamais Malko n'avait autant trépigné sur le Van Weck Expressway encombré par la circulation matinale. Rongé d'inquiétude, il s'attendait à chaque seconde à apprendre par la radio que le Président des Etats-Unis avait été victime d'un attentat. Il était presque dix heures lorsqu'il stoppa en face du *Plazza*. Il avait mis presque autant de temps pour venir de Kennedy Airport que pour traverser l'Atlantique en Concorde ! Le monde devenait fou.

Jack Higgins attendait, impassible, à sa table habituelle. Malko ne prit même pas le temps de commander un café et raconta par le menu les mesures mises en place pour exfiltrer le fils de Jack Higgins. Lorsqu'il eut terminé, il demanda anxieusement.

– Que pensez-vous de ce plan ?

Le marchand d'armes, impassible, hocha la tête.

– Je ne pensais pas que vous arriveriez avec quelque chose de ce genre. On peut tenter le coup. Mais j'ai peur qu'Alexander n'arrive pas à franchir les barrages, à l'aéroport. Ils sont très stricts.

– Il reste un problème, dit Malko. Votre fils se méfiera s'il n'est pas prévenu. Là, j'ai besoin de votre aide. Il faut que vous confiiez une lettre à celui qui lui apportera son billet.

– Je suis d'accord, approuva Jack Higgins.

– Où est-il à Téhéran ?

– A l'hôtel *Istiqal*, l'ancien *Hilton*. Chambre 1605. Mais il ne faut même pas utiliser le téléphone intérieur pour le contacter. Les standardistes écoutent. Il faut lui remettre en main propre les documents, dans sa chambre. Il y reste beaucoup parce qu'il n'a pas grand-chose à faire.

Autour d'eux, les businessmen discutaient, un soleil de plomb écrasait New York. Cette conversation semblait irréelle... Malko avait enfin l'impression de toucher au but.

— Donc vous êtes d'accord? demanda-t-il.

— Je suis d'accord, répliqua Jack Higgins. Si c'est vraiment comme vous me le dites. Sinon, vous le regretterez toute votre vie.

Malko ne voulait rien laisser dans l'ombre.

— Je ne peux pas garantir qu'il ne se fera pas intercepter à l'aéroport, précisa-t-il.

Jack Higgins hocha la tête.

— J'y pense depuis tout à l'heure. C'est un risque à prendre. Il dira aux Iraniens qu'il a eu un coup de cafard. Je pense que cela devrait bien se passer. Les Iraniens n'ignorent pas que je parle à mon fils tous les jours ou presque. Si j'apprenais qu'il a des problèmes sérieux, ils savent que je suis capable de rompre notre « contrat ». Je pense qu'ils ne prendront pas le risque.

Malko se sentait des ailes.

— J'ai besoin de cette lettre le plus vite possible, dit-il. Je vais l'emporter moi-même à Vienne. Je resterai là-bas pour accueillir votre fils. Les Iraniens, en s'apercevant de sa disparition, risquent de réagir violemment. Nous reprendrons ensemble l'avion pour New York.

— Dès qu'il sera à Vienne, je veux pouvoir lui parler.

— Bien sûr.

Jack Higgins se leva.

— Venez prendre la lettre dans une heure.

Dès qu'il eut raccompagné Malko, il se mit à son

bureau et écrivit d'un trait. Lorsqu'il eut cacheté
l'enveloppe, il alla au bar, prit sa bouteille de Gaston
de Lagrange XO, s'en versa dans un verre ballon et
s'installa dans un profond fauteuil, après avoir mis de
la musique classique. La combinaison de Bach et du
cognac finit par apaiser son angoisse.

Malko, de la terrasse de l'aéroport de Schwechat,
regarda le 747 des Austrian Airlines s'élever dans le
ciel. Il était 19 h 20 pile. Elko Krisantem était à bord,
avec la lettre de Jack Higgins, le billet pour son fils et
5 000 dollars en billets de cent. Lui-même avait un
billet Téhéran-Bander-Abbas. Dès qu'il aurait eu le
contact avec Alexander Higgins, il devait prendre un
avion pour Bander-Abbas. De là, il filerait sur Dubaï
ou Abu Dhabî. Le visa de transit ne mentionnait pas
d'itinéraire. Il prétendrait que son camion avait été
volé.

– Je ne voudrais pas être à sa place, grommela
Chris Jones, derrière Malko.

– *Iran sucks!*(1) renchérit Milton Brabeck.

La CIA avait mis à la disposition de Malko les deux
gorilles, pour la protection rapprochée d'Alexander
Higgins. Si tout se passait bien, ce dernier reviendrait
par le vol de mercredi. Mais il n'y avait aucun moyen
d'en être sûr avant.

Les trois hommes reprirent l'escalier menant au hall
central de l'aéroport. Au moment où Malko allait
sortir, il aperçut, de dos, une silhouette familière. Il
vint à sa hauteur.

– Sissi! Qu'est-ce que tu fais là?

(1) L'Iran fait chier!

La jeune femme se retourna, stupéfaite et visiblement troublée.

— Malko! Je te croyais à New York.

— Je suis revenu ce matin.

— J'ai accompagné Gunther qui repartait pour Téhéran, expliqua la jeune femme.

— Allons dîner, proposa Malko.

Sissi Weikersdorf lui envoya un long regard plein de sous-entendus.

— Tu crois que c'est raisonnable? demanda-t-elle. J'ai honte : Gunther vient tout juste de repartir.

Mais elle ne résista pas quand Malko la prit par le bras, l'entraînant vers sa Rolls.

— Je suis seul et tu es seule. Ce serait idiot de dîner chacun de notre côté... Je t'emmène au *Palais Schwartzenberg*.

C'était un des restaurants de luxe à Vienne, à l'ambiance hautement romantique. Il installa Sissi dans la Rolls, referma la portière et, discrètement avant de démarrer, adressa un signe aux deux gorilles qui observaient la scène.

Philosophe, Chris Jones se tourna vers Milton Brabeck.

— Toi, tu vas louer une voiture, moi je vais demander l'adresse d'un Mac Donald's.

Milton soupira en regardant s'éloigner les feux de la Rolls.

— Pourquoi ça ne nous arrive jamais, des trucs comme ça? On est pas mal, pourtant...

— Faut pas l'envier, fit Chris Jones, amer. Il finira par attraper le sida. Il y a quand même un Bon Dieu.

— J'en suis de moins en moins sûr, bougonna Milton Brabeck.

*
**

La bouteille de Dom Pérignon était vide et toutes ses bulles semblaient s'être réfugiées dans les yeux brillants de Sissi. Plein de tact, le maître d'hôtel avait placé le couple à une table donnant sur le jardin, dans une zone d'ombre uniquement éclairée par le chandelier posé près d'eux. Sissi croisa le regard de Malko et baissa les yeux.

– Nous ne devrions pas être là ! murmura-t-elle.

– C'est le destin, dit Malko. Cette rencontre n'était pas préméditée. Mais je suis heureux qu'elle ait eu lieu.

Il posa sa main sur celle de la jeune femme qui ne la repoussa pas. Une sorte de panique passa dans ses yeux.

– Moi aussi, j'avais envie de te revoir, dit-elle comme si elle se parlait à elle-même. Mais il ne vaut mieux pas. Je dois rentrer, maintenant. Viens...

Malko régla l'addition et ils reprirent la Rolls. Devant chez Sissi, il descendit en même temps qu'elle. Ils n'échangèrent pas un mot jusqu'au palier du second. Après avoir ouvert la porte, Sissi se tourna vers Malko, le regard baissé.

– Bonne nuit, merci pour ce merveilleux dîner.

Sans répondre, Malko la prit dans ses bras et sentit son corps se raidir. Elle détourna la tête pour qu'il ne puisse pas l'embrasser.

– Va-t'en, dit-elle.

Il la força à lever le visage vers lui et posa sa bouche sur la sienne. Elle résista quelques secondes, puis ses lèvres s'ouvrirent, sa langue avança timidement et son corps parut soudain s'embraser dans une étreinte passionnée. De la tête aux chevilles, elle était soudée à lui ; son bassin ondulait comme si elle faisait déjà l'amour. Elle se reprit un instant, arracha sa bouche à celle de Malko et gémit.

— *Mein Gott, mein Gott*! Ici! J'ai tellement honte.

Sa honte fondit cependant comme neige au soleil sous les caresses de Malko. Peu à peu, il repoussait Sissi vers une grande chambre tendue de tissu. Il l'allongea sur le lit. Sans chercher à la déshabiller, il glissa une main le long de ses cuisses encore serrées, et parvint à s'emparer d'elle malgré ses sauts de carpe. Il entreprit de la caresser habilement, s'acharnant à déclencher son plaisir. D'abord, elle demeura tendue, puis peu à peu, ses muscles se dénouèrent, elle poussa de petits soupirs, son pubis commença à onduler contre les doigts de Malko. Connaissant ses goûts, il remonta à la poitrine, défit les boutons du chemisier, atteignit le soutien-gorge, puis la peau tiède des seins. Les bouts commençaient à s'ériger. Il les tordit doucement, les massa, tandis que de l'autre main, il envahissait Sissi au plus profond d'elle-même. Elle respirait de plus en plus vite et se cabra soudain.

— *Ach! Ja! Ja! Langsam*. (1)

Malko obéit, sans lâcher prise. Quelques instants plus tard, Sissi poussa un feulement sourd, sa main se plaqua contre celle de Malko et elle eut un orgasme violent. Il profita de son relâchement pour achever de la déshabiller, dénudant ses seins lourds, en forme de poire. Sissi ne luttait plus. Elle ne protesta pas lorsqu'il se déshabilla à son tour, découvrant une érection qu'elle entoura immédiatement de ses doigts.

— Oh! Je suis folle, murmura-t-elle.

Il recommença à la caresser, lui lécha les seins, puis descendit jusqu'à son ventre pour enfouir son visage entre ses cuisses fuselées.

(1) Doucement.

– *Nein!*

Sissi tenta mollement de le repousser, puis ses jambes s'ouvrirent, comme la première fois, et elle agrippa les cheveux de Malko. Il ne mit pas longtemps à la conduire au plaisir. Elle eut de nouveau un violent orgasme, les cuisses grandes ouvertes, et l'attira contre elle. Malko s'enfonça enfin au fond de son ventre. Le miel coulait d'elle comme d'une fontaine. Il se mit à lui faire lentement l'amour, se retirant totalement puis la possédant presque brutalement.

Sissi soupirait, gémissait, s'accrochait à lui comme une noyée. Son fourreau était tellement lubrifié que Malko arrivait à se maîtriser parfaitement. Il se retira pourtant, car la houle du bassin de Sissi allait venir à bout de sa résistance. Elle prit cela comme une invite, le saisit timidement dans sa bouche. Elle n'était pas très habile, mais y mettait tant de cœur qu'elle le mena rapidement au bord du plaisir. Il dut s'arracher à ses lèvres. Avec douceur, il l'allongea sur le ventre, se plaçant derrière elle pour ouvrir ses cuisses d'une poussée de son genou. Instinctivement, Sissi se cambra, comme une chatte. Il replongea à fond dans son sexe y demeurant d'abord immobile, puis allant et venant lentement.

De sa main gauche glissée sous le corps de Sissi, il caressait délicatement son clitoris dressé. Une fois de plus, Sissi exhala une longue plainte en jouissant. Sa peau était devenue électrique, elle tremblait dès que Malko l'effleurait. Il demeura en elle si longtemps qu'elle demanda, surprise :

– Tu n'as pas envie de jouir?

– Si, bien sûr, dit Malko. Mais je veux te prendre complètement.

Elle rit.

– Tu ne me prends pas assez? Je suis trempée. Je n'ai jamais fait autant de choses avec un homme...

– Je voudrais effacer un mauvais souvenir.

Sissi eut un sursaut.

– Non!

– Comme tu veux, dit-il.

Il recommença à lui faire l'amour. C'est elle qui tourna la tête vers lui.

– Tu en as tellement envie... de ça? demanda-t-elle d'une petite voix.

Il l'embrassa dans le cou.

– Oui.

– Alors, vas-y, mais ne me fais pas mal.

– Je ne veux pas te forcer.

– Tu me violes quand même un peu, dit Sissi, mais j'en ai envie.

Avec toute la délicatesse dont il était capable, Malko pesa contre l'ouverture étroite de ses reins. Sentant la corolle de muscles s'élargir, Sissi poussa un cri léger. Ses fesses durcies se tendaient vers lui, mais il avait beau pousser, le corps de Sissi se refusait. D'une main glissée sous elle, il commença à la caresser, sans plus de résultat.

Il mordilla sa nuque et ressentit une sensation de plaisir aigu quand son sexe dur pénétra enfin l'anneau étroitement resserré de ses reins. Sissi ne disait plus rien, concentrée sur son désir de lui faire plaisir, et en même temps morte de peur. Malko disposa un oreiller sous son ventre, surélevant sa croupe. Dans cette nouvelle position, il pouvait presque s'enfoncer à la verticale. Sissi gémit :

– Doucement.

– Non, fit Malko.

De sentir son gland enserré, d'imaginer cette voie ouverte, prête à l'engloutir, lui fit perdre la tête. Oubliant toute précaution, il se plaqua à elle, de toute sa force, et plongea d'un coup jusqu'à la garde. Sissi poussa un hurlement. Trop tard, elle était déjà emmanchée à fond. Pantelante, elle se mit à gémir, à haleter, cherchant à refermer ses cuisses contractées.

Tous scrupules envolés Malko jouissait de l'instant. C'était encore mieux qu'à Liezen! Là, ils avaient tout leur temps, il pouvait jouir d'elle à sa guise. Il se retira, comme pour la libérer et la viola de nouveau, aussi sauvagement. Le miracle alors se produisit! Au lieu de résister, le sphincter se dilata, le laissant pénétrer d'un coup; comme anesthésiées, ses fesses et ses cuisses s'amollirent. Sissi vint d'elle-même au-devant du glaive qui la transperçait.

— Oh, *Ja! Das it gut!* haleta-t-elle.

Ses fesses se pressèrent contre le ventre de Malko, elle lui attrapa la main et la porta à sa bouche, pour embrasser ses doigts. Elle était à présent déchaînée, infiniment réceptive, une vraie femelle.

— Oui, fais-le-moi! gémit-elle, baise mes fesses, c'est bon.

Elle en perdait le souffle. Malko garda un peu de sang-froid. Il sentait la sève monter dans ses reins, mais voulait s'offrir un vrai feu d'artifice. Sous lui, Sissi était docile comme une poupée de son. D'un coup, il s'arracha à l'étroit fourreau, s'attirant un cri de reproche. Il retourna la jeune femme sur le dos et se rua dans son ventre, presque du même mouvement.

La sensation fut si violente qu'il explosa sur-le-champ. Elle était en feu, ruisselante. Ses cuisses se relevèrent pour se nouer dans son dos, ses mains se cramponnèrent à sa nuque, sa bouche écrasa la sienne et elle jouit, quelques secondes après lui, vibrant de tout son corps. Ses ongles lui griffèrent la nuque, puis tout son corps se ramollit, ses jambes retombèrent et elle resta inerte.

— J'ai l'impression d'avoir été violée, soupira-t-elle un peu plus tard. Mais c'est merveilleux.

Nue, elle se leva, disparut dans la pièce voisine pour revenir avec une bouteille et deux verres.

— Jamais je ne me suis sentie aussi bien! fit-elle d'une voix cassée par le plaisir.

Malko la regarda verser dans les verres le Gaston de Lagrange XO et prit le sien. S'il y avait une occasion de faire une infidélité à la vodka, c'était bien celle-là... Ils réchauffèrent leurs verres dans leurs mains et burent à petites gorgées, déjà soûls de plaisir.

Beaucoup plus tard, Sissi demanda.

— Tu es sûr que Gunther ne court aucun risque?

— Aucun, affirma Malko.

— J'espère que tu ne te trompes pas. J'ai beaucoup insisté pour qu'il accepte ta proposition...

— Je m'en doute, dit Malko en la prenant dans ses bras. Pourquoi l'as-tu fait?

— Parce que je suis très amoureuse de toi, murmura-t-elle.

Quelques minutes plus tard, elle s'endormit d'un coup. Malko demeura les yeux ouverts, l'esprit à des milliers de kilomètres de Vienne. Dans vingt-quatre heures, il saurait si son plan de folie avait réussi.

CHAPITRE XVI

L'hôtel *Istiqal* – ex-*Hilton* – dressait sa masse imposante sur les hauteurs de Chemiran, dans le nord de Téhéran. Le taxi poussif avait du mal à monter la longue côte. Du fond du véhicule, Elko Krisantem regardait curieusement le spectacle de la rue, les femmes en tchador, les gens entassés à trois sur des motos, les voitures hors d'âge. Il avait cru ne jamais pouvoir entrer en Iran, malgré ses papiers en règle. Un Pasdaran particulièrement méfiant l'avait fait patienter trois heures dans un petit bureau sans climatisation, à côté de deux femmes qui n'arrêtaient pas de pleurer.

Sa nationalité avait arrangé les choses, ainsi que le fait qu'il soit musulman. Il avait enfin pu quitter l'aéroport de Mehrabad, son passeport tamponné, et avait pris un taxi après avoir changé 200 dollars à la banque Melli. Il n'avait pas l'intention de faire de vieux os à Téhéran. Il avait laissé son bagage à l'aéroport où il devait reprendre un vol pour Bander-Abbas à six heures du soir. Il espérait trouver Alexander Higgins dans sa chambre, lui remettre les documents et filer.

Le taxi s'arrêta devant la façade de l'ex-*Hilton*,

encore criblée de balles de mitrailleuses, souvenir de la Révolution.

Un drapeau américain servait de paillasson devant la porte principale. Elko pénétra dans le hall de l'hôtel envahi d'étrangers, journalistes ou hommes d'affaires. Des mouchards de la Savama s'y mêlaient, bien entendu, les oreilles aux aguets. Personne n'étant vraiment bien habillé, il ne détonnait pas. Un Iranien l'attira aussitôt dans un coin pour lui demander s'il voulait changer des dollars. Elko écarta vertueusement le probable provocateur. Après avoir pris un café au bar, il se dirigea vers les téléphones intérieurs et composa le numéro de la chambre d'Alexander Higgins. On décrocha presque aussitôt et Elko Krisantem raccrocha. Le jeune homme était sur place.

Le temps de prendre l'ascenseur et il frappa à la porte du 1605. Alexander Higgins, en survêtement bleu, ouvrit et fronça les sourcils.

– Qui êtes-vous?

Silencieusement, Elko Krisantem lui montra l'enveloppe portant l'écriture de son père. Le jeune homme pâlit, puis le fit entrer. Elko regarda autour de lui avec méfiance; il pouvait y avoir des micros... Par gestes, il fit comprendre à Alexander Higgins de quitter sa chambre. C'est dans le couloir qu'il lui expliqua rapidement ce qu'il en était, et lui remit la lettre et le billet d'avion.

– C'est sérieux? demanda le jeune homme.

– Tout à fait, fit Elko. Maintenant, je vous quitte, il ne faut pas que l'on nous voie ensemble. Cela risquerait de tout faire rater.

Alexander Higgins semblait affolé de le voir repartir aussi vite.

– Je n'en peux plus! avoua-t-il. En plus, il y a une mosquée à côté de l'hôtel qui nous réveille tous les jours à quatre heures du matin! L'hôtel est divisé en

deux parties : le côté piscine est réservé aux hommes,
l'autre aux femmes. Tout le monde a peur. Vous ne
repartez pas avec moi?

– Non, dit Elko. Trop dangereux. Il faut que vous
tentiez le coup tout seul. Mais Gunther Weikersdorf
doit vous aider et il est sûr. Quand vous aurez lu cette
lettre, brûlez-la immédiatement. Ne laissez pas traîner
le billet d'avion, gardez-le sur vous. Pensez-vous pouvoir trouver quelqu'un à accompagner à l'aéroport?

Le jeune homme réfléchit rapidement.

– Oui, des journalistes canadiens repartent cette
nuit. Nous sommes devenus copains... Il faut que les
heures concordent.

– Bonne chance! dit Elko Krisantem.

Ils se serrèrent longuement la main et Elko reprit
l'ascenseur. Pas tranquille. Si les Iraniens découvraient qu'il travaillait pour la CIA, il était bon pour
la prison d'Evin ou pire...

En bas, il traversa le hall rapidement et reprit un
taxi pour l'aéroport.

Il avait fallu deux taxis pour emmener l'équipe de
journalistes canadiens qui repartaient sur Air Canada
à quatre heures du matin. A cause de la position
géographique du pays, tous les vols vers l'Europe
faisaient escale à Téhéran au milieu de la nuit.

Alexander Higgins avait dîné au *Hilton* avec ses
amis, et prévenu Majid, l'Iranien de la Savama qui le
surveillait mollement, qu'il les accompagnait à l'aéroport et qu'il reviendrait tard. Cela n'avait suscité
aucune difficulté. Il n'était pas prisonnier, simplement
otage... Son ange gardien, ravi d'avoir une soirée
libre, avait profité de l'occasion pour rejoindre sa
femme. Les contrôles étaient tels à Mehrabad qu'il n'y

avait aucun risque pour que le jeune Higgins lui file entre les doigts. Ce dernier était parti les mains dans les poches, emportant juste une veste légère, car il faisait frais le soir. Sa chambre était dans le désordre habituel. Sur lui, il n'avait que son passeport, le billet des Austrian Airlines et deux mille dollars.

Il avait confié son secret à Peter Ferrel, le patron de l'équipe canadienne, qui avait juré de faire tout son possible. Dans le taxi qui l'emmenait à Mehrabad, il s'efforçait de rire et de se mêler à la conversation des Canadiens ravis de rentrer chez eux. Pour une fois, il n'y avait pas la queue devant l'aéroport. Ils abandonnèrent les taxis pour passer sous les portiques détecteur de métaux, puis pénétrèrent dans le grand hall de départ. Alexander Higgins regarda autour de lui. Cet endroit grouillait de mouchards, car n'importe qui pouvait parvenir là sans aucun papier.

Ils se présentèrent à la police des frontières. Un fonctionnaire se mit à déballer et pratiquement à démonter les caméras des journalistes, indifférent à leurs protestations. Alexander Higgins parlait un peu farsi et s'interposa, expliquant ce qu'ils étaient venus faire en Iran. Enfin, le policier demanda à voir les billets d'avion et appliqua un tampon sur chacun d'eux, sans se rendre compte que le billet du jeune homme ne comportait pas de réservation. Mais ce n'était pas son travail de vérifier. Le cœur battant, Alexander Higgins avait tendu le sien. L'Iranien l'avait à peine regardé avant de le tamponner.

Ils repartirent vers la porte intérieure de l'aéroport. A ce moment, un policier s'approcha et fit signe au groupe de s'arrêter.

— Il faut montrer les bagages, dit-il, *béfar me...* (1)

C'était courant dans ce pays de paranoïa. Résignés,

_____
(1) S'il vous plaît.

les Canadiens ouvrirent de nouveau leurs bagages. Ce policier-là était hargneux : il prétendait saisir les films !

La discussion s'envenima. Les Canadiens refusaient de céder, voulaient ameuter leur ambassade. Finalement, un second policier qui observait la scène et parlait bien anglais vint régler le litige. Alexander Higgins tremblait intérieurement. Dans cette ambiance kafkaïenne, tout pouvait arriver...

Le groupe arriva enfin devant les guichets d'enregistrement. Plusieurs passagers attendaient déjà devant Air Canada, mais les deux guichets d'Austrian Airlines étaient déserts. Le vol Téhéran-Vienne décollait une heure après celui pour Toronto, et l'enregistrement n'avait pas encore commencé.

Alexander Higgins sentit le découragement l'envahir, en voyant les valises de ses amis disparaître sur le tapis roulant. Les Canadiens lui proposèrent :

– Vous pouvez nous accompagner jusqu'en salle de départ ?

C'était exactement ce qu'il avait prévu. Mais pour se rendre en salle de départ, il fallait la carte d'embarquement. Et s'il restait là, seul, sans carte, il ne pourrait jamais accéder à la salle de départ. Ils se dirigèrent tous vers le contrôle de police au-delà duquel les cartes d'embarquement étaient exigées. Peter Ferrel s'approcha du policier et demanda avec un grand sourire :

– Est-ce que notre ami peut nous accompagner jusqu'au restaurant, en attendant notre avion ?

C'était une demande courante, l'attente des vols étant toujours longue, pas moins de cinq heures obligatoires ! Ils se trouvaient déjà en haut de l'escalator du premier étage. L'Iranien était bien luné, et il savait que sans carte d'embarquement, on ne pouvait pas partir.

– D'accord dit-il, mais ne restez pas trop long-temps.

Puis, il recommença à distribuer aux Iraniens qui faisaient la queue leurs passeports déposés plusieurs semaines à l'avance pour obtenir un visa. Tous étaient tendus, nerveux, et n'osaient pas se regarder.

Ce second barrage franchi, un long couloir s'ouvrait devant eux, où se trouvait l'obstacle le plus redoutable pour Alexander Higgins. Un policier installé dans une guérite vérifiait les passeports des voyageurs. Il déte-nait la liste des étrangers non admis à quitter le pays, vérifiait chaque nom, et si tout était en ordre, tam-ponnait le passeport et y glissait un bulletin rose autorisant la sortie du territoire.

La file avançait assez rapidement, le fonctionnaire semblait pressé d'aller se coucher. Le pouls d'Alexan-der Higgins s'accéléra. D'abord, son nom était sur la liste noire. Ensuite son visa iranien comportait en grosses lettres rouges la mention *Not valid for depar-ture* (1).

Le dernier Canadien passa et se retourna pour l'attendre. Le jeune homme réunit tout son courage et tendit son passeport. Le policier iranien l'ouvrit, et, d'un coup d'œil rapide, compara la photo et le visage du jeune homme. Puis, il parcourut d'un œil distrait la liste placée à côté de lui. Pas de réaction... Alexander était tendu comme une corde à violon. Le téléphone qui sonnait dans la guérite le fit sauter en l'air. Le policier décrocha, coinça l'appareil contre son épaule, prit un bulletin rose sur la pile, le glissa dans le passeport et le rendit à son propriétaire sans l'avoir feuilleté, ne voyant donc pas la mention *Not valid for departure* !

N'avait-il pas vu le nom sur la liste, ou celle-ci

(1) Non valable pour la sortie du territoire.

n'était-elle pas à jour? Comme un automate, Alexander Higgins rejoignit ses amis et ils s'installèrent à une des tables du restaurant dominant le tarmac de Mehrabad. Il restait encore une énorme difficulté : la carte d'embarquement. Pour la récupérer, il fallait retourner en arrière. Mais il était encore trop tôt. Alexander Higgins, incapable de toucher au caviar commandé par les Canadiens, but coup sur coup deux vodkas. Le repas terminé, ses compagnons lui firent signe. Après le restaurant, se trouvait un dernier contrôle, celui des *Committee*, les Pasdaran chargés de s'assurer que les étrangers n'emportaient pas plus de devises qu'ils n'en avaient amenées et de fouiller les bagages à main. Ils ne s'occupaient pas du reste, mais c'étaient les plus dangereux à cause de leur fanatisme, la terreur des Iraniens qui voyageaient. Par crainte des attentats terroristes, ils saccageaient les bagages, ouvraient tout, démontaient les appareils photos... Deux queues s'allongeaient : une pour les femmes, l'autre pour les hommes.

Alexander Higgins prit place dans la seconde et attendit son tour. Dans le sas, un Pasdaran lui fit ôter sa veste, le palpa sous toutes les coutures et lui demanda :

— Montrez-moi vos devises.

Alexander Higgins exhiba ses deux mille dollars. Il était arrivé avec la même somme...

— Vous n'avez rien dépensé? demanda le Pasdaran, soupçonneux.

— J'étais invité.

— Il faut que j'en parle à mon chef.

Le Pasdaran prit les billets et disparut dans un petit bureau. Il revint quelques instants plus tard; la liasse de billets avait diminué.

— Nous en gardons mille! annonça-t-il. Vous pourrez les retirer ici quand vous reviendrez en Iran. Bon voyage.

Avoir volé mille dollars avec son chef l'avait mis de bonne humeur... Il remit à Alexander Higgins une fiche bleue attestant qu'il avait passé le contrôle des changes.

Il restait un ultime barrage avant d'accéder à la salle d'embarquement proprement dite. Un policier contrôlait que le possesseur du passeport était bien celui de la photo et récupérait les deux fiches pour en faire des petits tas bien propres. Alexander Higgins était dans un état second. Jusqu'ici, le ciel veillait sur lui !

Tout se passa bien à nouveau. Le Pasdaran vérifia rapidement la photo, prit les deux bulletins, le rose et le bleu, et fit signe au jeune homme de pénétrer dans la salle d'embarquement. Alexander Higgins aurait pu se croire tiré d'affaire, sauf qu'il n'avait toujours pas de carte d'embarquement. Or, sans ce document, son voyage se terminerait là...

*
**

Le dernier Canadien à embarquer se retourna pour crier *good luck* à Alexander Higgins. Ce dernier eut envie de pleurer, tant il se sentait seul, tout à coup. Des passagers du vol Austrian Airlines commençaient à arriver au compte-gouttes. A travers les baies vitrées, il apercevait le Boeing 747 de la compagnie autrichienne, sur le tarmac.

Pour lui éviter de refaire à l'envers l'horrible parcours du combattant, avec les risques que cela comportait, il fallait que vienne jusqu'à lui le chef d'escale autrichien. Angoissé à crever, il guettait la porte, s'attendant à chaque seconde à le voir surgir. Mais Gunther Weikersdorf se trouvait encore derrière ses guichets, supervisant l'embarquement du vol... C'était horrible d'être arrivé jusque-là et de dépendre d'un inconnu qui pouvait aussi l'oublier... Ravalant les larmes qui lui montaient aux yeux, Alexander Higgins se leva tout à coup et fonça vers le policier qui avait récupéré ses bulletins rose et bleu.

– J'ai oublié quelque chose! fit-il. Excusez-moi, je dois retourner à l'enregistrement.

Les gens étaient tellement affolés à Mehrabad que ce genre d'incident était fréquent. Le policier ne s'en étonna pas. Complaisant, il rendit au jeune homme ses deux bulletins... Galvanisé, Alexander Higgins fonça dans le long couloir, repassant à l'envers les contrôles en brandissant son passeport et ses bulletins. Les policiers étaient trop occupés à vérifier les papiers pour l'ennuyer. Ils savaient qu'il était en règle, puisque déjà en salle d'embarquement...

Essoufflé, Alexander Higgins déboucha dans la salle d'enregistrement. Il y avait la queue aux deux guichets d'Austrian Airlines. Il aperçut, debout derrière les employés, un homme de haute taille en chemisette blanche, portant des galons à l'épaule. Il se faufila jusqu'au premier rang, attira son attention d'un regard.

– Vous êtes le chef d'escale, Gunther Weikersdorf? demanda-t-il à voix basse.

– Oui.

– Je suis Alexander Higgins, annonça le jeune homme, la gorge nouée.

L'Autrichien sans broncher tendit la main.

– Votre passeport, s'il vous plaît?

Alexander Higgins le lui donna, le chef d'escale vérifia son identité et le lui rendit aussitôt.

– Attendez-moi un peu plus loin, dit-il simplement.

Le jeune homme obéit. Quelques instants plus tard,

le chef d'escale quitta son guichet et se dirigea vers les
toilettes, dans le grand couloir menant à l'embarquement. Alexander Higgins lui emboîta le pas. Dans les
toilettes, l'Autrichien lui dit :

– Votre billet...

Il prit le billet Téhéran-Vienne, sortit de sa poche
une carte d'embarquement format réduit sur laquelle
il écrivit quelques chiffres, avant de la remettre au
jeune homme.

– Allez-y. Vous avez de la chance d'avoir de très
bons amis, ajouta-t-il.

Ils ressortirent ensemble des toilettes, pour s'éloigner dans des directions opposées. L'Autrichien regagna la salle d'enregistrement et Alexander Higgins se
hâta vers celle d'embarquement.

Montrant son passeport et ses deux bulletins, il
repassa les contrôles. Les policiers avaient d'autres
chats à fouetter; on ne lui demanda pas ses papiers.
Au « Committee », celui qui lui avait volé ses dollars
lui adressa même un signe bienveillant de la main!

L'embarquement était en cours. Alexander se plaça
dans la queue, maîtrisant les battements de son cœur.
De nouveau, il avait remis ses bulletins au policier de
garde. Soudain, il vit surgir le chef d'escale et crut que
son cœur allait s'arrêter quand l'Autrichien se dirigea
vers lui...

– Venez, fit-il, je vous emmène dans une navette
réservée à l'équipage.

Alexander Higgins l'aurait embrassé! Ils descendi-
rent sur la piste gardée par des Pasdarans armés
jusqu'aux dents et embarquèrent dans la navette.
Trois minutes plus tard, Alexander Higgins était au
pied de la passerelle. Il se rua dans l'avion et s'installa
à sa place. Les minutes s'écoulaient, lourdes d'angoisse. Chaque fois qu'il voyait une voiture à gyrophare sur le tarmac, son cœur s'arrêtait de battre.

N'y tenant plus, il demanda à l'hôtesse de lui servir un scotch. Elle lui apporta une mini-bouteille de Johnnie Walker qu'il avala pur...

Enfin, on ferma les portes et l'hôtesse fit les annonces. Les réacteurs grondèrent et le 747 s'ébranla lentement. Cinq minutes plus tard, il s'arrachait de la piste 07 de Mehrabad. L'hôtesse annonça :

– Nous venons de décoller à destination de Vienne. La durée de notre vol sera de cinq heures environ. Nous arriverons à l'aéroport de Schwechat à 6 h 10, heure locale.

Les lumières de Téhéran disparurent sous l'appareil. Comme une hôtesse passait près de lui, Alexander Higgins lui demanda :

– Dans combien de temps sort-on de l'espace aérien iranien?

– Dans une heure environ, dit-elle.

Il y avait peu de chances pour qu'on lance des chasseurs à la poursuite du 747, mais avec les Iraniens, on pouvait s'attendre à tout. Sa disparition ne serait probablement pas découverte avant l'aube, trop tard, se rassura Alexander Higgins. Il n'arriva à s'assoupir que lorsque le 747 gronda au-dessus de la Turquie endormie.

Cyrus Jahanbi était en train de rédiger un rapport pour Téhéran lorsque le téléphone intérieur sonna. Le concierge lui annonça qu'un des membres de la délégation iranienne était en bas et souhaitait le voir. Il écorcha son nom, mais Jahanbi reconnut celui du chiffreur. Il était dix heures et demie du soir à New York, mais sept heures du matin à Téhéran. Rien d'anormal.

– Qu'il monte, dit-il.

Le chiffreur lui remit quelques minutes plus tard un message urgent en provenance de Téhéran.

Lorsqu'il en prit connaissance, il eut l'impression de recevoir un coup de couteau en plein cœur. Alexander Higgins avait réussi à quitter l'Iran, sur un vol Austrian Airlines, à 4 h 40 du matin, heure de Téhéran. Une femme de ménage de l'*Istiqal*, pénétrant dans sa chambre à 7 heures du matin, s'était aperçue qu'il n'avait pas dormi là. Le jeune homme avait oublié de pendre à sa porte l'écriteau *do not disturb*. Immédiatement, l'hôtel avait prévenu la Savama. Une rapide enquête avait reconstitué l'évasion : une suite d'erreurs et de négligences. Trois Pasdarans étaient interrogés, mais cela ne ferait pas revenir Alexander Higgins.

Cyrus Jahanbi posa le message, livide. Tout son système de sécurité sautait. Il était sans illusion : à la seconde où Jack Higgins récupérerait son fils, il irait trouver le FBI.

Or, Cyrus Jahanbi avait encore besoin de quarante-huit heures pour mener à bien son opération. Lui-même ne risquait pas grand-chose : protégé par l'immunité diplomatique, il ne s'exposait, en théorie, qu'à être expulsé. A moins d'une « bavure » volontaire, si les Américains voulaient se venger. Mais il fallait absolument sauver son opération. Il avait un peu forcé la main d'Ali Fallahian et ce dernier ne lui pardonnerait pas un fiasco. Sa décision fut vite prise. Il était peut-être encore temps.

– Iradj, dit-il au chiffreur, tu restes là et tu réponds au téléphone.

Cyrus Jahanbi s'engouffra dans l'ascenseur et parcourut un demi-bloc avant de trouver une cabine téléphonique. Il composa le numéro d'Omar Aboulima, dans le New Jersey. Miracle, le chauffeur de taxi était chez lui. Cyrus Jahanbi fut bref, lui donnant rendez-vous dans une pizzeria au coin de Lexington et de la 45ᵉ Rue. A cette heure, la circulation était fluide, il ne fallait pas plus de quarante-cinq minutes pour venir de Jersey City.

Il donna deux autres coups de fil avant de remonter chez lui. Iradj lui annonça que personne n'avait appelé. Rapidement, Cyrus Jahanbi entassa quelques affaires dans une valise et se tourna vers le chiffreur.

— Tu restes ici. Tu ne bouges pas. Tu te fais passer pour moi au besoin... Tu attends que je te donne de mes nouvelles.

— *Baleh, baleh,* fit le chiffreur sans hésiter.

On ne discutait pas les ordres de Cyrus Jahanbi. Celui-ci vérifia qu'il ne laissait rien de compromettant et sortit de l'appartement. Cette fois, il était décidé à ne prendre *aucun* risque.

L'aube se levait à peine sur Vienne quand le 747 en provenance de Téhéran se présenta à l'atterrissage. Malko avait été réveillé à 1 h 30 du matin par le téléphone : un message de l'escale de Téhéran des Austrian Airlines lui annonçait que son colis avait pu être embarqué....

Immédiatement, il avait appelé Jack Higgins. Pas de réponse. Il était 8 heures du soir à New York et les Higgins avaient dû sortir dîner. Il se rendormit après avoir demandé à Chris et Milton, qui dormaient à l'*Intercontinental*, de mettre en place le dispositif d'accueil : trois hommes de l'ambassade US dans une voiture CD, Chris Jones et Milton Brabeck eux-mêmes, plus une voiture banalisée de la police autrichienne. Lorsque l'avion se poserait, les Iraniens seraient peut-être déjà au courant de l'évasion de leur otage. Cela leur laissait très peu de temps pour réagir, mais ils avaient une antenne importante à Vienne et il fallait tout prévoir.

Avant de quitter le *Sacher*, Malko avait encore appelé Jack Higgins à New York, sans plus de succès. L'Américain n'était pas revenu de son dîner.

– Allons-y! lança Malko aux deux gorilles.

La Buick CD et la Golf blanche et bleue allèrent au-devant du 747. Lorsqu'il stoppa et qu'on amena les passerelles, les deux voitures étaient déjà là. Par précaution, Alexander Higgins débarquerait avant les passagers. Un policier autrichien monta la passerelle et fit demander le jeune homme au micro.

Quelques instants plus tard, Alexander Higgins apparut à la coupée, aussitôt entouré de Chris et Milton. Ils ne le lâchèrent que dans la Buick.

– Où est mon père? demanda-t-il immédiatement.

– A New York, dit Malko, et nous allons le rejoindre. Nous décollons dans une heure pour Paris et, de là, nous prenons le Concorde d'Air France pour New York. Nous allons l'appeler avant de partir.

– Qui êtes-vous? demanda Alexander Higgins.

– Un ami de votre père, fit Malko.

Il dirigea Alexander Higgins vers le salon d'honneur, sous la protection de la police autrichienne et des agents de la CIA. Malko alla composer une nouvelle fois le numéro de Jack Higgins. Occupé. Au moins, les Higgins étaient chez eux. Il essaya encore, sans plus de succès, et en profita pour appeler Sissi. Il la rassura et lui dit au revoir. La conversation fut brève : elle dormait à poings fermés. Il refit le numéro de Jack Higgins à New York. Enfin, on répondit, mais ce n'était pas la voix du marchand d'armes.

En alerte, Malko demanda :

– Je veux parler à Mr Jack Higgins.

– Qui êtes-vous? demanda la voix inconnue.

– Un de ses amis. C'est urgent. J'appelle de Vienne, en Autriche.

Un court silence, puis la même voix répliqua :

– Ici le lieutenant Mc Pherson, du *New York Police Department*. Je suis désolé. Mr Higgins et sa femme ont été assassinés.

CHAPITRE XVII

Malko eut l'impression que l'air ne parvenait plus à ses poumons, qu'il restait bloqué dans son larynx. Ainsi, les Iraniens avaient été plus rapides que lui! Dans un brouillard, il entendit le premier appel du vol Air France pour Paris. A l'autre bout du fil, le policier new-yorkais demanda :

— Quelle est votre relation avec Mr Higgins?

— Je vais vous passer son fils, dit Malko, donnant l'appareil à Alexander Higgins.

Le jeune homme, pressentant un drame, tremblait. Quand il sut la nouvelle, ce fut horrible. Il éclata en larmes. Malko était effondré. Une fois de plus, une affaire tournait au gâchis. Une hôtesse s'approcha, leur faisant signe d'embarquer. Malko pensa soudain à Maria-Mercedes. Elle était peut-être au courant de certains secrets du marchand d'armes. Il se rua sur un second appareil et composa son numéro à New York. Il tomba sur le répondeur et laissa un message.

— Ici Malko Linge, Jack Higgins a été assassiné. Vous êtes en danger de mort. Dès que vous rentrez chez vous, enfermez-vous, n'ouvrez à personne. Prévenez la police pour qu'elle vous protège. Je serai à New York avec Alexander Higgins dans quelques heures Au *San Régis*. Je vous appelle aussitôt.

L'hôtesse commençait à trépigner. Malko dut presque se battre avec Alexander Higgins pour l'arracher au téléphone, et reprendre l'appareil. Il expliqua au lieutenant du NYPD le fond de l'affaire et demanda que le FBI protège immédiatement Maria-Mercedes. Chris Jones donna ensuite son identification CIA afin d'authentifier leur histoire et ils se ruèrent tous les quatre vers l'Airbus A 320 d'Air France. Alexander Higgins était prostré.

— Que s'est-il passé? demanda Malko.

— C'est affreux, fit le jeune homme d'une voix absente. Mon père et Azar sont revenus de dîner en taxi. Un homme les attendait, dans un taxi. Il s'est précipité sur eux avec un « riot-gun » à canon scié. Ils ont été massacrés sur place, le portier également. Ce sont des gens qui passaient qui ont vu l'homme s'enfuir en taxi, mais personne n'a pensé à relever le numéro.

Malko serra les dents. Il n'avait rien négligé, mais Jack Higgins n'était pas repassé chez lui, depuis que Malko avait été prévenu de l'évasion de son fils. L'enchaînement malheureux des faits le faisait bouillir de rage. Les Iraniens avaient réagi avec une rapidité stupéfiante, déjouant tous ses calculs. Maintenant, il fallait tenter de remonter la piste avec le peu d'éléments dont il disposait.

— Savez-vous pourquoi vous étiez retenu en Iran? demanda-t-il à Alexander.

— Vaguement, répondit le jeune homme. Mon père m'a expliqué que les Iraniens tenaient à s'assurer de sa discrétion sur un projet commercial très important et voulaient être certains qu'il ne les trahirait pas. J'étais d'ailleurs très bien traité. Je regrette tellement de m'être évadé... Mon père serait toujours vivant, si j'étais resté à Téhéran...

— Ce n'est pas si simple, lui dit Malko. Les Iraniens

faisaient chanter votre père. Ils lui avaient extorqué un matériel dont j'ignore encore la nature, pour commettre un attentat contre le Président des Etats-Unis... Si cela avait eu lieu, et que votre père ne réagisse pas, il se serait retrouvé en prison pour de longues années... et déshonoré. Je ne suis même pas sûr d'ailleurs que les Iraniens vous auraient relâché... Maintenant, il faut le venger et empêcher cet attentat à tout prix. Essayez de trouver des détails qui nous permettent de trouver une piste. Quels Iraniens voyait-il à New York?

Alexander Higgins secoua la tête :

— Je l'ignore. Maria-Mercedes doit savoir, elle avait toute la confiance de mon père. J'espère qu'il ne lui est rien arrivé.

— J'espère aussi, renchérit Malko, elle est notre dernière chance. Pensez-vous qu'il y ait des documents dans l'appartement de votre père?

Le jeune homme secoua la tête.

— Non. Les choses importantes, il les gardait dans un coffre à la City Bank.

Malko consulta sa montre. Encore quarante minutes de vol. Ils auraient juste le temps de sauter dans le Concorde d'Air France pour New York. Grâce au supersonique, ils gagnaient un temps fou!

A peine arrivé dans sa chambre du *Grand Hotel*, dans M Street, à Washington, Cyrus Jahanbi avait branché la télé sur CNN, la seule chaîne à donner des informations à cette heure matinale. Il avait voyagé en train une partie de la nuit, mais ne sentait pas la fatigue. Après mûre réflexion, il s'était décidé pour le *Grand Hotel*, tenu par un Libanais et où descendaient beaucoup de gens du Moyen-Orient. Il s'y était inscrit sous un nom arabe, utilisant un passeport koweiti.

Il sentit le poids disparaître de son estomac en voyant le reportage sur le meurtre des Higgins. Cette fois, Omar n'avait pas raté son coup... Il restait sa secrétaire, qui, conformément à ses ordres, devait être exécutée chez elle. Aucun nom n'était cité, à propos du double assassinat. Ce qui était plutôt bon signe.

La sonnerie du téléphone le fit sursauter.

— C'est moi, fit la voix de Ali Yasin.

Il avait appelé le Palestinien très tôt, en débarquant du train. C'était imprudent mais indispensable.

— Je descends, dit Cyrus Jahanbi.

Il ferma à clef sa valise, après y avoir pris un petit Beretta 9 mm qu'il dissimula sous sa chemise. L'été était fini à Washington, mais il faisait encore chaud. Yasin attendait dans un coin du hall. L'Iranien l'entraîna à la cafétéria, dans un box à l'écart.

— Nous avons eu un problème, annonça-t-il, mais je pense en être venu à bout.

Ali Yasin écouta son récit sans l'interrompre.

— Je pense que tout est prêt, conclut Cyrus Jahanbi. Mahmoud est là, n'est-ce pas?

— Oui.

— Quand pouvons-nous frapper?

— Dans onze jours, annonça calmement Yasin.

L'Iranien sursauta.

— Onze jours! Mais c'est absurde d'attendre aussi longtemps! Vous ne pouvez pas obtenir les renseignements avant?

Grâce à un ami de l'agence palestinienne Wafa qui avait ses entrées à la Maison Blanche, Ali Yasin pouvait connaître les heures où le président Clinton se trouvait à coup sûr dans l'*Oval Room*, son bureau personnel.

— Si, répliqua-t-il. Mais il y a du nouveau.

Il étala devant eux le *Washington Post*. Plusieurs lignes étaient soulignées en vert, en première page. Cyrus Jahanbi découvrit que la signature de l'accord israélo-palestinien, annoncée le week-end précédent, aurait lieu le 13 septembre, en présence du Président des Etats-Unis, à la Maison blanche. Ali Yasin posa le doigt sur le journal.

— Nous allons faire d'une pierre trois coups! dit-il d'une voix tremblante d'excitation.

Cyrus Jahanbi doucha son enthousiasme.

— Onze jours c'est trop long, trop dangereux, remarqua-t-il. Le FBI et la CIA sont alertés maintenant. Ce serait idiot de tout rater.

— Jamais nous ne retrouverons une occasion pareille, s'exalta Ali Yasin. Yasser Arafat mort, cet accord scélérat n'entrera jamais en vigueur.

L'argument ébranla Cyrus Jahanbi. Il savait Téhéran décidé à tout mettre en œuvre pour saboter cet accord révélé quelques jours plus tôt. Le Conseil Suprême de Sécurité Nationale, la plus haute instance militaire et politique du pays, avait décidé de tout faire dans ce sens. Ali Velayati venait de déclarer officiellement que l'accord entre l'OLP et Israël était un complot contre l'Islam et la Palestine.

Ali Yasin était dans le droit fil de la politique islamique. Si leur projet était mené à bien, on accuserait bien sûr l'Iran. Le tout était de ne pas laisser de preuves, ni de témoins, pas de *smoking gun*, comme disaient les Américains. Sinon, les mesures de rétorsion à l'égard de l'Iran pourraient être gravissimes. Cyrus Jahanbi avait déjà prévu cela, même dans la première version de leur action.

Il ne voyait pas comment dire non à Ali Yasin, à présent. D'autant qu'il était coupé de ses chefs. Il était trop dangereux pour lui de rester à New York, et de Washington, il lui était impossible de joindre le minis-

tère du Renseignement, à Téhéran... Il fallait prier
Allah pour que le FBI et la CIA ne trouvent rien.

— Je pense que c'est la bonne solution, admit-il,
mais il va falloir être encore plus prudent.

*
*

Le Concorde d'Air France toucha la piste de JFK
Airport à 7 h 56, avec quatre minutes d'avance. Il
faisait beau à New York, avec du vent. Le débarquement se fit à une allure record. Deux agents du FBI
attendaient Malko, Alexander Higgins et les gorilles
dans la salle du contrôle d'immigration et leur firent
éviter toute formalité. Dehors, une voiture banalisée
du FBI les emmena à New York.

— Il y a du nouveau? demanda Malko.

— Rien sur le meurtre, répondit un des *special
agents*.

— Et Maria-Mercedes?

— Elle n'a pas reparu chez elle. Quatre hommes de
chez nous sont sur place.

Ce n'était pas bon signe.

— Son bureau? demanda Malko.

— Fermé. Là aussi, nous avons du monde.

Le silence retomba tandis que la voiture se faufilait
sur le *freeway* encombré, gyrophare en marche. Malko
pensa soudain à « Charlie ». Le Palestinien avait levé
un sacré lièvre! La férocité avec laquelle les Iraniens
« faisaient le ménage » prouvait qu'il ne s'était pas
trompé. Dommage qu'il ne puisse pas voir cela. Mais,
pour le moment, Malko avait toujours un coup de
retard sur ses adversaires...

Une heure plus tard, la voiture le déposa au *San
Régis*, continuant ensuite vers Park Avenue avec
Alexander Higgins. Il se dit que s'il ne réussissait pas
à empêcher cet attentat, le jeune homme ne lui

pardonnerait jamais la mort de son père. On lui
donna la même chambre, et une autre voisine, pour
« la famille ». Aussitôt, il se mit au téléphone.
Maria-Mercedes était toujours sur répondeur et le
bureau de Rockefeller Center ne répondait pas.

Vingt minutes plus tard, il appela l'appartement de
Jack Higgins et parla à Alexander, lui demandant à
tout hasard s'il avait trouvé des indices. Rien, à part
le *yellow cab* déjà repéré lors de la tentative de
meurtre contre Jack Higgins. Une nouvelle inquiétude
le tenaillait : Gunther Weikersdorf. Si les Iraniens
découvraient son rôle, il risquait de graves ennuis. Il
fallait coûte que coûte le prévenir. Il appela Vienne.
Sissi laissa éclater sa joie en entendant sa voix.

— Tu n'es pas parti à New York?

— Si, j'y suis. Mais les choses se passent mal. Il faut
qu'Austrian Airlines, sous un prétexte officiel, rappelle Gunther immédiatement.

— Il est en danger?

— Il pourrait l'être. Je pense que cela prendra un
peu de temps aux Iraniens pour découvrir comment
Alexander est parti. Mais il vaut mieux que Gunther
ne soit plus là, quand ils l'apprendront.

— Je m'en occupe immédiatement, promit Sissi.

Après un court silence, elle demanda :

— Et toi, quand reviens-tu à Vienne? Je voudrais te
voir...

— Je l'ignore encore, fit Malko, mais dès que je le
sais, je te préviens.

Il n'avait pas raccroché depuis dix minutes que son
téléphone sonna. Son cœur fit un bond dans sa
poitrine quand il reconnut la voix chantante de
Maria-Mercedes!

— Où êtes-vous? demanda-t-il. Vous avez trouvé
mon message?

— Oui. J'ai interrogé mon répondeur à distance. Je

suis chez un ami. J'y ai passé la nuit. Ce matin, en regardant CNN, j'ai appris l'assassinat de Jack, c'est horrible. Je suis morte de peur. Que dois-je faire?

– La police est chez vous, dit Malko, avec ordre de vous protéger. Mais je dois vous poser une question. J'ai ramené le fils de Higgins, je l'ai fait évader d'Iran, c'est la raison pour laquelle son père a été assassiné.

– Mais pourquoi?

– Il a fourni du matériel à des terroristes, sous la menace. Ils l'ont tué pour qu'il ne puisse pas révéler leur nom. Etes-vous au courant?

Elle hésita, puis finit par dire que oui.

– Vous avez un nom?

– Non. Il a rencontré une fois un homme que je crois être un Iranien, mais il ne m'a pas dit qui il était. Ensuite, il m'a confié un dossier sur cette affaire.

– Un dossier! Où se trouve-t-il?

– Dans mon coffre, à la Chase. C'est là que Jack mettait les documents compromettants ou « chauds ». La clef se trouve au bureau.

– Dans combien de temps pouvez-vous être là-bas?

– Vingt minutes.

– Nous vous y attendons.

A peine eut-elle raccroché que Malko se rua dans l'ascenseur. Il retrouva Chris et Milton dans le hall.

– On file au bureau. Maria-Mercedes arrive. Elle sait où se trouve le dossier de l'affaire.

– *Holy shit!* se pourlécha Chris, on va peut-être enfin s'amuser.

Le Rockefeller Center était à cinq blocs. Ils y furent en trois minutes. Avant de descendre de voiture, Milton Brabeck tendit à Malko un Herstal 14 coups avec un chargeur de rechange.

– On nous a « livrés » tout à l'heure! dit-il.

Le poids du Herstal lui fit chaud au cœur. Ils

stoppèrent dans la 51ᵉ Rue devant l'entrée latérale du 30 Rockefeller Center, derrière une voiture du FBI avec quatre hommes à bord. Ils découvrirent qu'il y en avait deux de plus dans le hall, un écouteur dans l'oreille, discrets comme des voitures de pompiers.

L'attente commença. Malko ne tenait pas en place. Les vingt minutes s'écoulèrent, puis cinq et encore dix. Maria-Mercedes était *très* en retard. Il guettait en vain toutes les voitures qui ralentissaient, quand soudain il réalisa qu'elle pouvait également arriver par Fifth Avenue.

Maria-Mercedes devait venir en taxi et ceux-ci préféraient Fifth Avenue aux rues Est-Ouest toujours encombrées. Entraînant Chris Jones et Milton Brabeck, il traversa le building. Après avoir prévenu les agents du FBI, ils débouchèrent sur Rockefeller Plaza, face à la patinoire.

Le trafic sur Fifth Avenue était intense. Enfin, à force de guetter, Malko vit un taxi s'arrêter et Maria-Mercedes en sortir! Elle se hâta sur l'esplanade, sans l'avoir vu. Rassuré, Malko s'avança à sa rencontre, invisible dans la foule. Tout à coup son pouls grimpa vertigineusement. Une grande Noire avec des lunettes de soleil, un béret, un débardeur et un jean, un sac de toile accroché à l'épaule, venait de sortir elle aussi d'un second taxi, un *yellow cab* arrêté en double file. Malko était sûr que c'était celle qui avait essayé de le poignarder. A grandes enjambées, elle se rapprochait de Maria-Mercedes.

CHAPITRE XVIII

— Maria! Attention! hurla Malko de toute la puissance de ses poumons.

Son appel se perdit dans le brouhaha de la circulation. Il se mit à gesticuler et la Chilienne l'aperçut enfin, lui rendant son salut avec un sourire joyeux. Derrière elle, la Noire se rapprochait à grands pas! Chris Jones apostropha Malko.

— Qu'est-ce qui se passe, où est le lézard?

— La Noire avec le béret! cria Malko.

Arrachant le Herstal de sa ceinture, il se précipita vers Maria-Mercedes. La Noire l'aperçut et s'arrêta net. Puis, ses grosses lèvres retroussées, elle se jeta en avant comme un coureur de cent mètres, brandissant un poignard. Elle allait le planter dans le dos de Maria-Mercedes, et Malko ne pouvait tirer sur elle sans risquer de toucher la Chilienne. Chris Jones, se déportant sur la droite, brandit de la main gauche son insigne du *Secret Service* et hurla :

— *Freeze*! (1)

La Noire hésita une fraction de seconde, puis continua sa course en avant. Trois détonations claquèrent, incroyablement rapprochées. La Noire sem-

(1) Ne bougez plus !

bla exploser. Elle dansa une gigue macabre durant quelques secondes, secouée par les trois impacts, tous dans la poitrine, puis s'effondra sur place, son tank top couvert de sang. Dans le vacarme, les détonations étaient presque passées inaperçues, mais les passants virent la Noire étendue à terre dans une mare de sang, et Chris Jones brandissant encore son « quatre pouces ».

Plusieurs Noirs se précipitèrent vers lui, et l'entourèrent, menaçants. Un attroupement grondant, en veine de lynchage, se forma. Milton rejoignit son copain, écrasa du poing quelques lèvres et entreprit de le dégager. Maria-Mercedes se jeta dans les bras de Malko.

— Qu'est-ce qui se passe?

— Rien, dit ce dernier. Tout va bien.

A cet instant il aperçut un homme de type oriental, le crâne rasé, portant une barbe de deux jours, massif comme un docker. Le regard fixe, il marchait vers eux. Maria-Mercedes lui tournait le dos. Arrivé à quatre mètres d'elle, l'inconnu plongea la main sous sa chemise et en ressortit un Colt 45. Le bras tendu, il visa la jeune femme.

Malko l'avait déjà fait pivoter, lui faisant un rempart de son corps. Il braqua le Herstal et, au jugé, ouvrit le feu sur l'agresseur, au moment où ce dernier tirait. Il y eut une succession de détonations sèches, une femme s'effondra à un mètre d'eux, une balle dans la tête, et Malko vida son chargeur sur le tueur. Celui-ci reculait pas à pas vers Fifth Avenue, secoué par les impacts. Il essaya encore de tirer, mais il n'arrivait plus à soulever le lourd pistolet. Il le tint quelques instants encore à bout de bras, avant de le laisser tomber et de s'effondrer à son tour. La panique était à son comble sur Rockefeller Plaza. L'homme abattu par Malko avait tué une passante et blessé un homme. Une mêlée confuse s'agitait autour de Chris et de Milton. Comme Malko entraînait Maria-Mercedes vers le fond de l'esplanade, les agents du FBI surgirent enfin, venant au secours des deux gorilles.

– Le *yellow cab* en double file! leur jeta Malko.

Deux agents du FBI coururent vers le taxi immobilisé.

Malko ne respira que dans le couloir du dix-huitième. Maria-Mercedes tremblait comme une feuille. A peine entrée, elle tira un paquet de Lucky Strike de sa poche et en alluma une, soufflant voluptueusement la fumée. Malko la laissa récupérer sous la garde des deux agents du FBI. Il en profita pour redescendre.

Chris Jones était en train d'étrangler un Noir presque aussi grand que lui en le couvrant d'injures abominablement racistes. Milton Brabeck avait enfoncé le canon de son « deux pouces » dans la bouche d'un Rasta en béret multicolore très excité, et lui chatouillait la glotte avec. Les autres passants avaient été dispersés par les agents fédéraux. Milton cria à Malko :

– Cet enfoiré de fils de pute m'a déchiré ma chemise et mordu ma cravate!

Une voiture du NYPD était arrêtée derrière le *yellow cab* abandonné. Ses occupants discutaient avec les deux agents du FBI en train de le fouiller.

– Vous avez trouvé quelque chose? demanda Malko.

– Rien, répondit un des fédéraux. On vient de passer le nom de ce type au sommier : jamais arrêté, pas de *record*.

Malko se pencha à l'intérieur pour voir le nom du chauffeur affiché sur le tableau de bord. Omar Aboulima. Un Arabe. Il alla voir le corps. L'homme avait cessé de vivre. Ses papiers indiquaient une adresse

dans le New Jersey, à Jersey City. Nationalité jorda-
nienne. Les papiers de la Noire abattue par Chris
Jones étaient à la même adresse. Nationalité américaine.

— On va réunir tout ce qu'on peut sur ces deux-là,
dit Milton Brabeck qui avait réglé ses comptes.

Malko monta retrouver la Chilienne.

*
**

Maria-Mercedes fumait toujours, sous la protection
de ses anges gardiens. Malko ne perdit pas de
temps.

— Nous allons à la Chase, annonça-t-il.

C'était à deux pas, sur l'Avenue of Americas. Ils
prirent pourtant une voiture et quatre *special agents*
du FBI. Au sous-sol, la jeune femme se fit ouvrir un
coffre, y fouilla et tendit à Malko une grande enveloppe Kraft marron fermée d'un scotch.

— Voilà, je ne l'ai jamais ouverte.

Malko ne perdit pas une seconde. C'était une
correspondance commerciale entre la société Rockwell, à Duluth, en Géorgie, qui fabriquait des missiles,
et une société de Delaware, Intercon Export. Malko
leva la tête.

— Vous connaissez Intercon Export?

— Oui, c'est une société qui appartient à Mr Higgins. Elle est établie dans le Delaware pour des raisons
fiscales.

— Qu'est-ce qu'elle fait?

— Exportation de matériel militaire dans différents
pays.

Malko se plongea dans la correspondance et mit
quelques minutes à comprendre qu'elle concernait un
marché de missiles air-sol Hellfire AGN-114, guidés
par laser, à destination de la Thaïlande. Il s'agissait de

six cent vingt missiles devant équiper dix-huit hélicoptères AH-64 Apache au prix unitaire de 40 000 dollars. Une partie du courrier concernait l'envoi par Rockwell d'un exemplaire de ce missile, avec trois têtes différentes, deux à charge creuse, une à fragmentation, d'un bloc électronique à monter sur un hélicoptère, ainsi que d'un viseur gyroscopique et un CDU (1), à la société du Delaware, accompagné de tous les documents nécessaires à l'exportation en Thaïlande.

Un autre courrier concernait l'envoi d'un illuminateur laser portable par la société Martin-Marietta, toujours à Intercon Export.

L'envoi du matériel avait été fait par camion, deux mois plus tôt, à l'adresse dans le Delaware.

Le dossier se terminait par une lettre signée Jack Higgins, adressée au responsable de la division missiles de Rockwell, insistant pour que l'envoi de cet échantillon soit fait au plus vite, lui-même devant se rendre en Thaïlande très prochainement.

Malko tendit tout le dossier à la Chilienne.

– Lisez ceci et dites-moi si vous y trouvez quelque chose de bizarre.

Maria-Mercedes s'exécuta et releva la tête dix minutes plus tard.

– Non, dit-elle, pas vraiment. C'est une procédure courante pour les nouveaux matériels, comme le Hellfire, le plus récent des missiles air-sol. La Thaïlande n'est pas sous embargo. Nous avons le droit de le leur vendre.

– Rockwell n'a pas de représentant en Thaïlande?

– Je l'ignore, mais souvent de très grosses boîtes préfèrent passer par des intermédiaires ayant des relations et leur donner une commission pour gagner

(1) Command Unit Display.

du temps. A la réflexion, il y a quelque chose de
bizarre dans ce courrier : Jack Higgins ne connaissait
personne en Thaïlande.

— Il n'y a pas que cela, fit sombrement Malko.
Retournons au bureau.

Depuis quarante minutes, Maria-Mercedes était au
téléphone, sous le regard attentif de Malko. Finalement, elle raccrocha, alluma une nouvelle Lucky
Strike et dit :

— Il y a quelque chose de très étrange.

Malko était suspendu à ses lèvres.

— Quoi ?

— Rockwell et Martin-Marietta ont livré ce matériel
il y a plus de deux mois dans le Delaware. Celui-ci a
été réceptionné et Mr Higgins en a été prévenu. Il a
tenu à le faire acheminer en Thaïlande par un trans-
porteur autre que celui habituellement utilisé par les
gens du Delaware, à la demande de son client thaïlandais. Huit jours plus tard, un courrier Fédéral Express
spécial est venu en prendre livraison et en a donné
décharge. Ils nous faxent ce document. L'adresse de
livraison était un transitaire en douane spécialiste des
envois sensibles; il a entreposé ce matériel dans un
entrepôt blindé, avant de recevoir un coup de fil de
Mr Higgins. Ce dernier lui a déclaré qu'il y avait un
contretemps, que le matériel ne pouvait pas être
acheminé immédiatement et qu'il le reprenait donc.
Effectivement, il lui a envoyé un fourgon avec deux
hommes et un mot de sa main lui demandant de leur
remettre la marchandise. Ce qui a été fait.

— Et ensuite ?

— Rien ! Je n'ai trouvé ni qui était ce courrier ni où

se trouve la marchandise, qui se compose de plusieurs caisses. Rien n'est retourné dans le Delaware.

Un ange passa, croulant sous les Hellfire. On était au cœur du sujet.

— Pouvez-vous contacter le client thaïlandais? demanda Malko, afin de savoir s'il a reçu la marchandise.

Maria-Mercedes le regarda, embarrassée.

— Mais je n'ai rien à son sujet, à part l'allusion dans le lettre de Mr Higgins. Le transitaire ne l'avait pas non plus.

C'était clair. Jack Higgins s'était servi de cette astuce pour se procurer un missile Hellfire auprès de Rockwell, sans éveiller de soupçon. Et ce missile Hellfire avait été remis aux terroristes.

— Dites-moi tout ce que vous savez sur ce missile Hellfire, demanda Malko.

La jeune femme alla prendre une documentation dans un tiroir et commença à la résumer pour lui.

— C'est le dernier-né des missiles air-sol développé par Rockwell International, expliqua-t-elle. Destiné principalement à l'attaque des chars, il est monté normalement avec une charge creuse, mais peut être équipé d'une charge explosive anti-personnel. Il est tiré d'hélicoptère, et guidé par laser. Il mesure cent soixante deux centimètres et demi de long, dix-huit centimètres de diamètre et pèse quarante-cinq kilos.

— Il y avait plusieurs têtes avec celui qui a disparu?

— Oui. Anti-personnel et anti-char.

— Expliquez-moi comment il fonctionne.

— C'est simple, expliqua Maria-Mercedes. Il est guidé sur sa cible par la réflexion d'un rayon laser capté par son système de guidage laser intégré. Ce rayon peut être émis par l'hélicoptère porteur du missile. Celui-ci est alors tiré en LOBL (*lock before launched*) (1). Le missile est guidé dès son départ. Il peut aussi être tiré en LOAL (*lock after launched*) (2). Le missile est illuminé uniquement dans les dernières quinze secondes de sa trajectoire par un illuminateur laser portable qui se trouve soit sur un autre hélicoptère, soit au sol. Ce qui permet à l'hélicoptère lanceur de se dégager plus vite.

– Quelle est la portée du Hellfire? interrogea Malko.

– Sept mille mètres, ou quatre miles. Il met vingt-cinq secondes à parcourir cette distance. Il a été étudié pour être tiré d'un hélicoptère AH-64 Apache, en quatre « pods » de quatre, mais peut être adopté à d'autres plates-formes, comme le AH 1H-Iroquois, le UH 58D-Kiowa ou le MD 530-Defender. L'équipement va de un à seize missiles, selon l'appareil. Vous voulez savoir autre chose?

Malko secoua négativement la tête. Il en savait assez. Jack Higgins avait procuré à des terroristes une arme redoutable, l'équivalent d'un Stinger sol-air. Un missile capable de tout pulvériser dans un rayon de vingt mètres avec une précision diabolique, grâce au laser. Evidemment, il fallait un hélicoptère pour l'utiliser, mais aux Etats-Unis, ce ne devait pas être difficile à trouver...

Malko reprit le dossier de Jack Higgings et l'examina pour voir si rien ne lui avait échappé. Soudain, sur la dernière page, il aperçut un numéro de téléphone marqué au crayon : 436 86 34. Il le nota. Cela pouvait être un numéro de New York. Il allait le composer quand il eut un réflexe de prudence.

– Chris, dit-il. Débrouillez-vous pour découvrir

(1) Verrouillé avant le tir.
(2) Verrouillé après le tir.

rapidement si ce numéro est à New York et, dans ce cas, à quel nom il correspond.

Ali Yasin étouffa un juron entre ses dents. Il venait de rater l'embranchement pour le lac Accotink. Il revint en arrière sur Braddock Road, empruntant un chemin de terre qui zigzaguait au milieu des arbres. A côté de lui, Cyrus Jahanbi semblait somnoler. Il se réveilla lorsque la voiture déboucha sur un espace découvert dominant le lac. Ali Yasin bifurqua dans un sentier qui se terminait en face d'une maison de bois attenante à un grand hangar fermé.

– C'est ici, dit le Palestinien.

Les deux hommes sortirent de la voiture. C'était l'endroit idéal : pas une maison à la ronde et les bois environnants assuraient une discrétion parfaite. Une des portes du hangar s'ouvrit en grinçant sur Mahmoud Farmayan qui s'avança vers Cyrus Jahanbi. Les deux Iraniens s'étreignirent longuement sous le regard attendri d'Ali Yasin.

– Il est là? demanda Jahanbi.

– Oui, viens voir.

Les deux hommes s'étaient mis à parler farsi. Cyrus Jahanbi pénétra dans le hangar. Sur la gauche se trouvait un lit de camp sur lequel était posée une Uzi.

– Je couche ici, expliqua Mahmoud Farmayan. C'est plus sûr.

Cyrus Jahanbi n'avait d'yeux que pour l'hélicoptère. Celui-ci avait une allure presque comique, avec sa cabine ovoïde et son train d'atterrissage très haut. On aurait dit un insecte. Peint en gris, il paraissait en excellent état. Un long cylindre gris foncé était accroché sous la cabine, presque aussi long qu'elle, avec de petits ailerons à l'arrière. Le missile Hellfire.

— Mais il est tout petit, s'exclama Cyrus Jahanbi, inquiet. Il va pouvoir voler avec ça?

Mahmoud eut un sourire indulgent.

— Bien sûr. C'est un Hughes 500, la version civile du MD 530 militaire qui emporte un Hellfire. Il est très maniable et extrêmement silencieux. En plus, il ne coûte pas cher. Reza l'a acheté d'occasion 130 000 dollars.

— A qui?

— A un type de son aéro-club qui avait des ennuis d'argent. Il a très peu d'heures. Reza a dit que c'était pour un de ses amis et l'a amené directement ici. Personne ne sait où il se trouve. Cette maison lui appartient, il vient y passer les week-ends.

Ali Yasin s'approcha, fier comme Artaban devant son rêve devenu réalité.

— Regardez l'intérieur!

Cyrus Jahanbi ouvrit la porte et se pencha. Le pilote se trouvait à gauche. A droite, il y avait un siège avec, fixé dans le plafond, un viseur gyroscopique replié. Les sièges arrière avaient été retirés pour laisser la place à l'électronique du missile, un coffret métallique de cinquante centimètres de côté d'où émergeaient des dizaines de fils. Impressionné, Cyrus Jahanvi demanda :

— Vous l'avez essayé?

Mahmoud Farmayan eut un sourire plein d'indulgence.

— On n'en a qu'un... Mais j'ai testé tous les circuits électroniques. Comme je disposais du matériel d'origine, je n'ai pas eu de mal à équiper cet hélicoptère. Il a fallu percer quelques trous et relier tous les bidules électroniques. C'est un peu du bidouillage, mais ça marche. J'ai calé les codes de l'illuminateur laser et de

la cellule laser sur la même fréquence. J'ai vérifié que
le codage fonctionnait. Il n'y a plus qu'à activer le
Hellfire et à tirer.

– Qui va viser?

– Moi, fit fièrement Ali Yasin. Je me suis entraîné.
C'est très facile. Il suffit que le pilote place l'hélicoptère dans l'axe de la cible. Quand je l'ai au milieu du
réticule, j'active le missile qui part dans la direction de
la cible. Ensuite, il affine sa précision en se guidant
sur le rayon laser réfléchi qui sera émis par l'illuminateur au sol. Entre le moment où nous parviendrons en
position de tir et celui où le Hellfire touchera sa cible,
il ne s'écoulera pas plus de trente secondes. Personne
ne pourra intervenir.

Ils demeurèrent quelques instants en contemplation
devant le Hughes 500, puis Ali Yasin annonça :

– Venez, j'ai apporté des sandwiches.

Depuis que la machine de mort était assemblée, il
baignait dans une sorte de béatitude permanente,
pensant à la surprise horrifiée de l'Amérique et du
monde lorsqu'ils frapperaient.

– Ce numéro de téléphone est celui d'un délégué
iranien aux Nations unies, annonça Chris Jones à
Malko. Un certain Cyrus Jahanbi, demeurant à New
York.

– Faites-le cribler par le *computer* de Langley,
demanda aussitôt Malko.

Un Iranien, cela ne pouvait pas être une coïncidence. Il rongea son frein tandis que Chris Jones
interrogeait Langley. La réponse arriva très vite.

– Rien. C'est un ancien journaliste du journal
Kayan. Il est détaché par le ministère iranien de

l'Information, à New York depuis deux ans. Ne s'est jamais fait remarquer.

— Le ministère de l'Information, c'est aussi celui du Renseignement, remarqua Malko. Vous avez son adresse?

— 415 East 52e. Huitième étage, appartement 805.

— On y va.

Chris Jones marqua une imperceptible hésitation. Les arcanes administratives le terrifiaient beaucoup plus qu'un 357 Magnum.

— Faudrait emmener le FBI, suggéra-t-il. Nous, on n'a pas le droit d'alpaguer un étranger à New York. Encore moins un diplomate.

— Emmenez le diable, si vous voulez. Mais vite, dit Malko.

Le *special agent* du FBI se fit un peu tirer l'oreille, mais finit par se laisser convaincre. Dix minutes plus tard, ils s'arrêtaient en face du domicile de l'Iranien, entre la Première Avenue et l'East River. La 52e se terminait en impasse.

— Appelez de la voiture, suggéra Malko. Il n'est peut-être pas là.

Chris Jones composa le numéro et une voix à l'accent étranger répondit :

— *Baleh? Yes...*

— Vous êtes Mr Jahanbi? demanda Chris Jones.

— Oui.

— J'appartiens au FBI. Nous aimerions vous rencontrer.

— Quand cela?

— Maintenant.

— Vous n'avez pas le droit, répliqua l'Iranien. Il faut vous adresser aux Nations unies. Au secrétariat général. Je suis diplomate.

Il avait raccroché! Malko sentit la moutarde lui monter au nez. Il se tourna vers l'agent du FBI.

– On y va.

Le *special agent* eut un sourire embarrassé.

– *Sir*, nous n'avons pas le droit; il faut suivre la procédure légale. D'abord en référer au Bureau.

– *Bullshit*! dit Malko. Un attentat contre le Président des Etats-Unis peut se produire d'une minute à l'autre et cet homme fait très probablement partie du complot. Si vous ne voulez pas venir, attendez-nous ici.

Avec Chris Jones, il sauta hors de la voiture. Chris agita son badge sous le regard médusé du portier avant de s'engouffrer dans l'ascenseur, appuyant sur le bouton du huitième. L'appartement 805 était juste en face. Malko frappa. Pas de réponse. Il sonna, sans plus de succès. Il se tourna en désespoir de cause vers Chris Jones :

– Allez-y.

Chris Jones prit son élan, jeta ses cent deux kilos de muscles contre la porte. Sous le choc, la serrure sauta, mais pas l'entrebâilleur. A l'intérieur, on entendit des couinements indignés et une voix hurla à l'intention d'un interlocuteur invisible :

– Venez, ils enfoncent la porte. Ce sont des gangsters!

Le coup de pied de Chris eut raison de l'entrebâilleur et les deux hommes se précipitèrent à l'intérieur de l'appartement. Ils se heurtèrent à un homme très brun, petit, l'air furieux, brandissant un passeport diplomatique iranien.

– Vous n'avez pas le droit! hurla-t-il; j'ai appelé la police.

– Elle est là! fit placidement Chris Jones.

Il prit l'homme par le collet et le jeta dans le couloir puis dans l'ascenseur. En arrivant dans le hall, ils découvrirent deux policiers en tenue qui discutaient avec le portier. L'Iranien se mit à glapir.

– *Officer*, c'est eux, ils m'enlèvent !

Moment de confusion. Le *spécial agent* du FBI arriva à la rescousse et Chris exhiba son badge du *Secret Service*. Le sergent du NYPD, ennuyé, demeura inflexible.

– *Secret Service* ou FBI, dit-il, vous n'avez pas le droit de toucher un diplomate. Mr Cyrus Jahanbi est diplomate iranien des Nations unies...

Le portier l'interrompit.

– *Sir*, cet homme n'est pas Cyrus Jahanbi.

CHAPITRE XIX

Il y eut un moment de flottement. Les deux policiers en uniforme n'y comprenaient plus rien. Malko réalisa le premier ce qui se passait. Cyrus Jahanbi n'était pas un simple diplomate. Il jouait un rôle dans le complot et, pour une raison encore inconnue, s'était fait « remplacer » par un complice. Un des policiers interpella l'Iranien.

— Montrez-moi votre passeport.

Celui qu'il avait brandi devant Malko... L'homme fit semblant de ne pas avoir entendu et courut vers la sortie de l'immeuble.

— Arrêtez-le! ordonna Malko à Chris Jones.

Le gorille était déjà sur lui. Le faux Jahanbi se retrouva à plat ventre sur la moquette, le canon du « deux pouces » sur la nuque. De la main gauche, Chris Jones sortit deux passeports de sa poche-revolver et les tendit au *special agent* du FBI. Ce dernier examina rapidement les documents.

— Cet homme n'est pas Cyrus Jahanbi, annonça-t-il. Il se nomme Iradj Tadjeh, de nationalité iranienne, et travaille à la délégation de l'Iran aux Nations unies. Il ne bénéficie pas de l'immunité diplomatique. Il est également en possession du passe-port diplomatique de Mr Cyrus Jahanbi.

Soulagés, les deux membres du New York Police Department décidèrent d'abandonner le problème. Chris Jones releva l'Iranien, l'agent du FBI lui passa les menottes, les mains derrière le dos, et Malko lui demanda :

– Où est Cyrus Jahanbi?

– Je veux voir un avocat, vous n'avez pas le droit de m'arrêter, glapit l'Iranien. Vous êtes des gangsters!

Impossible d'en tirer autre chose. Le *special agent* du FBI alla téléphoner pour réclamer des ordres, tandis que Malko remontait fouiller l'appartement, sans résultat, sinon que l'absence d'affaires de toilette signifiait que Jahanbi était parti pour de bon. Peut-être avait-il quitté les Etats-Unis, sentant la pression monter? Quand Malko redescendit, Chris Jones annonça :

– Nous allons dans une *safe-house* du FBI.

La *safe-house* se trouvait, dans le bas de la ville, dans un vieil immeuble de briques rouges de Jackson Street. Ils mirent quarante minutes à l'atteindre. De là, Malko put enfin téléphoner à Langley, afin de mettre Richard Baxter au courant des derniers événements, et surtout de l'identification précise de la menace.

– Il faut trouver Cyrus Jahanbi, s'il est encore sur le territoire américain, dit-il. Lui, à mon avis, est au courant de tout.

– Nous allons faire l'impossible, en collaboration avec le FBI, promit le DDO. Mais il faut surtout retrouver ce missile Hellfire.

L'interrogatoire commença. Ou plutôt le monologue. Iradj Tadjeh refusait obstinément de répondre à quelque question que ce soit. Trois interrogateurs du FBI se relayaient en face de lui, sans en sortir même

un soupir. Chris Jones bouillait. Il intervint brutalement.

— Vous me le laissez cinq minutes... réclama-t-il.

Les deux agents du FBI se consultèrent du
regard.

— Si vous l'abîmez, nous sommes responsables...

— Je vous le rends intact, jura Chris Jones.

Exaspérés, les deux *special agents* allèrent boire un
café. Chris Jones revint dans la salle d'interrogatoire,
accompagné de Milton Brabeck, et ferma soigneusement la porte à clef. L'Iranien suivait d'un regard
affolé chaque mouvement des deux hommes. Posément, Chris Jones ôta sa veste et la posa sur le
bureau, avant de se tourner vers le prisonnier, avec un
bon sourire. Mais ses yeux gris bleu ne souriaient pas
du tout.

— Bon, annonça-t-il, on va faire une promenade de
santé.

L'Iranien lui jeta un regard interrogateur. Paisible,
le gorille se dirigea vers la fenêtre à guillotine qu'il
ouvrit, laissant entrer un souffle d'air chaud. Puis, il
se pencha vers la rue, quinze étages plus bas.

— Milt, dit-il, amène notre ami, qu'il voie ça.

Milton Brabeck décolla Iradj Tadjeh de sa chaise et
le força à engager la partie supérieure de son corps
dans l'ouverture béante. Il le tira en arrière après
quelques longues secondes.

— A ton avis, demanda affectueusement le gorille,
combien de temps faut-il pour atteindre le trottoir? Il
y a bien quarante pieds. Tu dois pouvoir faire ça en
trois-quatre secondes... Maintenant, si tu étends les
bras comme un oiseau, tu gagnes quelques dixièmes...

Les traits creusés par la peur, l'Iranien retrouva
brutalement sa langue.

— Qu'est-ce que vous voulez faire? Je veux un avocat.

— Voilà, on va te donner une chance, expliqua posément Chris Jones. Milt et moi, on va te balancer par la fenêtre pour te donner un peu d'élan. Sans te faire mal, hein... Alors, de deux choses l'une. Ou bien tu atterris en douceur en bas et tu te carapates. Ça, c'est la version heureuse. Ou alors, tu t'écrases comme une merde sur le trottoir. Mais là, il y a aussi un bon côté. Dans ton pays de merde, tu seras considéré comme un martyr et on te donnera un billet gratuit pour le paradis. Allez, Milt, enlève-lui ses menottes, qu'il se fasse pas mal en tombant...

Milton Brabeck s'exécuta. Hagard, Iradj Tadjeh se précipita en direction de la porte, happé au passage par les bras puissants de Chris Jones qui le souleva du sol.

— Tu te trompes, la sortie, ce n'est pas par là! lança Chris Jones goguenard.

Milton Brabeck vint à la rescousse, lui immobilisant les chevilles. Transportant l'Iranien comme un colis, à l'horizontale, les deux gorilles se rapprochèrent de la fenêtre.

— Va falloir être synchrones, Milt, annonça Chris. Faut lui donner toutes ses chances, à cet enfoiré. On va le lancer vers le haut! Comme dans le lancer de nain... Allez, à la une, à la deux...

Tout en parlant, ils balançaient Iradj Tadjeh. A chaque impulsion, la tête de l'Iranien se retrouvait au-dessus du vide. Ils n'eurent pas le temps de dire « trois ». Iradj Tadjeh poussa un hurlement rauque, un cri de bête à l'agonie.

— Arrêtez, je vais parler!

Ils ne le lâchèrent pas. Chris Jones se contenta de dire :

— On écoute...

— Mr Jahanbi est parti hier soir, je ne sais pas où. Il a emporté une petite valise.

— Pourquoi il est parti?

— Il avait reçu un message chiffré de Téhéran. C'est moi qui le lui ai porté.

— Où est le message?

— Il l'a pris avec lui.

— Tu ne sais pas ce qu'il y avait dedans?

— Non, je le jure, l'enveloppe était scellée, c'est le chauffeur de la délégation qui me l'a remis.

— Comment s'appelle-t-il?

— Reza Montachemi.

— Pourquoi tu as prétendu être Jahanbi?

— C'est Mr Jahanbi qui m'en a donné l'ordre. Il est très puissant, je ne pouvais pas refuser. Sinon, on m'aurait renvoyé à Téhéran et on m'aurait mis en prison. Lâchez-moi, je vous en prie.

Avec une lenteur calculée, mais pas vraiment sadique, les deux gorilles le retirèrent de la fenêtre, le déposèrent à terre, lui remirent les menottes et le réinstallèrent sur la chaise, avant d'aller ouvrir la porte. Les deux *special agents* du FBI leur jetèrent un regard inquiet.

— Il est OK?

— Regardez, fit Chris Jones, il ne lui manque pas un cheveu! En plus, il a été vraiment gentil. On sait tout ce qu'on voulait savoir. Et on lui a même pas donné une gifle. Hein, Milt?

— Ç'aurait pas été légal, commenta gravement Milton Brabeck.

**

— Le FBI a découvert l'endroit où le matériel a été entreposé, un hangar dans le Queen's, annonça Milton Brabeck. Il y avait encore un emballage marqué

Rockwell International. C'est grâce au chauffeur de taxi. Sur son carnet, on a découvert l'adresse d'un ingénieur électronicien d'origine iranienne. Un réfugié politique arrivé en 1982, fuyant le régime des mollahs. Mahmoud Farmayan. C'est lui qui avait loué cet entrepôt.

– Il a été arrêté?

– Non, il a disparu de son domicile. Personne ne sait où il est. Lui aussi a pris une valise.

Malko et les deux gorilles avaient regagné le bureau de Rockefeller Center où attendait Maria-Mercedes.

Le téléphone sonna. C'était Alexander Higgins qui rappelait. Le jeune homme, bourré de calmants, ne s'était pas encore remis de la mort de son père. Il restait prostré dans l'appartement de Park Avenue. Malko s'excusa de l'avoir dérangé avant de lui demander :

– Connaissez-vous un Iranien du nom de Cyrus Jahanbi?

– Oui, mon père m'en a parlé, fit le jeune homme après un instant de réflexion. Mais je ne l'ai jamais rencontré. Je sais qu'il travaille aux Nations unies. Pourquoi?

– Je pense que c'est lui qui a extorqué le Hellfire à votre père. Il est en fuite. Nous cherchons tous les indices permettant de le retrouver...

Dès qu'Alexander Higgins eut raccroché, Maria-Mercedes se manifesta.

– Je crois bien l'avoir vu une fois, ce Jahanbi. Il est venu au bureau, il y a trois mois. C'est moi qui l'ai introduit auprès de Mr Higgins. Un petit bonhomme au teint blafard, l'air maladif, qui parlait bien anglais.

– Vous pourriez le reconnaître?

– Oui.

A part la photo de son passeport, il n'existait aucun

document photographique de Cyrus Jahanbi. A la délégation iranienne aux Nations unies, le FBI s'était heurté à un mur. Protégés par l'immunité diplomatique, les Iraniens refusaient de répondre, prétendant ignorer où se trouvait Jahanbi.

Malko sentit le découragement l'envahir. En dépit de la cascade d'événements survenus en quelques jours, il n'était guère plus avancé. Pourtant, il avait réussi l'impossible : exfiltrer d'Iran Alexander Higgins, ce qui, en principe, devait débloquer la situation.

Elko Krisantem avait pu s'exfiltrer sans problème de Bander-Abbas, en prétendant que son camion avait été volé, et se trouvait maintenant à Liezen. Quant à Gunther Weikersdorf, il s'était éclipsé lui aussi, sans prévenir les Iraniens, montant au dernier moment dans un vol des Austrian Airlines. Son adjoint avait expliqué qu'il avait lui aussi été pris d'un brusque malaise cardiaque. Dans un pays où le mensonge était élevé à l'état de vertu cardinale, cela n'avait étonné personne. Il était sain et sauf à Vienne. D'un côté, Malko en était soulagé, de l'autre, il se disait qu'il ne reverrait pas facilement la brûlante Sissi.

Seulement, sur le point principal, les Iraniens avaient été plus rapides...

Maintenant, après avoir identifié la menace et reconstitué toute l'affaire, il débouchait sur le commanditaire probable de l'action terroriste, qui lui glissait entre les doigts.

Où pouvait se trouver Cyrus Jahanbi?

Peut-être déjà en Iran. C'était facile de quitter les Etats-Unis, il n'y avait aucun contrôle. Il pouvait aussi se trouver à New York, ou quelque part ailleurs, y compris à Washington. Mais dans la société américaine, retrouver quelqu'un était très long.

D'ailleurs, il y avait encore plus urgent : localiser le

Hellfire volé. Là aussi, c'était chercher une aiguille dans une botte de foin. Le cloisonnement observé par les terroristes les mettait à l'abri. Le complot visait le Président des Etats-Unis, donc ses protagonistes, selon toute logique, avaient dû se déplacer à Washington, ou dans ses environs.

Le téléphone sonna à nouveau. Maria-Mercedes tendit l'appareil à Malko.

— C'est pour vous.

C'était Richard Baxter, le Deputy Director de la direction des Opérations de la CIA.

— Je viens d'avoir une conférence avec le directeur du FBI, annonça l'Américain. Nous avons fait le point. Le FBI va diffuser partout la photo de Cyrus Jahanbi et mettre le maximum d'agents sur le coup. A New York et dans le New Jersey, ils sont déjà plus d'une centaine. Ils vont faire un travail de fourmis : montrer des photos de Jahanbi et de ce Mahmoud Farmayan aux gens qui fréquentent les mosquées. Tâcher d'en apprendre plus sur eux. Mais cela peut prendre longtemps.

— Et à Washington ? demanda Malko.

— Le FBI va passer au crible les hôtels, les motels, les restaurants. Interroger les responsables des communautés islamiques, des centres culturels. On ne peut pas arrêter tous les gens qui ont l'air arabe...

— Vous avez cherché du côté de l'hélicoptère ?

— Nous cherchons. Sans savoir exactement ce que nous cherchons. Nous avons expédié des demandes de renseignements à *toutes* les unités de l'US Army qui possèdent des hélicoptères pour leur demander s'ils avaient constaté la disparition d'un de leurs appareils. Pour les hélicos civils, c'est impossible. Il y en a des dizaines de milliers à travers les Etats-Unis. Nous savons que les Iraniens ont des réseaux en Californie. Ils peuvent en avoir volé un là-bas.

Malko eut soudain une idée.

– Il faut un pilote, remarqua-t-il. On ne peut pas chercher de ce côté-là?

Richard Baxter eut un soupir découragé.

– Il doit y avoir deux ou trois cent mille personnes qui possèdent leur brevet de pilote d'hélicoptère. Il n'y a pas de recensement national. Il faut vérifier, Etat par Etat. Et sur quels critères? Néanmoins, nous avons commencé à le faire. En attendant, le *Secret Service* est sur les dents et les mesures de protection rapprochée du Président ont été renforcées. C'est une situation horrible : nous savons qu'un attentat est en préparation, nous connaissons grosso modo la méthode employée, mais nous savons que si nous n'en trouvons pas les auteurs à temps, il n'y aura pas de parade au dernier stade.

– Vous en avez parlé au Président?

– Oui.

– Qu'a-t-il dit?

– Qu'il croyait en Dieu.

– Ce n'est pas une réponse idiote, remarqua Malko.

– Bien je voudrais que vous preniez le premier *shuttle* pour Washington, demanda Richard Baxter. Vous avez déjà accompli un travail formidable sur cette affaire et vous la connaissez mieux que personne. Qui sait, vous aurez peut-être encore une idée. Je vous ai fait réserver des chambres au *Willard*.

– Faites-en réserver une de plus, demanda Malko avant de raccrocher.

Il se tourna ensuite vers Maria-Mercedes.

– Nous partons à Washington.

– Mais pourquoi? s'étonna la Chilienne.

– Vous êtes la seule personne vivante à avoir rencontré Cyrus Jahanbi. Cela peut servir.

**
*

Cyrus Jahanbi regardait le soleil se coucher sur le lac Accotink. L'inaction lui pesait, mais dans le fond de lui-même, il reconnaissait qu'Ali Yasin avait raison. Attendre le 13 septembre pour frapper était la meilleure solution.

Il n'était resté que vingt-quatre heures au *Grand Hotel*. Trop dangereux.

Personne n'avait fait allusion à un attentat contre le Président des Etats-Unis, mais seulement à une « action terroriste d'envergure ». Depuis deux jours, il s'était donc replié sur la maison de Reza Ghodzadeh, en compagnie de Mahmoud Farmayan. Les deux Iraniens jouaient aux échecs pour se distraire, ou lisaient les journaux, lorsque Mahmoud Farmayan ne se rendait pas à Washington pour les derniers préparatifs de l'attentat. Le hangar contenant le Hughes 500 demeurait fermé jour et nuit. Eux-mêmes ne se montraient plus durant la journée, restant à l'intérieur de la maison.

Il avait été convenu qu'Ali Yasin et Reza Ghodzadeh les rejoindraient le 12 au soir. Jusque-là, ils n'avaient aucun contact.

Toute la suite était déjà organisée dans ses moindres détails.

*
**

Malko descendit de voiture en face de l'Intelligence Building, dans F Street, à côté de la Maison Blanche, où il avait rendez-vous avec un chauffeur de la CIA. Chris Jones repartit aussitôt pour le *Willard* où Maria-Mercedes était restée sous la garde de Milton Brabeck.

Depuis deux jours, la situation n'avait pas évolué d'un pouce. Les terroristes et leur missile semblaient s'être évaporés sur une autre planète. Le FBI continuait à passer au peigne fin la ville et ses environs, sans résultat évident. Du moins, on était sûr qu'aucun hélicoptère militaire ne manquait à l'appel. Malko regarda le ciel bleu. Il faisait un temps superbe et chaud. C'était l'*indian summer*.

La Pontiac de la CIA descendit F Street, s'engagea sur la rampe menant à Key Bridge pour franchir le Potomac et se retrouva sur le Georges Washington Parkway, roulant vers l'ouest.

Vingt kilomètres plus loin, la voiture s'engagea dans la rampe de Chain Bridge Road, pour prendre la 123ᵉ Rue menant directement à l'entrée principale de la CIA. Le chauffeur du véhicule envoya une impulsion électrique grâce à un boîtier codé et la grille noire coulissa. Au passage, il dut encore montrer son badge au gardien avant de déposer Malko devant l'entrée du bâtiment principal. Malko, escorté par un agent de sécurité, gagna le huitième étage où il fut introduit dans la salle de conférence.

Richard Baxter le salua chaleureusement, le présenta aux gens du FBI, du *Secret Service* et à deux spécialistes du terrorisme moyen-oriental. L'ambiance était plutôt glauque, malgré le ciel bleu. Le directeur-adjoint de la division des Opérations entra directement dans le vif du sujet.

— Messieurs, dit-il, nous nous sommes rarement trouvés devant une situation aussi délicate. Nous sommes le 12 septembre. Demain doit avoir lieu à la Maison Blanche la signature officielle de l'accord entre les Israéliens et les Palestiniens, en présence du Président des Etats-Unis. La cérémonie se déroulera sur la pelouse de la Maison Blanche, en face de la West Wing. Le président, Yasser Arafat et Itzhak

Rabin se trouveront en plein air sur une estrade. Donc, vulnérables. Il est à craindre que le groupe terroriste que nous traquons ne profite de cette occasion pour frapper. Or, nous ignorons où ils se trouvent, comment ils comptent procéder et les moyens dont ils disposent. Et il est bien entendu impossible de décommander cette cérémonie.

— Est-ce qu'il ne serait pas plus prudent de faire les choses à l'intérieur de la Maison Blanche? suggéra le représentant du FBI. Dans une pièce hors de portée d'un missile air-sol.

Immédiatement, le représentant de la Maison Blanche bondit.

— Il y a trois mille invités. Où voulez-vous les mettre?

Le responsable du *Secret Service* renchérit à son tour :

— Quel est celui d'entre vous qui dira au président Clinton que ses services de sécurité sont incapables de le protéger efficacement dans une pareille occasion? Et vous imaginez les réactions des Israéliens?

— La signature est prévue à quelle heure? demanda Malko.

— A onze heures, demain matin.

— Peut-on la décaler au dernier moment, afin de déjouer d'éventuels plans terroristes?

Le représentant de la Maison Blanche fit la moue.

— Eventuellement d'une quinzaine de minutes, mais pas plus. C'est un protocole très lourd, avec les services de sécurité israélien et palestinien, en plus des nôtres.

Malko hocha la tête.

— Nous possédons quand même certains éléments, fit-il remarquer. Nous savons que des terroristes vont tenter, à partir d'un hélicoptère ou d'un avion, de tirer un missible guidé par laser sur la Maison Blanche. Il n'y a rien à faire?

Il y eut un bref silence, puis l'homme du *Secret Service* ouvrit un dossier.

– Je vais vous dire ce que nous avons prévu, annonça-t-il. La première mesure de protection est une interdiction permanente de survol à moins de 18 000 pieds d'une zone. Je vais vous la montrer.

Il se leva, se dirigea vers le mur où se trouvait une grande carte de Washington.

– Cette zone, continua-t-il, forme un rectangle grossier d'environ trois miles d'Est en Ouest et un mile du Nord au Sud, la Maison Blanche se trouvant au centre. Elle commence au Lincoln Memorial, va ensuite à l'intersection de New-Hampshire Avenue et de Rock Creek, vers le nord-ouest, suit New-Hampshire Avenue dans la direction nord-est, jusqu'à Washington Circle, à l'intersection de New-Hampshire Avenue et de K Street; elle part ensuite plein est, le long de K Street, pendant deux miles et demi, jusqu'au pont de chemin de fer entre 1e et 2e Rue, ensuite sud-est, pour un demi-mile jusqu'à Stanton Square, à l'intersection de Massachusetts Avenue et de la 6e Rue. Ensuite, sud-ouest, jusqu'à l'intersection de New-Jersey Avenue et E Street. Puis plein ouest jusqu'à l'intersection du South West freeway et de la 6e Rue, ensuite nord, le long de la 6e Rue, jusqu'à l'intersection de Independance Avenue. Ensuite, plein ouest, suivant Independance Avenue jusqu'à l'intersection de la 15e Rue, puis, ouest encore, d'Indépendance Avenue jusqu'à l'extrémité ouest du Kutz Memorial Bridge, au-dessus du Tidal Basin. Enfin, ouest jusqu'au point de départ, le Lincoln Memorial. Cette zone est appelée P.56 (1).

---

(1) P. pour *Prohibited* : Interdit.

Malko regarda la zone d'interdiction de survol qui ne s'étendait qu'à un kilomètre environ au sud de la Maison Blanche. Pour un missile d'une portée de sept kilomètres, elle ne posait pas de problème. Il calcula à vue de nez jusqu'où devrait aller la même zone pour être efficace : pratiquement jusqu'à National Airport... Il n'était pas le seul à avoir fait ce calcul.

– On ne peut pas étendre provisoirement cette zone ? interrogea le DDO.

Le représentant du *Secret Service* secoua la tête.

– Pratiquement impossible. Cela reviendrait à neutraliser le National Airport, à couper Washington du reste de la nation. Et, en plus, ce ne serait pas efficace à cent pour cent.

Un lourd silence suivit cette intervention. Puis, le représentant du *Secret Service* reprit la parole.

– Un hélicoptère de l'US Army sera en vol stationnaire au-dessus de la Maison Blanche. Un Apache armé de canons et de seize missiles air-air à guidage infra-rouge. Son équipage a combattu en Irak, il est particulièrement entraîné. Il peut mettre hors de combat n'importe quel hélico s'approchant de la Maison Blanche dans la zone interdite. Pour éviter tout risque de méprise, nous avons donné l'ordre aux hélicoptères du Washington Police Department de ne pas prendre l'air dans cette tranche horaire. Si ces terroristes utilisaient un avion, l'Apache peut également l'intercepter par un tir de missile.

« En plus, tous les radars militaires, dans un rayon de 50 miles, seront en alerte rouge, prêts à repérer tout appareil non identifié. Un *squadron* de F.16 se tiendra prêt à décoller de Andrew Air Force Base, mais cela suppose un préavis de plusieurs minutes. Sur place, des tireurs d'élite munis de fusils à lunette seront postés sur le toit de la Maison Blanche, renforcés par deux groupes équipés de missiles sol-air Stingers, particulièrement efficaces contre tout ce qui vole. Il faut cependant être conscient d'un élément important : si une attaque se produit, cela se jouera sur quelques secondes. Elle viendra vraisemblablement de la zone où les vols sont autorisés. Or, des dizaines d'hélicoptères se baladent dans le coin, soit pour promener des touristes, soit pour des liaisons privées. Avant d'en allumer un, nous avons intérêt à être *totalement* certains qu'il s'agit bien des terroristes.

Un ange passa et s'enfuit, épouvanté. Malko se dit que ce dilemme ressemblait à celui du gardien de but au moment du penalty : de quel côté partir? Il n'y avait qu'un bon côté, et aucune protection parfaite.

La réunion se termina sur cette note pessimiste. Le DDO retint le représentant du FBI. Rien de nouveau de ce côté-là. Malko était obsédé par une seule chose : où se trouvait Jahanbi? Il se préparait à quitter la CIA lorsqu'il eut une idée dont il fit part à Richard Baxter.

— Pour piloter un hélicoptère, remarqua-t-il, il faut un pilote qui connaisse bien la région. C'est peut-être de ce côté-là qu'il faudrait chercher.

L'autre leva les yeux au ciel.

— Il y a des dizaines de terrains dans le Maryland et la Virginie. Et des centaines de pilotes...

— Je pense que si Jahanbi est à Washington, c'est parce qu'un Iranien est dans le coup. Il ne doit pas y avoir beaucoup de pilotes iraniens ou d'origine iranienne dans la région. On doit pouvoir les trouver. Contactez d'urgence le département des Naturalisations, au Foreign Affairs Department. Vérifiez donc, si parmi les naturalisés ou les porteurs de « green cards » d'origine iranienne, depuis 1979, il n'y a pas de pilote d'hélicoptère.

Richard Baxter le regarda comme s'il avait vu un dinosaure.

– Pourquoi seulement iraniens?

– Parce qu'il y avait beaucoup de pilotes d'hélicos dans l'armée du Shah, répliqua Malko. Ils ont été formés dans ce pays et ont demandé l'asile politique. Or, parmi eux, il y a sûrement eu des « taupes » infiltrées par les ayatollahs. C'est peut-être un coup d'épée dans l'eau, mais cela vaut la peine d'essayer.

– Jésus-Christ! Je m'y mets tout de suite, dit le représentant du FBI. Je vais remuer les gens de la Maison Blanche, qu'ils me donnent un coup de main.

– Que dieu vous aide! soupira Richard Baxter. Moi, je ne vais pas dormir cette nuit.

Malko qui continuait à réfléchir se tourna vers le spécialiste de l'anti-terrorisme.

– Nous supposons tous que ce missile Hellfire va être guidé sur sa cible – la tribune présidentielle – par un rayon laser. Il n'y a pas de moyen de le détecter et ensuite de le brouiller?

– Votre question est excellente! reconnut le spécialiste, mais les choses ne sont pas aussi simples. Je vais vous expliquer. Nous savons tous qu'un rayon laser est un pinceau lumineux très fin et très concentré, ce que nous appelons de la lumière cohérente. Ce pinceau est émis par une source laser, aussi appelée « illuminateur ». Celui-ci comporte la source électrique, avec une batterie, couplée avec une optique de concentration et une caméra dotée d'une longue focale. Ce rayon laser est invisible à l'œil nu, mais détectable par des capteurs *optronic*. Nous en avons installé sur le toit de la Maison Blanche. Ils capteront le rayon laser dès qu'il sera émis. Seulement, ce n'est pas suffisant. En effet, dans le cas du Hellfire, le *modus operandi* est le suivant. Arrivé à portée, l'hélicoptère portant le missile va s'élever à environ

600 pieds et tirer son missile en direction de la cible, grâce à un viseur gyroscopique classique. Cela prend quelques secondes et, aussitôt après, l'hélico dégage ou se pose. Il est quasiment impossible d'intervenir à ce stade, en supposant même qu'on le repère à temps. Trop court.

« Le Hellfire va filer à la vitesse du son vers sa cible qu'il mettra vingt-cinq secondes à atteindre. Durant les dix premières secondes de sa trajectoire, il n'est *pas encore* guidé par le laser, donc invulnérable et invisible, son propulseur étant « *smokeless* », indétectable. Ce n'est que durant les quinze dernières secondes que le guidage laser entre en jeu. Un « designateur », qui peut être posté n'importe où dans un rayon de cinq kilomètres, sur un immeuble, dans un autre hélicoptère ou à n'importe quel endroit avec vue directe sur la cible, activera son illuminateur laser durant les quinze dernières secondes de la trajectoire du Hellfire.

« Le principe est le suivant : le rayon laser se réfléchit sur la cible pour être capté par l'appareillage de guidage du Hellfire, situé dans l'avant du missile. Ce dernier va donc s'écraser droit dessus, avec une précision de un mètre environ. Ce n'est qu'à ce stade ultime que les capteurs *optronic* vont découvrir l'existence du laser. Seulement, il faut, pour brouiller le système de guidage, connaître la longueur d'onde sur laquelle il opère. Et cela, messieurs, prend beaucoup plus de quinze secondes.

Un silence de mort suivit cette intervention.

Les capacités techniques de cet engin de mort étaient imparables et jamais on n'aurait le temps de stopper le mécanisme en cours de route. Si on n'arrivait pas à intercepter l'hélicoptère *avant* qu'il ait lancé son missile, c'était fichu.

Malko avait l'impression d'avoir l'estomac rempli de plomb. Il leur restait quelques heures pour des vérifications qui auraient dû prendre des semaines. Il ne savait plus à quel saint se vouer. Tous ces efforts et tous ces morts pour échouer si près du but...

CHAPITRE XX

Malko retrouva Maria-Mercedes juchée sur un tabouret de bar circulaire de l'hôtel *Willard*, et entourée d'une douzaine de politiciens salivant comme des chiens de chasse devant un superbe gibier. Sa robe en stretch noir au décolleté audacieux, déjà très courte, remontait jusqu'en haut de ses cuisses quand elle était assise. Chris Jones, installé à l'unique banquette, au fond, devant une bouteille de Johnnie Walker, attrapa Malko par la manche et lui glissa au passage :

– C'est ennuyeux, elle est complètement pétée.

Effectivement, quand Malko arriva à côté de la jeune femme, Maria-Mercedes tourna vers lui un visage rosi par l'alcool, au regard sérieusement vitreux.

– Ah, c'est vous ! fit-elle d'une voix pâteuse. Alors, vous les avez retrouvés, ces salauds ?

– Pas encore, fit Malko. Ça ne va pas ?

Brusquement, les traits de la jeune Chilienne se déformèrent et elle éclata en sanglots. Prudemment, ses chevaliers servants s'écartèrent.

– Non, ça ne va pas ! bredouilla-t-elle. J'ai l'impression d'être responsable de la mort de Jack. J'aurais dû vous parler plus tôt, mais je n'avais pas confiance. J'ai cru que vous lui vouliez du mal.

Effondrée, les coudes sur le bar, elle se mit à sangloter sans retenue pour le plus grand intérêt des clients – tous des hommes – persuadés d'assister à une scène de ménage corsée.

Compatissant, le barman s'approcha et proposa

– *One more Daiquiri, young lady*?

– Elle en a pris déjà combien ? demanda Malko, soupçonneux.

Le barman montra les cinq doigts de sa main droite...

– Oui, encore un! réclama Maria-Mercedes d'une voix pâteuse, je ne suis pas saoule, je suis triste.

Malko ne voulut pas la contrarier et commanda pour lui une vodka avec de la glace. Lui aussi avait envie de dissoudre le poids qui pesait sur son estomac. Quand Maria-Mercedes eut séché un peu ses larmes, Malko se dit qu'il était temps de l'arracher au bar.

– Venez, je vous emmène dîner, proposa-t-il.

Maria-Mercedes se laissa arracher du tabouret sans résistance. Son regard aux pupilles dilatées en disait long sur son état. Chris Jones, que Milton avait rejoint, s'approcha.

– Vous allez la coucher?

– Non. Je l'emmène dîner. Au *Four Ways*, au coin de R Street et de la 20e Rue. Vous connaissez?

– On connaît, fit Chris Jones d'un ton lugubre. De l'extérieur! On a souvent fait du « baby-sitting » pour des huiles qui y dînaient. Mais on n'était pas compris dans le programme des réjouissances. Remarquez, il vaut mieux manger un hamburger devant le *Four Ways* que dans un ghetto...

Ça, c'était de la saine philosophie américaine. Malko ne voulut pas troubler ce bel équilibre psychologique.

– Je ne pense pas risquer grand-chose, dit-il. Dînez donc ici.

– On vous attendra dehors, assura Milton Brabeck.

Le *Four Ways* était un des endroits favoris des
hauts fonctionnaires de la CIA qui y traitaient les
hommes politiques ou des « sources » sélectionnées,
dans une ambiance de congrès de moines... Les femmes y étaient une espèce pratiquement inconnue.

Maria-Mercedes jeta un regard torve vers les murs
lambrissés du *Bermuda Lounge*, le restaurant du *Four
Ways*. L'éclairage plus que tamisé adoucissait ses
traits, faisant ressortir son énorme bouche rouge. Son
arrivée avait provoqué une vague de silence et quelques commentaires à mi-voix de la part des clients
les plus audacieux. Depuis la fin de la guerre, ils
n'avaient pas vu une apparition de cet acabit. A son
physique, ce ne pouvait être, selon les normes
washingtoniennes, qu'une créature de mauvaise vie, de
celles qui entraînaient les politiciens sur la pente
glissante de la corruption et du déshonneur.

– C'est sinistre, cet endroit, soupira-t-elle en
repoussant son sorbet.

Elle avait à peine touché à son New York steak.
Probablement pour se remonter le moral, elle
demanda un cognac au maître d'hôtel. Celui-ci vint
apporter cérémonieusement une bouteille de Gaston
de Lagrange XO et remplit un verre ballon avec
componction, après l'avoir réchauffé à la flamme d'un
réchaud. Impressionnée par ce cérémonial, Maria-
Mercedes se conduisit en lady et ne l'avala pas d'un
coup.

Apparemment, le liquide ambré dissipa sa déprime
et son œil se remit à briller.

– Qu'allez-vous faire maintenant? demanda Malko.

– Alexander m'a dit qu'il voulait continuer le business de son père, répliqua la jeune femme, qu'il avait besoin de moi. C'est vrai, je possède tous les contacts et en général les gens m'aiment bien. Je pense que je pourrai lui être utile.

Discrètement, Malko demanda l'addition. Maria-Mercedes retraversa le *Bermuda Lounge* d'une démarche provocante. Elle ne prit même pas la peine de tirer sur sa robe qui exposait les neuf dixièmes de ses longues cuisses.

Dans la Buick, la Chilienne mit la tête sur l'épaule de Malko et soupira.

– Je me sens bien avec vous.

Elle était d'humeur caressante, mais Malko n'avait pas la tête à la bagatelle. Il avait plutôt dans la tête le tic-tac d'un compte à rebours. L'heure de vérité se rapprochait. Pour qui allaient sonner les trompettes de Jéricho?

Il abandonna sa voiture au portier du *Willard* qui jeta un regard allumé à Maria-Mercedes. Quand l'ascenseur s'arrêta, elle sortit la première dans le couloir.

– Vous avez votre clef? demanda Malko.

Elle secoua ses boucles brunes.

– Non.

– Je vais la chercher. Attendez-moi.

Tranquillement, elle s'assit par terre, dos au mur. Il ne pouvait pas la laisser là. Il ouvrit la porte de sa chambre, la releva et la fit entrer.

Il n'avait pas encore refermé le battant que Maria-Mercedes faisait glisser les bretelles de sa robe et s'en débarrassait en un clin d'œil, ne conservant qu'un micro-slip de dentelle noire. Elle tituba jusqu'à Malko et se colla à lui, une jambe entre les siennes, commençant aussitôt à lui donner une leçon de lambada à mettre en rut tous les ayatollahs du monde.

Elle interrompit ses ondulations juste à temps, poussa Malko dans un fauteuil, s'installa à ses pieds et entreprit de lui administrer une merveilleuse fellation se servant aussi bien de ses seins et de ses mains que de sa bouche. Le regard toujours aussi vitreux, elle devait se croire avec un acheteur d'armes.

Finalement, elle retira de sa bouche le membre tendu et l'enferma entre ses seins en obus, les resserrant l'un contre l'autre à deux mains. Malko avait l'impression de coulisser dans un fourreau de velours. Elle accéléra le balancement de son torse, jusqu'à ce qu'il sente la sève monter de ses reins. Extatique, Maria-Mercedes le regarda se répandre sur sa peau et le reprit dans sa bouche, pour lui arracher les dernières gouttes de plaisir. Ensuite, elle se releva, marcha jusqu'au lit et s'y effondra.

Ali Yasin avait mal dormi, et pas seulement à cause du lit de camp inconfortable. L'excitation le tenait éveillé. Littéralement, il comptait les minutes, consultant sans cesse son chronomètre. Il s'était réveillé vingt fois, le cœur en chamade, croyant entendre un bruit à l'extérieur, imaginant des policiers en train de cerner le hangar.

Mahmoud Farmayan somnolait un peu plus loin. Il avait travaillé jusqu'à deux heures du matin, vérifiant une dernière fois les connections du système d'arme, avec des appareils de mesure horriblement compliqués... Ali Yasin se leva, et alla contempler le Hughes 500. Le missile Hellfire fixé sous son ventre, entre les patins, n'était repérable que de très près. Ali Yasin se glissa dans l'appareil, s'assit sur le siège gauche et abaissa le dispositif de visée pour le coller à ses yeux.

Un geste qu'il avait dû accomplir près de deux cents fois, avec activation et sans. Il tenait à tout prix à déclencher lui-même le départ du missile. Ce serait le plus bel instant de sa vie.

Reza Ghodzadeh l'avait entraîné la veille. C'était simple. D'abord, activer le CDU. Un voyant rouge s'allumait. Ensuite, cadrer la cible dans le réticule de visée, le pilote maintenant l'appareil dans l'axe de la cible. Il n'y avait plus qu'à écraser le poussoir allumant le propulseur du Hellfire, pour libérer celui-ci des griffes qui le fixaient à l'hélicoptère. Dix secondes plus tard, Mahmoud Farmayan prendrait le relais avec son illuminateur portable, tandis que le Hughes 500 serait déjà en train de descendre.

– Prenons le breakfast, suggéra Mahmoud. Je dois y aller.

Dans une demi-heure, il partirait au volant de la voiture d'Ali Yasin pour gagner National Airport, où il la laisserait dans un parking. Là, il prendrait un taxi jusqu'à l'hôtel *Willard*, où il avait retenu une chambre dix jours plus tôt. Son plan était simple. Depuis plusieurs jours il s'était lié avec les huissiers du Ministère du Commerce, un massif building gris juste en face du *Willard*. Se présentant chaque fois avec un sac d'appareils photos, et obtenant l'autorisation de monter jusqu'au dernier étage. Du balcon, il avait une vue parfaite sur les jardins sud de la Maison Blanche... Il avait expliqué qu'il voulait faire une photo de la cérémonie historique. Les premiers jours, on avait fouillé son sac, maintenant personne ne lui demandait plus rien. Il utiliserait un faux passeport nicaraguayen fourni par les Services de Téhéran. Dans sa valise, se trouvait l'illuminateur laser démonté.

Les deux hommes sortirent du hangar. Le temps était superbe, heureusement, car le guidage laser n'avait qu'un défaut : il fallait pouvoir apercevoir la cible. Il ne marchait ni de nuit, ni par mauvais temps.

Cyrus Jahanbi et Reza Ghodzadeh étaient déjà en train de prendre leur petit déjeuner. Le pilote d'hélico les avait rejoints la veille, au volant de sa voiture, une Chevrolet marron. Il avait dit à sa femme qu'il se rendait dans le Maryland pour voir un Bell à vendre. L'anxiété ne lui avait pas coupé l'appétit. Il était en train de se bourrer de céréales et d'œufs brouillés, arrosés de café.

Depuis qu'il avait été « tamponné » et retourné par la Savama, on ne lui avait pas demandé grand-chose. Il n'avait même jamais pensé qu'il jouerait un rôle aussi important. Cette aventure marquait la fin de sa vie aux Etats-Unis. Même si tout se passait bien dans l'immédiat, c'est-à-dire dans les heures qui suivraient l'attentat, le FBI ne mettrait pas longtemps à l'identifier, à partir du Hughes 500. Cyrus Jahanbi lui avait garanti une filière d'évasion par le Canada.

Si tout se passait bien, il rentrerait en Iran – son pays – en héros. Cyrus Jahanbi s'était engagé à ce qu'il obtienne un poste important dans l'armée de l'air iranienne; sa femme, iranienne elle aussi, le rejoindrait plus tard.

Cyrus Jahanbi acheva son thé et déploya une carte sur la table. Il était huit heures du matin.

— Dans vingt minutes, dit-il, Mahmoud partira avec la voiture d'Ali. Après l'action, *Inch Allah*, il rejoindra le domicile d'Ali qui ne peut pas être repéré. Surtout pas en taxi, à pied. Dès que Mahmoud sera installé sur le balcon du Ministère du Commerce, il entrera en liaison radio avec nous, ici. C'est lui qui donnera le « top », lorsque Arafat, Rabin et Clinton arriveront. Normalement, cela doit se passer à onze heures. Dès qu'il aura annoncé « Jéricho », Reza décollera pour gagner le poste de tir. Il y en a pour combien de temps, Reza ?

– Dès 10 h 45, je lancerai le rotor, répondit le pilote. Il y a environ douze miles, cinq à six minutes de vol.

– Ensuite, continua Jahanbi, au moment où le missile sera tiré, c'est Reza qui annoncera « Jéricho ». Mahmoud aura deux secondes pour activer son illuminateur laser.

Ils avaient tous la même carte de Washington et de ses environs, avec un grand cercle rouge dont la Maison Blanche était le centre. Par précaution, Cyrus Jahanbi l'avait tracé à six mille cinq cents mètres de l'objectif, et non à sept mille.

– Bien, continua-t-il. Moi, je vais partir d'ici à dix heures avec la voiture de Reza. Je vous attendrai sur le parking de la station Arco, sur la voie Est du George Washington Memorial Parkway, un demi-mile avant le National Airport. A cet endroit, le freeway longe le Ptomac. Derrière la station, il y a un terrain nu où Reza pourra très bien se poser.

– Je l'ai repéré, confirma le pilote.

– Le missile tiré, vous vous posez, et nous repartons immédiatement dans la voiture de Reza que nous laissons au parking de l'aéroport. Nous reprenons celle d'Ali. Mahmoud aura laissé les clefs sous le pare-chocs avant. Et, *Inch Allah*, nous allons chez Ali. Reza, vous ne voyez pas de problème ?

– Aucun, répondit le pilote. Je tirerai d'une hauteur de six ou sept cents pieds. Aujourd'hui la visibilité est parfaite.

Il avait été un des meilleurs pilotes d'hélicoptère du Shah, après avoir effectué plusieurs stages aux Etats-Unis. Ce qu'il devait faire aujourd'hui était relativement facile. Bien sûr, depuis dix ans, il n'avait plus suivi d'entraînement militaire, se contentant de donner des baptêmes de l'air ou de transporter des businessmen; mais placer le Hughes 500 en position de tir était un jeu d'enfant. C'est lui qui avait conseillé la technique de tir LOAL (1), afin d'être moins vulnérable.

Cyrus Jahanbi se leva et prit la lourde serviette de cuir noir où il rangeait tous ses documents, protégés par une serrure à chiffres.

— Je mets ça dans l'hélico, fit-il, c'est plus sûr. On ne sait jamais, si je me faisais arrêter sur la route...

Reza Ghodzadeh demanda aussitôt :

— Si vous n'étiez pas au rendez-vous? Que faisons-nous?

— Vous vous arrangez pour gagner l'aéroport, et vous allez chez Ali.

Personne n'approfondit cette possibilité. Lorsque Mahmoud Farmayan sortit avec sa valise pour prendre la voiture d'Ali Yasin, Cyrus Jahanbi l'accompagna. Les deux hommes échangèrent quelques mots, s'étreignirent avant de se séparer.

Cyrus Jahanbi ouvrit la portre du Hughes 500 et coinça sa serviette à côté de l'électronique du Hellfire. Lorsqu'il revint dans la maison, Reza Ghodzadeh était en train de vérifier sa carte et Ali Yasin regardait le ciel immaculé, en songeant que grâce à lui, ce 13 septembre serait un jour de deuil pour l'Amérique honnie et les Sionistes.

Drapée dans une serviette, Maria-Mercedes contemplait Malko avec un drôle de sourire.

— J'étais saoule hier soir, fit-elle, je ne me souviens plus de ce que j'ai fait. Nous avons baisé?

(1) Locked after launched.

– Non, affirma Malko.

Il n'eut pas le temps de s'étendre, on tambourinait à sa porte. C'était Chris Jones en compagnie d'un agent du FBI.

– On a la liste des pilotes naturalisés depuis 1979, lança le gorille. Il y en a un au moins qui pourrait faire l'affaire. Un certain Reza Ghodzadeh, ancien pilote d'hélico du Shah. Un opposant aux mollahs. Grâce à ses copains dans l'US Army, il a pu obtenir d'abord une « green card » et ensuite sa naturalisation pour travailler ici. Il habite Limstrong, en Virginie, et travaille à Manassas Municipal Airport. C'est le seul pilote d'origine iranienne dans la région.

– Vous l'avez localisé?

– Pas encore, l'information est sortie des listings il y a dix minutes. Le FBI est déjà en piste.

Malko se tourna vers Maria-Mercedes.

– On y va!

– Moi aussi?

– Oui.

Elle n'eut que le temps de passer sa robe en stretch. Malko l'entraîna. Ils touchaient peut-être au but. A peine dans la Ford grise, le *special agent* du FBI mit son gyrophare et sa sirène en route, et ils se frayèrent rapidement un chemin dans la circulation du matin. Vingt minutes de conduite folle, sans un mot. Limstrong était un village de Virginie, à environ vingt-cinq miles au sud-est de Washington. A l'entrée de Limstrong, deux voitures de la Highway Pàtrol formaient une chicane. Le village était en ébullition. Plusieurs voitures du FBI entouraient un modeste cottage. Chris Jones se renseigna rapidement et revint, piteux.

– Il est parti de chez lui hier, en disant à sa femme qu'il allait expertiser un hélicoptère. Il n'a pas appelé depuis.

Deux *special agents* du FBI accoururent.

– *Sir*, nous allons à Manassas Municipal Airport
où il travaille.

Un convoi hurlant se dirigea par des petites routes
vers l'aéroport situé à cinq ou six miles. Douze
minutes plus tard, le FBI, le *Secret Service* et la police
locale envahissaient le tarmac d'un modeste aéroport,
se précipitant vers les bureaux de la Freedom Air Inc.
Une secrétaire noire se leva, paniquée.

– Qu'est-ce que...

– Reza Ghodzadeh?

– Il ne travaille pas aujourd'hui. Il est en repos.
Vous voulez voir quelqu'un d'autre? Le directeur est
là.

Ils firent irruption dans un minuscule bureau mal
climatisé où un chauve en manche de chemise terminait le fond d'une bouteille de Johnnie Walker. Il
resta bouteille en l'air devant la levée des badges
brandis devant lui.

– FBI! annonça un des *special agents*. Nous recher-
chons Reza Ghodzadeh. Il est soupçonné de préparer
un attentat contre le Président des Etats-Unis. L'avez-
vous vu aujourd'hui?

Le directeur de Freedom Air Inc. posa sa bouteille,
abasourdi.

– Reza! Mais c'est un type bien. Il m'a amené la
moitié du Pentagone! Vous êtes piqués ou quoi? Il
adore ce pays, d'ailleurs, ses copains du Pentagone
l'ont pistonné pour sa « green card ». Je suis très
content de lui.

Malko intervint.

– Ce serait trop long à vous expliquer, mais il est
possible que ce monsieur vous ait abusé. Nous devons
absolument le trouver.

Le chauve secoua la tête.

– S'il n'est pas chez lui, j'ignore où il peut se
trouver. Je ne sais pas comment il utilise son temps
libre.

– Vous avez le numéro et le type de sa voiture?

– Une Chevrolet marron de l'année dernière. Le numéro, je n'en sais rien.

– On va le trouver tout de suite, fit un agent du FBI en se mettant au téléphone.

Malko regarda sa montre. Dix heures. Il leur restait une heure et ils n'avaient toujours rien de concret. Peut-être même que cet Iranien n'avait rien à voir avec leur affaire.

– Dites-nous tout ce que vous savez de lui, demanda-t-il.

Le directeur, un peu revenu de sa surprise, chercha dans ses souvenirs.

– C'est un type cool, dit-il, un très bon pilote, je n'ai jamais eu de problèmes. Les clients l'aiment bien.

– Est-ce qu'il fréquente d'autres Iraniens?

– Pas ici, en tout cas. Il disait toujours qu'il ne retournerait jamais dans son pays tant que les mollahs y seraient. D'ailleurs, il s'était enfui pour ne pas être fusillé, il nous a dit.

– Jamais entendu parler d'un certain Cyrus Jahanbi?

– Jamais.

– Rien d'autre?

– Non, je ne vois pas.

– Côté argent?

– Il gagne 3 000 dollars par mois et il fait un peu de business. Il sert de conseil à des gens qui veulent acheter des hélicos d'occasion, et il prend une commission au passage. Il y a deux mois, il a acheté un Hughes 500 à un client d'ici, pour un de ses amis du Maryland, près de Baltimore.

Malko se retourna.

– Hughes 500, ça pourrait coller?

– Hélas oui! confirma un des hommes du *Secret Service*. C'est la version civile du M 530-Defender.

Pour la première fois, Malko se dit qu'il avait tapé dans le mille. Un des agents du FBI fit irruption dans le bureau.

– On a le numéro de la voiture! Il est diffusé partout, à la Highway Patrol et à tous les services de la Metro Police. Nous allons faire des annonces à la radio et à la télévision.

Malko se tourna vers le directeur.

– Si on voulait dissimuler un hélico dans la région, où pourrait-on le mettre?

L'Américain leva les yeux au ciel.

– Comment voulez-vous que je le sache! Les terrains se comptent par dizaines dans la région; sans compter ceux qui sont abandonnés. Et puis, un « chopper » (1), on peut le poser partout et le planquer dans un tout petit hangar.

– Quelle couleur et quelle immatriculation, le Hughes 500?

– Attendez, je vais voir.

Il alla fouiller dans ses fiches et revint avec une feuille de carton.

– Voilà. Gris. Immatriculé N. 756345.

L'agent du FBI notait fiévreusement. Aussitôt après, il courut dans sa voiture pour diffuser le numéro. Malko consulta à nouveau sa montre. 10 h 20. Il ne restait pas beaucoup de temps.

– Retournons à Washington, proposa-t-il, je ne vois pas ce que nous pouvons faire de plus ici.

Laissant sur place deux agents du FBI, au cas improbable où Reza Ghodzadeh se manifesterait, le convoi reprit la route de Washington. Il remonta d'abord sur la Highway pour rattraper Little River Turnpike et ensuite George Washington Memorial Parkway.

(1) Hélico.

Malko broyait du noir. Certes, ils avaient pratiquement identifié tous les coupables et démonté le système, mais cela ne changeait rien au résultat. La radio répercutait sans cesse des messages hermétiques. Toutes les polices du District of Colombia et des Etats voisins recherchaient la Chevrolet marron, parmi les dizaines de milliers de véhicules qui circulaient sur les freeways.

Ils se trouvaient sur Little River Turnpike quand un message éclata dans le haut-parleur.

– Ici, Highway Patrol-Car N° 564, nous venons de repérer le véhicule suspect, il roule en direction du Nord, sur le George Washington Memorial Parkway. Nous le prenons en chasse. Il y a un homme seul à bord qui pourrait être le suspect.

Le Hughes 500 était à l'arrêt, en face du hangar surplombant le lac Accotink. Son rotor tournait presque silencieusement. Contrairement aux appareils plus anciens, le Hughes 500 ne produisait pas le « vlouf-vlouf-vlouf » caractéristique de la plupart des hélicoptères.

Au poste de pilotage, Reza Ghodzadeh surveillait ses cadrans, écouteur à l'oreille, prêt à décoller en quelques secondes. A sa gauche, Ali Yasin, très droit, avait la main posée sur le CDU. Il n'avait même pas peur, porté par son rêve. Encore quelques minutes d'attente. A une douzaine de kilomètres de là, le Tout-Washington se préparait à célébrer la signature historique établissant la paix entre l'OLP et l'Etat d'Israël.

Ali Yasin se tordit le cou pour apercevoir le Hellfire accroché sous le ventre de l'hélico.

CHAPITRE XXI

Avant même que le *special agent* du FBI ait raccroché son micro, Chris Jones avait enclenché la sirène et mis son gyrophare. La voiture fila à 85 miles vers l'Est, pour rejoindre la ville d'Alexandria où se terminait le Little River Turnpike. Sa prolongation, en ville, menait au George Washington Memorial Parkway, environ trois miles au sud du National Airport. D'après le message radio, la voiture de Reza Ghodzadeh se trouvait au sud de National Airport, roulant vers le nord.

Un silence pesant régnait dans la voiture. La communication avait été interrompue avec la Highway Patrol et l'agent du FBI essayait désespérément de la rétablir. A cause de la proximité de National Airport, les fréquences étaient très encombrées.

Malko priait silencieusement. De deux choses l'une : le pilote d'hélicoptère iranien n'avait rien à voir avec l'affaire et ils se lançaient sur une fausse piste. Mais si c'était lui, ils avaient une chance d'empêcher l'attentat. Soudain, une voix éclata dans le haut-parleur.

– Il est coincé ! Nous l'avons ! *Hold it ! Hold it !*

Puis des bruits de pneus retentirent, des cris, un violent coup de frein suivi d'un échange de coups de feu. Plusieurs armes tiraient, dont un « riot-gun ». Cela se termina sur la voix excitée du policier.

– *He's go it*!

– Où êtes-vous? Où êtes-vous? hurla le *special agent*. Ici le FBI!

Il y eut une bonne minute de crachouillis, puis la même voix annonça :

– Ici le sergent Hayfield, de la Highway Patrol. Nous venons d'intercepter le suspect à un demi-mile au sud de National Airport. Il a fait usage d'un pistolet-mitrailleur et a blessé deux *patrolmen*. Nous avons dû riposter. Il semble grièvement blessé : nous avons demandé une ambulance.

– Il était seul?

– Affirmatif. Nous sommes en train de fouiller son véhicule.

Malko en aurait crié de joie. C'était bien le pilote iranien. Il allait rejoindre son appareil quand les policiers l'avaient intercepté. Toute menace était désormais écartée, il n'y avait plus qu'à localiser Cyrus Jahanbi, mais c'était moins urgent. Sur le cadavre, ils trouveraient sûrement de quoi localiser le Hughes 500 et le missile...

Chris Jones brûla trois feux rouges dans Alexandria, évitant de justesse un énorme semi-remorque engagé dans un carrefour qui le salua d'un coup de klaxon plein de fureur. Le gorille, jouant du gyrophare et de la sirène, slalomait, déchaîné. Il se tourna fièrement vers Malko.

– Je conduis comme un putain d'Italien!

L'agent du FBI, lui, ne semblait pas apprécier à leur juste valeur les exploits de Chris. Quant à Maria-Mercedes, tassée à l'arrière, écrasée contre Milton Brabeck, elle était morte de peur.

**
*

Mahmoud Farmayan se glissa sur le balcon de pierre, juste à l'angle de South Executive Plaza, au dernier étage du Ministère du Commerce. Aucun problème pour arriver jusque-là. L'illuminateur laser ressemblait furieusement à un grand télé-objectif. En outre, son matériel était en grande partie dissimulé par les gros pilastres entourant le balcon. Dans E Street, entre South Executive Plaza, la pelouse sud de la Maison Blanche et l'Ellipse, l'esplanade rectangulaire s'étendant jusqu'à Constitution Avenue, les habituels vendeurs de hot-dogs étaient à leur place, avec leurs fourgons blancs. Pas d'activité policière particulière. Son regard se reporta plus au nord, sur la pelouse s'étalant au sud de la Maison Blanche. Elle disparaissait sous les trois mille invités serrés sous le soleil déjà chaud. Des agents de sécurité s'affairaient autour de l'estrade portant le sceau du Président des Etats-Unis et de la table historique voisine – celle qui avait déjà servi au président Sadate –, sur laquelle serait signé le protocole d'accord entre Itzhak Rabin et Yasser Arafat.

L'Iranien regarda sa montre. Onze heures moins cinq. Normalement, dans cinq minutes, les trois hommes – le Président des Etats-Unis, Yasser Arafat et Itzhak Rabin – devaient apparaître. Le temps de poser pour les photographes, de prononcer quelques mots historiques et de procéder à la double signature, Reza Ghodzadeh avait largement le temps de décoller du lac Accotink, de gagner sa zone de tir et de lâcher son missile. La cérémonie durerait vingt bonnes minutes. Tout se présentait bien.

L'Iranien vérifia son illuminateur laser. Long d'un mètre environ une fois monté, il était silencieux et son rayon totalement invisible, décelable seulement par des cellules *optronic*. Il visa, sans l'activer, la tribune, à environ trois cent soixante mètres de distance, presque dans le prolongement de la statue du Général Sherman.

Il n'avait plus qu'à attendre l'arrivée du président Clinton et de ses invités pour envoyer le signal « Jéricho » à Reza Ghodzadeh. Cinq ou six minutes plus tard, c'est lui, Mahmoud Farmayan, qui recevrait de la même façon le « top » pour activer son illuminateur. L'opération ne durerait pas plus de vingt secondes. Mais ce seraient les vingt secondes les plus longues de sa vie.

Le FBI avait sûrement installé des capteurs *optronic* à la Maison Blanche, qui déceleraient son rayon laser, mais pas la direction d'où il venait. Avec des jumelles, et beaucoup de chance, on pouvait le repérer. Mahmoud savait que les hommes de la Sécurité du Président, dans ce cas, n'hésiteraient pas à le neutraliser de la façon la plus brutale; y compris avec une roquette tirée en direction du balcon.

C'était sa partie de roulette russe.

Si tout se passait bien, le Hellfire ayant atteint son but, il quitterait le Ministère du Commerce en abandonnant son matériel et gagnerait à pied l'appartement d'Ali Yasin. Il y attendrait que les choses se calment.

Il activa son Motorola VHF, vérifia qu'il était calé sur la fréquence prévue. Il n'y avait plus qu'à attendre. Mahmoud Farmayan regarda la tribune vide. Lorsque le premier des trois protagonistes apparaîtrait à la tribune, il enverrait le signal. Tout à coup, il réalisa qu'il transpirait à grosses gouttes. Il ne restait plus qu'à prier Allah.

**
*

Depuis un mile, Chris Jones roulait à fond la caisse sur la bande d'arrêt d'urgence. Le George Washington Memorial Parkway était paralysé dans le sens sud-nord par un formidable embouteillage dû à l'interception de la voiture de Reza Ghodzadeh.

Enfin, les feux clignotants des barrières de police apparurent, puis une nuée de policiers, en civil et en uniforme, entourant une voiture marron dont l'avant était encastré dans la glissière de sécurité, le capot soulevé.

Malko, Chris Jones, les agents du FBI et Maria-Mercedes sautèrent à terre et se frayèrent un chemin jusqu'au véhicule. Le conducteur était effondré sur le volant. La glace avant gauche était pulvérisée et le visage du mort n'était plus qu'une bouillie sanglante laissant les os à nu. Une décharge de « riot-gun » tirée de côté. Malko aperçut sur le plancher de la voiture une Uzi, chargeur engagé. La voiture était criblée d'impacts de balles et de chevrotines.

Les policiers de la Highway Patrol n'y avaient pas été de main morte.

**
*

« Jéricho. »

Le mot atteignit le tympan de Reza Ghodzadeh avec une clarté étonnante. Il signifiait que le président Clinton venait d'apparaître sur la pelouse de la Maison Blanche. Reza Ghodzadeh lança aussitôt sa turbine à pleine puissance, vérifiant ses instruments de bord tandis que le Hughes 500 tremblait de toute sa structure. Il tourna la tête vers Ali Yasin figé par l'émotion.

– On y va! cria-t-il.

Le Hughes 500 décolla ses patins du sol puis fila presque horizontalement, volant ensuite juste au-dessus de la cime des arbres. D'un coup d'œil, Reza Ghodzadeh vérifia son cap sur la carte fixée à son genou droit. Visibilité horizontale illimitée, pas de vent, c'étaient les conditions idéales. Bien entendu, il n'avait pas déposé le plan de vol et les radars du National Airport risquaient de le repérer. Mais quand ils s'inquiéteraient *vraiment*, tout serait déjà terminé. Il volait plein est et bientôt les premières maisons d'Alexandria apparurent sous l'appareil.

Personne ne remarquait le petit hélicoptère gris au bourdonnement paisible.

– Voilà le suspect, annonça le sergent Hayfield. Il avait les papiers de la voiture.

Malko regarda le magma sanglant, le cœur soulevé. Soudain, la voix de Maria-Mercedes lança derrière lui :

– Mais c'est Cyrus Jahanbi!

La jeune femme contemplait le cadavre. Livide.

– Comment pouvez-vous le reconnaître dans cet état? fit Malko stupéfait.

Elle pointa un index tremblant sur le crâne et le front dégarni, épargnés par les chevrotines.

– La tache lie-de-vin de naissance, là. Je l'avais remarquée lorsqu'il était venu au bureau.

– Vous êtes certaine?

– Oui.

– Vous l'avez fouillé? demanda Malko aux policiers.

– Non, *sir*, pas encore.

Un policier se dévoua et sortit différents papiers, de

l'argent, des clefs et un boîtier noir gros comme un paquet de cigarettes.

Malko cherchait à comprendre.

Que faisait le diplomate iranien dans la voiture du pilote d'hélicoptère? Et surtout, où se trouvait Reza Ghodzadeh? L'angoisse revint au galop. Ils avaient Jahanbi, mais le pilote d'hélicoptère, le Hughes 500 et son missile Hellfire étaient toujours dans la nature.

Il examina le boîtier trouvé sur le corps de Cyrus Jahanbi. Il comportait un renflement au milieu. Malko appuya dessus. Aussitôt l'appareil émit un bourdonnement, une petite antenne émergea sur le côté et un voyant rouge se mit à clignoter. Chris Jones observait l'engin par-dessus l'épaule de Malko.

– C'est une télécommande radio en VHF, dit-il. Un truc pour faire péter des explosifs à distance.

Malko était perplexe. L'hélicoptère était-il une fausse piste, un leurre? Avec un Hellfire, les terroristes n'avaient pas besoin de télécommande. Abasourdi par le bruit de la circulation, il demanda au responsable du *Secret Service* qui l'observait, un micro enfoncé dans l'oreille :

– Vous êtes en liaison avec la Maison Blanche?

– Affirmatif, *sir*.

– Rien d'anormal?

– Rien.

– Où en sont-ils?

– Dans une minute environ, le Président et ses invités vont monter sur le podium.

Malko continuait à regarder la mystérieuse télécommande. Soudain, il eut une illumination. Il avait fallu une raison sérieuse à Jahanbi pour venir à Washington, au lieu de s'enfuir du pays. Cette raison, il venait de la découvrir, du moins le pensait-il.

– Peut-on détacher vers la zone où nous nous

trouvons l'hélicoptère qui se trouve en vol stationnaire au-dessus de la Maison Blanche en ce moment?

— Mais pourquoi?

— J'ai des raisons de croire que l'hélicoptère des terroristes se trouve dans cette zone. L'homme abattu dans cette voiture n'est pas le pilote d'hélico. Ce dernier est dans la nature.

— Je vais expliquer le problème, dit l'Américain.

Malko le vit argumenter plus d'une minute avec un interlocuteur invisible. A cause du bruit du freeway, impossible d'entendre ce qu'il disait. Il revint enfin près de Malko.

— Impossible, *sir*, ils ont des ordres impératifs. Mais ils ont alerté Andrews Air Force Base. Dans une dizaine de minutes deux Apache seront sur zone ici même.

Si Malko avait raison, cela risquait d'être trop tard.

*
**

— Prêt?

Reza Ghodzadeh avait crié pour dominer le grondement de la turbine. A sa gauche, Ali Yasin, les yeux collés au viseur gyroscopique, regardait la Maison Blanche grandir dans le réticule de visée. Grâce au vent nul, Reza Ghodzadeh n'avait aucun mal à maintenir le Hughes 500 exactement dans l'axe de l'objectif.

Encore un mile avant d'arriver à distance de tir. Après avoir volé plein est, l'hélicoptère volait maintenant plein nord au-dessus du Potomac, parallèlement au George Washington Memorial Parkway. Le Hellfire lâché, il n'aurait qu'à effectuer un léger crochet sur la gauche pour se poser à côté de la station Arco.

Reza Ghodzadeh accrut la vitesse de rotation de la turbine. Il fallait passer de deux cents à six cents pieds en un mile. Le Hughes 500 commença à grimper comme un ascenseur. Ali Yasin avait la main crispée sur le CDU, le pouce posé sur le bouton déclenchant le décrochage et la propulsion du missile. Depuis six minutes, ce dernier était activé, ses circuits intégrés prêts à recueillir et à analyser le rayon laser.

Reza Ghodzadeh leva le bras gauche.

Ali Yasin eut l'impression que son cœur s'arrêtait de battre. C'était le plus bel instant de sa vie.

*
**

— Regardez! cria Malko.

Un petit hélicoptère gris venait d'apparaître sur la droite du George Washington Memorial Parkway, volant parallèlement à lui, au-dessus du Potomac. Sous son ventre, entre les patins, on distinguait un objet cylindrique de près de deux mètres de long, peu visible pour un œil non averti.

Le Hughes 500 avec son missile Hellfire!

Arrivé à leur hauteur, l'appareil commença à prendre de l'altitude. Malko, pétrifié, revit la carte où était tracée la limite de portée d'un Hellfire, par rapport à la Maison Blanche. Cette ligne imaginaire se trouvait environ à un kilomètre au nord. La distance serait parcourue par le Hughes 500 en une vingtaine de secondes. Une fois le missile lâché, plus rien ne pourrait l'arrêter, même si l'hélico était abattu par les Apache d'Andrew Air Force Base.

Abasourdis, ceux qui l'entouraient fixaient le petit appareil qui ressemblait à une sauterelle. Il aurait fallu disposer sur place d'un missile sol-air. Et encore : le temps de sa mise en œuvre, ce serait trop tard.

Brusquement, Malko réalisa qu'il avait à la main le

boîtier de télécommande trouvé dans la poche de Cyrus Jahanbi. Il leva le bras, écrasa le poussoir qui l'activait et le braqua dans la direction du Hughes 500.

Il ne se passa rien. L'hélicoptère continuait sa montée. Puis soudain, en quelques fractions de secondes, il se transforma en une boule de feu! Le fracas d'une explosion sourde couvrit le bruit de la circulation. D'un nuage de fumée noire émergèrent d'une part la queue sectionnée au ras de l'arrière de la cabine, d'autre part la cabine qui tombait comme une pierre, le Hellfire toujours accroché à son ventre. La queue toucha l'eau en premier, puis la cabine qui acheva de se disloquer au contact de l'eau et s'enfonça immédiatement dans les eaux du Potomac.

— Jesus-Christ! s'exclama Chris Jones.

A l'endroit où s'était trouvé le Hughes 500 quelques instants plus tôt, il n'y avait plus qu'un petit nuage noir en train de se dissiper. Revenu de sa stupéfaction, le représentant du *Secret Service* apostropha Malko.

— Comment avez-vous pu deviner que...

— Cyrus Jahanbi n'avait aucune raison de venir lui-même à Washington, expliqua Malko. L'intérêt de l'Iran, c'était de rester officiellement à l'écart de l'attentat. Lorsqu'il s'est enfui de chez lui, à New York, il aurait pu sauter dans le premier avion pour n'importe où. S'il a décidé de venir ici, c'est pour une raison importante : effacer tout lien entre l'Iran et les terroristes responsables de ce crime. L'équipage de cet hélicoptère pouvait être capturé et parler. C'était plus sûr de piéger l'hélico avec une charge explosive et de les supprimer, une fois leur mission accomplie.

Les eaux du Potomac s'étaient refermées sur les débris du Hughes 500 et il ne restait plus aucune trace de l'attentat. Malko continua son explication.

— D'abord, je ne m'expliquais pas la présence de

Cyrus Jahanbi sur ce freeway. Il avait dû convenir
avec ses complices d'un rendez-vous. C'eût été trop
dangereux de fuir en hélico. Il suffisait de poser
l'appareil et de continuer en voiture. De cette façon,
Jahanbi n'avait qu'à se poster sur le parcours de
l'hélicoptère pour le faire sauter, après que le Hellfire
eut été tiré.

*
**

Mahmoud Farmayan attendait, de plus en plus
nerveux. Il aurait déjà dû recevoir le « top », mais sa
radio restait désespérément silencieuse. Il ne pouvait
pas apercevoir l'hélicoptère, trop éloigné, mais gardait
son regard là où il le situait approximativement. La
boule de feu qui apparut brutalement dans le ciel
faillit lui faire exploser les artères. Il se berça d'illu-
sions quelques secondes, voulant croire à une improbable coïncidence, puis, négligeant toute prudence,
appela dans son Motorola :

– Reza ! Reza !

Aucune réponse. Il était trop loin pour voir si le
Hellfire était déjà lancé ou non.

Sans réfléchir, il braqua son illuminateur laser sur
la tribune où le président Clinton était en train de
prononcer son discours, et l'activa, un œil sur son
chronomètre. Dix secondes, vingt secondes, trente
secondes, quarante secondes...

Rien.

Ou le missile n'avait pu être tiré, ou quelque chose
n'ayant pas fonctionné, il s'était auto-détruit.

Ravalant ses larmes de frustration, l'Iranien coupa
l'illuminateur laser, prit son pistolet et fonça vers la
porte.

*
**

Le rayon laser émis par l'illuminateur laser de Mahmoud Farmayan avait été repéré par la batterie de capteurs *optronic* placés sur le toit de la Maison Blanche. Cependant, il fallut près d'une minute pour en isoler la source : le balcon du Ministère du Commerce. Quand ce fut fait, l'émission avait cessé. Mais, par radio, le *Secret Service* avait déjà alerté le service de sécurité, à l'extérieur de la Maison Blanche.

Lorsque Mahmoud Farmayan déboucha au rez-de-chaussée du Ministère du Commerce, il se heurta presque à deux policiers en uniforme qui y pénétraient. Pris de panique, il voulut rentrer dans l'ascenseur. Une voix hurla aussitôt.

– *Hé, you! Stay where you are!*

Il se retourna, vit un policier qui brandissait un gros revolver et gesticulait dans sa direction. Il voulut sortir son arme. Ce fut son dernier geste. Une grêle de projectiles s'abattit sur lui. Touché en plusieurs endroits, il tomba en travers de la porte de l'ascenseur. Foudroyé.

*
**

Lorsque Malko arriva à la Maison Blanche, les discours étaient terminés et le Président avait regagné l'*Oval Room*. Les invités s'étaient rués sur le buffet et une ambiance euphorique régnait sur la pelouse inondée de soleil. A part quelques membres des services de sécurité, personne n'était encore au courant de l'attentat. La chute du Hughes 500 dans le Potomac était passée pratiquement inaperçue. Un homme se fraya un chemin jusqu'à lui : Richard Baxter.

Le *Deputy Director* de la division des Opérations, un verre de Johnnie Walker à la main, rayonnait.

– J'ai passé les dix minutes les plus longues de ma vie! s'exclama-t-il. On ne m'aurait pas fait avaler un petit pois. A chaque seconde, je m'attendais à entendre le sifflement du Hellfire. D'ailleurs, où j'étais placé, ça aurait été le dernier son que j'aurais entendu. On va avoir du mal à tout reconstituer, parce que nous n'avons pu prendre personne vivant. Il y a déjà une équipe de nageurs de combat au travail pour repêcher le Hughes 500. J'espère que ce qu'on trouvera à l'intérieur nous apportera des éléments intéressants. Mais je peux vous dire que ça va chauffer avec les Nations unies. Lorsque nous avons dit que Cyrus Jahanbi pouvait être un terroriste, c'est tout juste si on ne s'est pas fait jeter dehors... Maintenant, venez avec moi, j'ai obtenu quelque chose de tout à fait exceptionnel pour vous...

– Quoi donc?

– Le Président va vous recevoir. Son directeur de cabinet vient de lui raconter succinctement ce qui s'est passé. Il tient à vous remercier et à vous féliciter lui-même.

Malko suivit Richard Baxter. Il revoyait « Charlie » agonisant au fond de son trou à rats, à Gaza. Lui ne serrerait jamais la main du Président des Etats-Unis.

RETROUVEZ LES AVENTURES
DE
SAS MALKO

dans

VOLUMES
aux Editions du Rocher

Le Cycle Malko 1
- Aventure en Sierra Leone
- La Taupe de Langley
- Les Amazones de Pyongyong

130 X 195 , 744 pages, 89 F.

Le Cycle Malko 2
- Les Tueurs de Bruxelles
- Visa pour Cuba
- Arnaque à Brunei

130 X 195, 730 pages, 99 F.

**Enfin le livre de Gérard de Villiers
regroupant ses plus grands
reportages autour du monde**

GUATEMALA :
Le pays des onze mille veuves.

BIRMANIE :
L'horreur souriante.

MEDELLÍN ET BOGOTÁ :
Les deux mamelles de la cocaïne.

KABOUL :
Le bain de sang annoncé.

IMPRIMÉ EN FRANCE PAR BRODARD ET TAUPIN
Usine de La Flèche (Sarthe), le 10-01-1994.
61251-5 - Dépôt légal, Éditeur : 2589 - 02/1994.
ISBN : 2-7386-5644-7

◈ 42/5644/2